魔王の三男だけど、備考欄に
『悪役令嬢の兄（尻拭い）』って書いてある？

人物紹介

サリエル

悪役令嬢である妹の魔法で吹っ飛ばされ意識を失い、起きたら『備考欄』が見えるようになっていた魔王の三男。

レオンハルト

普段は魔王にかわって王宮で執務をしている魔王の長男で、サリエルの義兄。サリエルのことを愛して止まない。

ディエンヌ
サリエルの異父妹で、悪役令嬢。
とても高飛車かつ我儘。
シュナイツ
魔王の四男で、サリエルの義弟。
とある事件をきっかけにサリエルに懐く。
マルチェロ
レオンハルトの従兄弟。
ニコニコしているが腹黒な策士。
ラーディン
魔王の次男で、サリエルの義兄。
自信満々で強気な性格。

目が覚めると、そこが見慣れた光景ではなくて焦る。

いや、一瞬そう思ったのだけど、ベッドの天蓋《てんがい》の幾何学《きかがく》模様や、白で統一された家具の配置などは見知っている。ここはぼくの寝室だ。

でも頭がぼんやりしていて、なんかおかしいと思っちゃう。

とりあえず身を起こし、手を見てみた。

とても小さくて、モチモチしている⁉　しかも関節が埋もれるくらいのプヨ肉が指についていて、さらに赤ちゃんの腕みたいに関節じゃないところに皺があるんだけど！

……なんじゃこりゃあ？

「サリエル様、お目覚めになられましたか！　どこか痛いところはございませんか？」

ぼくが自分の手を見て驚いていたら、侍女のエリンが声をかけてきた。

エリンは、年齢は二十代前半くらいかな？　紺のワンピースに白いエプロンを身につけている。

白い毛に覆われた大きな耳が頭頂部にあり、耳と同じ白色の髪は頬の辺りでぱっつんと切り揃えていた。

彼女は丸くてぱっちりしたオレンジ色の瞳をウルウルさせて、ぼくをみつめている。

そのとき、ぼくはエリンを見て、彼女の顔の横に唐草《からくさ》模様のボードみたいなものがあるのに気がついた。これ、なんだろう？

四角いボードには『サリエルの専属侍女、エリン。希少な白色の毛を持つ狼獣人。お肉大好き』と書かれていた。

こんなの今まで見たことがなくて、目が釘付けになってしまう。

エリンへの返事も忘れて、そのボードに手を伸ばした。でも触れない。

そのうちボードは消えてしまった。書かれていたのはエリンの注釈というのか、備考というのか……

もしかしてあれは、備考欄だったのかな？

「サリエル様、いかがなさいましたか？」

何もないところに手を伸ばす動作をしたぼくを、エリンは不思議そうに見る。

「ごめん、虫がいたのです。痛いところはありません」

虫と聞くなり、エリンは顔の横で手を振ったり耳を震わせたりした。

『ケモミミ可愛いっ！』

あ、変な声が聞こえた。

誰かがぼくの声で話しかけてきたように感じたのだけど、これはぼくにしか聞こえていないみたい。だって、エリンは反応していないんだもん。

というかぁっ、ぼくの中にぼくじゃない何かがいる⁉

だってぼく、ケモミミって何かわからないもん。なんだかやっぱり絶対おかしいよ！

「良かったです。二日も眠っていらしたので心配いたしました。早速レオンハルト様に報告をしてまいります。お医者様にもすぐに診《み》てもらいましょう」

ぼくが動揺している間に、エリンはそう言って足早に部屋を出ていってしまった。

あぁ、待ってぇと思って、ぼくはエリンに手を伸ばしかけた。今ぼくが抱えている違和感について質問したかったのだ。

でも人様に聞く前に、一度自分自身でよく考えてみるべきだと思い直す。どんな違和感なのか、何がわからないのかがわからないし、今は何を質問するべきなのかもわからないのだ。

ぼくは肉付きの良い手を引っこめて、改めて周りを見回してみる。

今ぼくが寝ているのは、小さなぼくが寝るには大きすぎるくらいに立派な天蓋《てんがい》付きベッド。ずっとこのベッドで寝ていたはずなのに、なぜか今になって『天蓋《てんがい》付き？　お金持ちの家のお坊ちゃまみたいで贅沢！』という感想が出てくる。

ううん、感想というか、心の中で何かがそう言っているのだ。

まるでぼくがぼくでなくなって、ぼくの中に別の誰かがいる感覚。それがなんだか気持ち悪い。

そもそもぼくはいったい誰なのだ……いや、大丈夫。それは覚えている。

ぼくはサリエル・ドラベチカ、六歳である。

父上は魔王、母上はサキュバス。ただぼくは母上の連れ子なので、魔王と血縁関係はない。だけど母上が魔王との間に子をもうけたので、ぼくもついでに養ってくれた。

『魔王様、太っ腹ぁ！』

ちなみに、母上が教えてくれないので、ぼくの本当の父親が誰なのかは知らない。

ぼくには魔族の象徴であるツノが生えてないし、魔族であれば潤沢《じゅんたく》にあるはずの魔力も少ししかない。だからぼくは魔族ではなくて人族とのハーフなのかもって、使用人は噂をしている。

『何、その使用人。いやぁな感じ』

さっきから、何かがぼくの思考に妙な合いの手を入れるけど、無視しよう。

そんなふうに自分の状況を思い浮かべていたら、今自分がどうしてこうなっているのかがわかってきた。もう少し思い出してみよう。

と思った矢先に扉の向こうが騒がしくなり、誰かの足音がバタバタと聞こえた。

扉を勢い良く開けたのは、黒髪の超超超美少年だ。

彼に続いて、白衣を着ているからおそらく医師と、あちこちに包帯を巻いて腕を白い布で吊っている痛々しい様相の大人も部屋に入ってくる。

「サリュっ、目が覚めたのか？　無事なのか？」

焦りと憂いをにじませる口調ながら、美少年の声質は落ち着きのある耳心地のよいものだ。

美少年はベッドに腰を乗せ、ぼくの顔をのぞきこむ。

一瞬黒髪に見えたけれど、よく見ると濃い藍色だった。ボリューミーな波打つ髪が肩辺りまで伸びている。切れ長の目元、紫色の瞳は、まるでアメジストのようで、どの角度から見てもキラキラと輝いている。色白な顔には高い鼻梁《びりょう》がスッと通っていて、今は少し肉厚な唇をきゅっと引き結んでいる。どこか心配そうな表情に見えた。

そして左右の耳の後ろから、羊のツノの形をしている三重巻の立派なツノが見えている。

この国ではツノは魔力の量に比例すると言われていて、本数が多く、太く、長いものを持つ者ほど魔力が多いと言われているのだ。ぼくは今、謎の違和感で頭がぼんやりとしているけれど、美少年の魔力量がとても多いということは、そのツノを見ればわかる。

『うわぁぁ、超絶美形の破壊力、パネェ……』

ぱねぇ？　そんな言葉今まで使ったことがないのに、どうして思い浮かぶのだろう。脳内で何かと何かがせめぎ合っている感じだ。モヤモヤして、眉をむにゅと動かした。

「サリュ、大丈夫か？　頭が痛いのか？　気分が悪いのか？」

眉根を寄せる表情をしたから心配したのか、ぼくを愛称で呼ぶ美少年が具合を聞いてくる。

「だ、大丈夫です。どこも痛くないですし、気分も悪くないです」

少し慌てたけど、なんとか質問には答えた。

というか、ぼくがオタオタしているのは謎の違和感や美少年の質問が多かったから、だけではない。美少年の横に出ている備考欄の文章があまりにも長くて、読むのが大変だったからなのだ。

備考欄には、こう書かれていた。

『シークレット攻略対象、レオンハルト。次代の魔王と目《もく》されている悪役令嬢の兄。威厳と気品に満ちた彼は、ディエンヌと友達になることで攻略できる。兄弟仲が良いことをアピールすると好感度がアップする。もう最高に格好良いっ』

ぼくには『こうりゃくたいしょう』とか『こうかんど』の意味がわからない。というか、最後のほうは誰かの感想なのでは？　この備考欄はたぶん何者かによって書かれたものなのだろう。

わからないなりにそんな考察をしていたら、感極まった美少年がぼくに抱きついてきた。

「あぁ、本当に心配したのだ、サリュ。無事で良かった」

彼のぬくもりを感じながら、ぼくはひとつひとつ思い出していく。

美少年の名前は、レオンハルト・ド・ドラベチカだ。

魔王と正妻の間に生まれた由緒正しき長男で、年齢はぼくより五歳年上の十一歳。

魔王城に来た当初、ぼくは母上に育児放棄された。兄上はそんなぼくを保護して面倒を見てくれた、心優しい人なのである。

魔王である父上は、ぼくを養うとは言ったが、魔王城に入れたあとは我関せずだった。まぁ魔王の子供として魔王城に置いてもらえるだけでもありがたいことなのだけど。

母上にはぼくを養育する義務がある。でも母上はぼくを育てる気がまったくなかったみたいで、実質レオンハルト兄上がぼくをこの年まで育ててくれたのだ。

兄上がいなかったら、ぼくはこの魔王城のどこか片隅でひっそり朽ち果てていたことだろう。ぼくをみつけてくれてありがとうございます、兄上。と胸のうちで感謝を述べた。

『マジ、エレガントスパダリじゃないか。素敵ぃぃ。最高に格好良いっ』

ぼくの中で、また何かが変なことを言っているよ。意味はほぼわからないけど、兄上が格好良いのは、まぁ同意するかな。

ぼくを抱きしめたことで心を落ち着けたのか、兄上はぼくからそっと離れる。

続いて、医師がぼくのことを診察した。

医師からオッケーが出ると、もうひとりの痛々しい様相の人がベッドの横で跪《ひざまず》いて頭を下げた。

「サリエル様、このたびは私の不手際でこのようなことになり、申し訳ございませんでした。どのような処分もお受けいたします」

彼の備考欄には『レオンハルトの従者、ミケージャ。家庭教師であり護衛。生ものが苦手』と書いてある。濃茶色の長い髪、上にS字に伸びる太めのツノには見覚えがあった。

でも、なんで彼が謝っているのかはわからない。ぼくが小首を傾げると、兄上が説明した。

「覚えていないのか？　サリュとミケージャの乗った馬が、ディエンヌの魔法で吹き飛ばされたのだ。ミケージャがとっさに風魔法でサリュをかばったのだが、間に合わなくて、おまえは頭を打ってしまった」

ぼくはそのことを思い出し、息をのんだ。

ディエンヌというのは、ぼくの妹の名前だ。

なんとなくぼんやりしている今の頭でも、悪い意味ですぐに思い出せるくらい厄介な妹である。

むしろぼくは、彼女の存在を忘れてしまいたい……

というか、魔法で吹き飛ばされたということは、ミケージャが包帯姿なのは、ぼくを助けたことで自分の身をかばえなかったから？

「兄上、どうして治癒魔法でミケージャを治さないのですか？」

怪我や病気を治せる治癒魔法を兄上は使える。なのに、ミケージャはどうして包帯姿なのか。

「いいえ。サリエル様のお許しもなく、自分ばかりが骨折を治すなどできません」

兄上にたずねたぼくに、ミケージャはそう答えて首を横に振った。

「骨折ぅぅ？　ほ、骨が折れているの？」

驚愕に、ぼくは打ち震える。先ほどエリンはぼくが二日寝ていたと言っていた。ということは、ミケージャは二日間も痛い思いをしていたことになる。そんなの、可哀想だ。

そう思っているうちに、ぼくは彼についていろいろと思い出していった。

レオンハルト兄上に育ててもらったぼくは、兄上の従者であり家庭教師でもあるミケージャに勉強を教わったのだ。ミケージャは、身の回りの世話をしてくれるエリンと同じくらい、ぼくのことを見守ってくれた人で、大切な人。

そんな彼が長く痛い思いをしていたと思うと、悲しくて胸が痛くなる。

「痛いのは可哀想です。兄上、早く治してあげてぇ」

ぼくは泣きながら兄上にお願いする。しかし、そこでまた違和感を持った。

ボロボロっと涙が出たのに、頬を伝ってこない？　目の周りに涙が溜まる感じになっているようだけど、なんでぇ？　その現象に驚いて、涙が引っこんだ。

「ほら、サリュは先に怪我を治したからといって怒るような子じゃないと言っただろう。私のサリュは魔国という掃き溜めに舞い降りた鶴のように、清廉で穏やかで優しい子なのだ」

そう言って、兄上はミケージャに触れると魔法を発動し、あっという間に怪我を治した。ぼくは涙の違和感のことはひとまず忘れて、ホッとする。

「良かった。もう痛くないですね？」

ミケージャにたずねると、彼はそっと微笑んだ。

「はい。サリエル様の寛大な御心に感謝いたします」

「そんな、ミケージャはぼくを助けてくれたのに、何も怒ることなんかないです」

そう、あのときのことを思い返すと、本当に死んでいてもおかしくなかったと思う。

突然つむじ風のような魔法が馬の周りに発動し、ぼくは一緒に馬に乗っていたミケージャごと宙に舞い上げられたのだ。

『そうそう、下を見るとビルの三階くらいの高さがあったなぁ』

ぼくは死を覚悟した。ミケージャがかばってくれなかったら、今ぼくはここにいないだろう。

落下しているとき、慌ててぼくのほうへ駆け寄る兄上の姿を見た。兄上はぼくの前ではいつも柔らかく微笑んでいることが多い。

でもそのときは、珍しく焦りに顔をこわばらせていた。

ぼくは心配をかけてごめんなさいと思いながら、意識を失ったのだった。

というか、そのときディエンヌも見えたけど、彼女は自分の魔法で吹き飛ばしたぼくを指差してキャハキャハ笑っていたよ。もうっ、妹なのに悪意に満ち満ちていて怖いんですけど。

「いいえ。同乗していたにもかかわらずサリエル様をしっかりお守りできなかった、私の落ち度でございます」

「いえいえ、悪いのは完全にディエンヌですから」

まったく、悪辣《あくらつ》な妹を持ってしまったぼくの不運を嘆くしかない。

ここで頭の中で、今までの話をまとめてみる。

どうやらぼくは妹に殺されかけ、頭を強く打って二日ほど寝ていたということらしい。なるほど。

「本当に大丈夫なのか？　サリュ」

考えごとをしていたぼくが、ぼんやりしているように見えたようだ。兄上はとても心配そうにぼくの顔をのぞきこむ。

『顔が良いっ』

心の中の何かが、ぼくの胸をきゅんとさせながら言った。そのせいか、兄上の顔も見慣れているはずなのに、改めて美しいことを認識して照れてしまう。

「大丈夫です。ぼくは頭を打ったのでしょう？　ちょっと記憶が混乱していますが、兄上のこともちゃんと覚えていますし、休めば治ります」

心の声を放っておいて、ぼくは兄上の問いかけに答えた。

どちらかというと、あまり追及しないでほしい。自分自身まだわからないことばかりだし。そして、照れるから麗しい顔をあまり近づけないで、とも思う。これはぼくの中にいる人の気持ちだろうか？

「何？　記憶が混乱？　それは大丈夫ではないだろう。どうしたら治るのだ？」

なのに、にわかに慌て始めた兄上がさらに顔を寄せてくるから、ぼくは照れと恥ずかしさと頭のモヤモヤで目が回りそうになった。

「落ち着いてください、レオンハルト様。そう騒ぎ立てては、サリエル様が余計混乱なさいます。意識を失ったあとは記憶が曖昧《あいまい》になることもございますが、早く治すには安静と休養が一番です」

しかし、医師がそう言ってなだめてくれたおかげで、兄上もうなずいて離れた。ナイス、医師。

「そうか、では早くサリュを休ませないとな。続きの部屋にエリンも医師も残しておくから、何かあったらすぐに呼び鈴を鳴らすのだぞ」

兄上はそう言うと、ぼくを再びギュッと抱きしめる。でも、まだ不安げに表情を歪めていた。

「わかりました、兄上。お忙しい中お見舞いに来てくださり、ありがとうございました」

ぼくの口からはスムーズに敬語が出てくる。それは今まで丁寧な言葉遣いを日常的にしていたからだと思う。

そして、まだ十一歳の兄上が魔王の長男として、そして次代の魔王候補として魔王城の仕事を引き受けていて忙しいことも覚えている。実は、魔王である父上はあまり仕事熱心な人ではない。そんな魔王に代わって、兄上が国の采配《さいはい》を担っているのだ。

だから、たかが義弟であるぼくの見舞いなどで、兄上の手をわずらわせるわけにはいかない。

「何を言うのだ、サリュ。私の大事な弟の意識がやっと戻ったのだぞ、国なんか放り出しても駆けつけるに決まっている。さぁ、早く良くなれ」

さりげない仕草でぼくの額にチュッとキスして、兄上はミケージャとともに部屋を出ていった。

『え、キス？　恋人のような甘いキス？　超絶美形のチュウゥぅぅ！　きゃぁぁぁ、ぼくと兄上は兄弟なのにぃぃ？　こんな間近で兄弟ＢＬ、萌えぇぇぇ!!』

中の人が興奮して胸をドキドキさせる。これはぼくの胸なので勝手にドキドキさせないでほしい。

そして少し距離感が近いけれど、これは家族の挨拶なのだ。いつもの挨拶。びぃえ……はよくわからないけど。とにかく中の人にそう言い聞かせ、ぼくは高鳴る胸を落ち着かせた。

ぼくに、このような親しげな挨拶をしてくれるのは、兄上だけ。

兄上はいつでもぼくの特別で、一番ぼくを気にかけてくれる人なのだ。


みんなが部屋を出ていって、ひと息ついてから、ぼくは頭の中を整理してみることにした。

まず、口から出る言葉と頭の中で考える言葉遣いが違う。考える内容が違うこともあった。

頭を打ったからか一瞬記憶が怪しかったときもあったが、今現在サリエルであるぼくの意識はちゃんとある。育ってきた状況や記憶も、どんどん思い出せているところだ。

しかしぼくとはまったく違う、言葉遣いが雑で、客観視していて、備考欄を見てもあまり動じない誰かが、どうやら体の中に……いる。確実に、いるね。

そこまで考えて、ぼくはその誰かが今までもぼくの中にいたのかもしれないと思いついた。気を失う前も、たまに『パソコン』とか『電化製品』という、この世界にはない物の名前や言葉が出てくるときがあったのだ。

死を意識した出来事を今回経験したことで、その誰かがグッと前に出てきた、のかな？

だけど、その誰かが胸の内で何かを言ったところで、特に支障はないなと思った。ちょっとうるさいし、胸をドキドキさせるのは鬱陶《うっとう》しいけど、まぁいいでしょう。

というわけで、ぼくはベッドをヨジヨジと降りた。

手と足が短くて、降りるのにちょっと苦労する。でもぼくの備考欄に何が書いてあるのか、先ほどから無性に気になっていたから、がんばった。

室内には、四つ葉のクローバーをくわえた小鳥の彫刻が施された白い家具が一式そろえられていて、可愛らしい子供部屋という印象である。

その家具のひとつであるクローゼットの中に姿見があるので、ぼくはそこへ向かい、扉を開けた。

その瞬間……驚愕のあまり目が真ん丸になってしまった。

鏡の中に、丸々と太らせるだけ太らせた、精肉工場行き待ったなしのニワトリがいる⁉

いや、本当のニワトリではなく、びっくり顔のぼくなのだけど。

寝間着がズボンなしの白いネグリジェだったからそう見えたのかもしれない。体型が丸くて、肌の色が白かったからかもしれない。

でもニワトリだと思った一番の要因は、赤い髪の寝癖が頭頂部でピヨッと跳ねていて、それがニワトリのトサカのように見えたからだ。

『いやいや、ぺっかり開いた真ん丸の目は可愛いよ。真っ赤な瞳の中に花が咲いているじゃん。ひまわり模様の虹彩なんて、レアだよ、レア。頬肉はたっぷりしていてアレだけど、まぁ、幼児はもっちりしているほうが可愛いってもんだ。トサカもさぁ、アホ毛だと思えば可愛く見えなくもないじゃん。つか、横髪シャギー入れて頬肉を隠そうとしているのが姑息《こそく》だけどな、ハハハ』

中の人に励まされるような、けなされるようなことを言われ、ぼくは悔しさのあまり寝間着を丸い手で握りしめる。

というか、ぼくはなんで標準体型だと思いこんでいたのだろう？　生まれてこの方、ずっともっちりだったというのに。

きっと、ぼくを励ます謎の中の人が細身だったのだろう。自分が太っているなんて思ってもみなかったのだろう。その意識に引きずられて、ぼくまでそう思いこんでしまったのだろうっ。

しかし、この泣きそうなくらいの衝撃によって、自分のことをはっきり思い出した。

【魔王の三男だけど義理の息子で、ツノなし魔力なし、もっちりぽっちゃりの用なし落ちこぼれ幼児】であることをぉぉ！

『マジかっ！　魔王の三男に転生したといっても底辺スタートじゃないか。魔王と血縁のない義理の息子ってことは、権力もなしかっ！　それにぼくの命を狙う妹もいるんだろ？　てか、生き残るだけでも困難なムリゲーなんじゃね？』

ムリゲーの意味はわからないが、とりあえず中の人は放っておいて、本題の備考欄を見てみる。

しかし、そこには単純に『サリエル、悪役令嬢の兄（尻拭い）』と書いてあるだけだった。

「えぇぇ？　それだけ!?　レオンハルト兄上の備考欄は何行も書いてあったのに、ぼくはたった一行？　十六文字？　というか誰が書いたか知りませんが、兄上とぼくでは熱量が段違いなのですけど？　もっちりチビのニワトリには興味ないってこと？　ひどいっ。むっきぃぃっ」

怒りのボルテージが高まるが、この中にもきっと重要な言葉が隠されているはずだ、と思い直し、心を落ち着けて吟味してみようと試みる。

ぼくは悪役令嬢の兄。ぼくの妹はディエンヌしかいないから、ディエンヌが悪役令嬢になるということだ。あの極悪非道で、兄でさえ笑いながら殺そうとする悪魔のような妹（五歳）だから、それにはうなずくしかないが。

なぜぼくがディエンヌの尻拭いをしなければならないの？

それだけは勘弁してほしい。無理。関わりたくない。一抜け希望である。

そうは言っても、ディエンヌとは異父兄妹だから血の繋がりがあるのだ。

やはり兄であるぼくが、彼女の尻拭いをしなければならないのだろう。

しかしたったの一文だけど、吟味したらやっぱりショッキングな内容だったな。

★★★★

朝、目を覚ますと、昨日と同じ光景が目に映る。

ベッドの天蓋《てんがい》の見慣れた幾何学《きかがく》模様。横を見ると、そろいの白いファンシー家具。

ここはぼくの寝室だ。今日はそれらを見ておかしいとは思わなかった。ぼんやりしていた頭や思考もすっきりしている。良かった。

手を広げて大の字になってもまだ余裕がある大きなベッドの上で、ぼくは布団をはいで、コロリーンと体を転がしベッドから床に着地した。うむ、絶好調である。

そして、庭に面した掃き出し窓を開けた。

どんより曇った空を見上げると、メガラスがギャースと鳴きながら飛んでいる。黒い鳥の魔獣でカラスに似ているが、体長はその三倍大きく、ギザギザの牙があってカラスよりも禍々《まがまが》しい。

『メガラスって、メガとカラスの合体か？』

相変わらず、ぼくの中で誰かが言っている。そこは昨日と変わっていなかった。がっかり。

彼か彼女かわからないが、ぼくの心の内側に住み着いているコレのことは『インナー』と呼ぶことにした。昨日はインナーの出現に少しパニックになったけど、ひと晩冷静に考えて、ぼくの中の大半はサリエルだとわかったから、生活に影響なしと判断したのだ。

『つか、普通は六歳っていったら自我がなくてさ。インナー《ぼく》が入れ替わったりしちゃうシチュじゃね？　瞬間記憶能力持ちとか、どんなチートだよ。ま、他はダメダメだけどぉ』

インナーはぼくの口を使って普通に会話してくるようになった。なんだか心の中にツッコミを飼っているみたいだ。でもひとりでボケツッコミしていたら兄上が心配するから、人様の前で口を使わないよう注意してある。

「そうです、ぼくはダメダメなんです。だから、この世界で生きるのは大変ですよ？」

忠告するかのように指で胸の真ん中を押すと、インナーが答えた。

『魔王の三男で、瞬間記憶能力持ち。チートで異世界無双かっ!?　なんて一瞬思ったけど。宝の持ち腐れ。ツノなし魔力なし、おデブなニワトリで無双するビジョンは見えないから、確かに面倒くさいね』

会話にチラチラ出てくる瞬間記憶能力というのは、見聞きしたものを忘れられない能力である。ぼくには魔力がないけど、人様の会話を一字一句違えずに覚えられる能力だけはあるのだ。

赤ん坊の頃に魔王と母上がした会話を覚えているのも、そういう理由があるからだ。

母上が魔王の子を身ごもり魔王城に招かれたとき、ぼくを養ってやると魔王が約束した。その場面を自分で見て聞いて覚えている。

でも、瞬間記憶能力がチートだなんてインナーは言うけど、この国、魔族が住むアストリアーナ魔王国、通称魔国では、魔力が強大な者が優遇される傾向があるから、物覚えがいいだけの能力はあまり有用ではない。

魔力の多さの次には腕力が優遇される。つまり力で弱者をおさえこむ、圧倒的で典型的な恐怖政治の国なのだ。

それに、一度見たものを忘れないぼくの能力はちょっとはすごいのかもしれないけど、ぼくは応用ができないから、その知識で何をしたらいいのかがわからない。

教科書のどこのページにこういう記述がある、とは言える。けれど、その記述を踏まえて何か行動したり作り出したりすることはできない。テストで満点を取ることもできるが、決して満点を取ることが重要なのではなく、その知識が己の実になっていなければ意味がないのだ。

知っていることを活用できてこそだと、ぼくは思う。

『贅沢ぅ。テストで満点を取ったら、ぼくなんか鼻高々だけどね』

インナーがぼくの口を使って、拗《す》ねた。なんでぇ？

「インナー、テストで満点取っても、ここでは魔力でぺしゃんこにされちゃうんだよ。でもこの能力のおかげでインナーに乗っ取られなくて済んだから、少しは役に立っているのかもね」

普通なら六歳は幼児と言われる年齢だけど、これだけいろいろなことを考えられるのも、この能力のおかげだ。六年分の自我がしっかり残っていて、ぼくの記憶の量は膨大だった。そのせいでインナーはぼくの中で幅を利かせられなくなったようなのである。

『なぁなぁ、もっとこの国のことを教えてよ。母上がサキュバスってなぁに？』

好奇心旺盛にこの国のことを聞いてくるインナーに、ぼくは心の中で説明した。

サキュバスは、淫魔だ。

持ち前の美貌で人族を誘惑し、夢の中に潜りこみ、性交渉をして生気を奪う種族である。魔族が相手なら、普通に性交渉をして生気や魔力を取りこみ、糧にする。

しかし、他者から生気を取りこめないと生きていけない弱い魔族ゆえに、下級悪魔と呼ばれていた。下級悪魔は、魔王という強大な魔力を持つ者に普通は近寄ることができないはず。なのに、母上はなぜか魔王と懇意になってディエンヌという妹まで産んでしまった。

これは奇跡や快挙に近いらしい。

ディエンヌは魔王の魔力を受け継いでいるから、魔王城でもお姫様扱い。だけどぼくは下級悪魔と誰とも知れない父親との間の子供だから、家族内格差は推して知るべし、言わずもがなである。

『他には何があるんだ？　魔族ってなぁに？』

なんともアバウトな質問に困ってしまうけど、思いつくままに説明する。

魔族は、中には空を飛べる人もいるけど、普段は地を歩き、馬車に乗る。彼らの町もあるし、商《あきな》いもしている。その辺りは人族とほぼ変わりはない。

しかしトラブルが起きると、暴力で解決するような乱暴な気質がある。でも人が集まればそれなりにルールもあるから、有無を言わさず皆殺しなんかは、よっぽどでないとしない。いつも殺伐としていたら、生活が成り立たないからだ。

魔国には、たまに人族の国から勇者がやってくる。そして戦争になったりならなかったりするけれど、大概は穏便にお引き取り願う。こちらが悪かったら謝って、向こうが悪かったら話し合いをして解決するのだ。

ちょっと気性が荒々しくて体が丈夫、そんな理由で魔族は人族に恐れられているけれど、怒り心頭で荒れ狂ってでもいなければ、基本話は通じる。平和外交が一番である。

それから魔族は契約をきちんと守る。意外かもしれないが、交渉ごとは信用が第一だとわかっているからなのだ。

あと自由恋愛で、魔王はハーレムなんか作っちゃっているけど。一部の魔族は愛情深くて、伴侶をデロデロに愛しちゃう傾向がある。そういうところ、どちらかと言えば人族よりピュアなのだ。

人族のほうが、そんなひどいことしちゃうの？　というようなことを平気でするからね。ズルとか、嘘とか、騙すとか、殺すとか……

『うわぁぁ、怖いねぇ。人間、怖いぃぃ』

なんかインナーが胸の内側で震えているのを感じる。基本情報でぼくの心を揺さぶらないで。

『なぁ、同じ大陸に魔族と人族が暮らす国があるんだぁ？　変なの』

「変かな？　獣人族の国や妖精族の国もあるよ。あと魔獣もいるよ。空飛ぶメガラスがドラゴンに食べられるとか、たまにあるみたい。ドラゴンはまだ見たことがないけど。大きな鳥が小さい鳥を捕食することは、よくあることだよね？」

『よくあるかぁ？　まぁいいか。じゃあここは魔界ではなく異世界だね。魔界だったら世界中が魔物や悪魔で占められているじゃん？』

「そういうものですかねぇ」

こんなふうに偉そうに説明しているけど、実はぼく、魔王城の外に出たことがない。だから、いろいろな国や種族がいるというのは全部本の知識である。

獣人や魔族、魔獣は見ているし、勇者の話もよく話題にのぼるので、この世界にいろいろな種族がいることは察しているけど、すべてを知っているわけではない。

だからインナーが異世界と言うなら、それでいいんじゃない？　異世界という言葉の定義はわからないが。

短い首を傾げると、そのタイミングでノックの音が響いて、エリンが部屋に入ってきた。

「サリエル様、おはようございます。お体の具合はどうですか？　お食事はできそうですか？」

綺麗な所作でお辞儀をし、ぼくにたずねる。

エリンは白狼獣人の侍女だ。とはいえ、エリンの顔はうら若き人間の顔。魔族がツノを生やしているとしたら、獣人はそこに獣の耳が生えている。

『ケモミミっ。そして、愛らしき尻尾《しっぽ》っ、白くてふさふさの尻尾《しっぽ》ぉぉぉ』

インナーはぼくの中でそう叫び、彼女のスカートからちょっと出ている尻尾《しっぽ》に異常なほど興奮を示す。

言いつけを守って口に出して言わなかったのは偉いよ。でもぼくは心の中で『変態ですか？』と軽くののしっておいた。

そしてそれを表に出すことなく、ぼくはエリンのすべての問いに、うむと返す。インナーとのトークタイムは終了して、朝食の席に向かおう。

だがその前に、部屋に入ってきたエリンに手伝ってもらい、身支度を整えた。

お湯で濡らしたタオルをいっぱい持ってきたエリンは、アイボリーで寸胴《ずんどう》なぼくの寝間着を脱がせ、パンツ一枚になったぼくの全身をタオルで拭きあげた。肉と肉が折り重なる皺の中まで拭かれ、気持ちが良いけど、とてもいたたまれない。

昨日まではそんなことを思わなかった。腕を上げたまくるくる回って、エリンになんの気もなく拭かせていたというのに。

今思うと、うら若き乙女にもっちり肉を拭かせていた自分がとても恥ずかしいし、とにかくこれはダメなやつだという意識が湧き上がる。この意識は、おそらくインナーの気持ちなのだろう。

でもダメだと気づけるのは良いことだ。早く自分でいろいろとやれるようになろうと、ぼくはこのとき心に決めたのだった。

体を拭いたあと、エリンが濃い緑色のズボンを穿かせてくれる。それからフリルのついた白いシャツと、ズボンと同じ生地の緑色のジャケットに袖を通した。

これもインナーの意識だろうけど、ぼくは着替えをひとりでできないことが、情けないような申し訳ないような気になってしまったのだ。だからシャツを自分一人の力で着てみることにした。

エリンは『サリエル様が大人になられた』って感動している。

しかし、丸くてぶっといこの指では穴にボタンを入れられなかった。

時間がかかりそうだったので、やむなく断念する。だがいずれ必ず、自分だけでボタンを穴に通してみせよう。ぼくはそう決意を新たにしたのだった。

たぶんインナーは、着替えや身支度ができる自立した人だったのだろう。着替えを侍女に任せるぼくの甘えを許しません、という気持ちをひしひしと感じた。

『つか、可愛い女の子の前でパンイチとか、体を拭いてもらうとか。無理。恥ずかしぃぃ』

ごもっともでございますと胸のうちで謝る。しかし、ぼくはまだ六歳なので少し大目に見てもらいたい。

インナーは欲望に忠実で面倒くさがりの割に、恥ずかしがりだったり人の目を気にしたりする小心者だ。なかなかに複雑な心理を持っているから、同居するのは難しいかもしれないな。

そんなこんなで身綺麗になったぼくは、ようやく朝食の席であるダイニングルームへ向かった。

長い廊下を歩きダイニングルームに入ると、今日は曇天にもかかわらず室内はとても明るかった。

大きなシャンデリアに火が灯され、光を放っているからだ。

ぼくの部屋は白い家具が置いてあって可愛らしい印象だが、ダイニングルームは壁板の木目調が落ち着いた色合いで、大人っぽい設えだ。部屋の真ん中に三十人は余裕で座れる長方形のテーブルがあり、そこに白いクロスがかかっている。

レオンハルト兄上は上座に腰かけ、ぼくを待っていた。

ここは齢《よわい》十一歳である兄上の邸宅なのだ。

魔王城には、魔王の奥方が生活する後宮と呼ばれる区域がある。

その区域内には兄上の母御が住む離宮や、ぼくの母上とディエンヌが住む離宮など、魔王の奥方になった人に充てがわれた庭付きの屋敷が点々と建っていて、その中に兄上の邸宅もあった。

独立した魔王の息子は、本来外に居を構えなければならない。だが兄上は未成年なので、独立しつつも兄上の母御の離宮のそばに住むことを許されていた。

ぼくが育児放棄されたのは、母上が魔王の子であるディエンヌを出産した頃。幼児……というかまだ赤ん坊だったのだけど、母的優先順位で見放されてしまったのだ。

兄上は、ひとりで庭を歩いていた赤ん坊のぼくをみつけるなり、そのまま保護してくれて、それ以来ぼくは兄上の屋敷にて居候《いそうろう》の身である。

つまり昨日からぼくの部屋だと言っているあの部屋は、実は兄上の邸宅の一部をぼくが間借りしているもの。エリンも兄上の邸宅の使用人で、ぼくの専属ではあるけれど、本当の意味でぼくの侍女というわけではないのだ。

そんな環境を、当たり前のように自分に与えられたものだと思っていた。でもぼくは居候《いそうろう》だから、もっと分をわきまえなければいけないね。

とはいえ、ぼくは悪い境遇だとはまったく思っていないのだ。だってこんな丸ぽちゃニワトリ魔力なしのぼくに、兄上はとても優しいし、愛情も衣食住もたっぷり与えてくれるのだからね。

それって、すごくありがたいこと。だからぼくは、母上と縁が薄くても大丈夫なのだ。

「兄上、おはようございます。遅れて申し訳ありません」

兄上のそばに駆け寄り一礼すると、黒地に銀の刺繍《ししゅう》が施された衣装に身を包む兄上が、ぼくにおはようのチュウをしてくれた。

額にそっと触れる唇の感触がくすぐったくて、心がぽかぽかする。

『美麗なるお兄様から、魅惑の朝チュウをいただき、あざぁっす』

インナーがまた変なこと言っている。

昨日はインナーが超絶美形のチュウぅぅとか言って、ぼくの胸をドキドキさせた。けれど、ぼくは兄上にチュウの挨拶をされるのが好きなのだ。だから家族の挨拶にいちいち胸を高鳴らせないでっ。今まで平気だったのに、兄上の顔の美しさとかチュウとか、今更意識しちゃうじゃないか。

「サリュ、具合はどうだ？　食堂まで歩いてくるのは大変だっただろう？　ベッドで食事をしても良かったのだぞ？」

そして今日の兄上も、怒涛の質問攻撃である。

「もう、大丈夫です。ミケージャが助けてくれたので、どこも痛くないです」

ぼくは胸を張るつもりで大きな腹を突き出し、そして心配顔の兄上に笑みを見せた。

でもそのとき兄上の顔にどこか違和感を覚えて、ぼくは目を凝らす。

「あれ？　兄上。額になにやら……」

椅子に座る兄上にちょっと屈んでもらい、額の髪の生え際の辺りに触れる。小さなこぶのようなものがふたつあるのを確認して、ぼくは丸い指でそよそよとこぶを撫でた。

「フハハハハッ」

すると風船が割れたのかと思うほどの大きな声で兄上が笑って、ぼくは思わずびくっと体を震わせる。

「あぁ、驚かせてすまない。そこはすごく敏感で、とてもくすぐったかったのだ」

「こちらこそ、不用意に触れてしまって申し訳ありませんでした」

兄上の額に触れていた右手を引っこめて、左手で右手をモミモミする。イケナイ右手だ。

「いいんだよ。サリュに撫でられるの、私は好きだからね」

そう言ってくれた兄上に続いて、背後に控えていたミケージャが説明してくれた。

ミケージャはもう包帯を巻いていない。痛々しい昨日の様子がなくてホッとした。

「サリエル様。それはレオンハルト様のツノでございます」

ぼくは耳を疑った。だって兄上にはすでに三重巻きのとても立派なツノが生えているのだから。

でも目の延長線上の位置、額に二本のツノが新たに生えてきた？　つまり四本目？

父上である今の魔王は、兄上と同じく三重巻きのツノがある。

でも兄上よりも魔王のほうが、さすがに太くて立派なツノなのだ。兄上はまだ十一歳だから、体格の差や魔力容量の差もあるのだろう。というか、十一歳で魔王と張り合えるツノを持っていることがすごいのだけど。

しかし四本ツノになると話が変わってくる。今の魔国には四本ツノを持つ魔族がいない。つまり伝説級に珍しいツノで、魔王を超えるかもしれないということなのだ。

「すごーい、おめでとうございます、兄上っ」

ツノが生えかけているということは、魔力量がこれまで以上に大幅に多くなったということだ。次代の魔王候補として、すでに兄上は実力が抜きん出ているが、四本ツノはもう次期魔王が確定したようなものである。

ぼくが勢いこんで祝いの言葉を言うと、兄上ははにかんだ。

「おめでとう……なのかな？　でもこのツノはサリュがもたらしたようなものだから、おめでとうでも良いかもしれないな。まぁ座りなさい。朝食を食べながら話をしよう」

そういえばお腹が空いている。それに立ち話は行儀が悪いね。

ぼくはエリンに椅子を引いてもらって、自分の定位置である兄上の斜め横の席についた。

給仕の人がテーブルに色とりどりの果物や肉や魚の料理、パンやスープなどを並べてくれる。ぼくはエリンが皿に取り分けてくれたものを口に入れていった。

「ディエンヌがおまえを吹き飛ばしたのを見て、私は怒ってしまってね。マグマのような熱い奔流が体を駆け巡り、魔力を大放出してしまったのだ」

兄上は上品に食事を進めながら説明するが、それは結構な大事《おおごと》なのではないのかな？

魔王級の魔族が怒り心頭で魔力大放出状態になると、国が消滅する規模の天変地異が起きると言われている。実際に八百二十三年前、勇者に奥方を殺された当時の魔王が怒りで暴走し、人族の国をひとつ滅亡させた歴史がある。そうなると誰にも止められないので、魔王の怒りが鎮まるのを待つしかなくなるという。瞬間記憶で覚えていたことが、ぼくの頭をよぎっていった。

「それは、だ、大丈夫なのですか？」

何が大丈夫って、兄上の体のこととか、国とか民とかディエンヌのことだけど。

「魔国全域に雷が何本も落ちましたが、奇跡的に死者などの報告はありません」

冷静にミケージャがそう解説してくれた。

でもぼくは心臓がドギマギしている。

兄上が怒りのあまり雷をぶっ放したなんて、あわや大惨事ではないか。だって兄上は魔王と同格の魔力をすでに持っているのだから。その雷で魔国民に死人が出なかったのは奇跡だ。

というか、兄上の逆鱗《げきりん》に触れたディエンヌは……生きているの？

心中、慌てふためいているぼくに、兄上は苦渋の表情で話を続けた。

「いくら魔国全土に雷が落ちるほどの魔力を蓄えていたところで、いざというときに愛する者を救えないような力は、クズだ。真に強いということは、自分の大事なものを守れてこそだからな」

兄上はフッと鼻で息をつき、一転、ぼくを優しくみつめた。

「しかし幸いにも今回、魔力を大放出したことにより新鮮な魔力が体にみなぎり、以前の魔力容量をはるかに上回る魔力量を保持できるようになった」

ぼくはツノなしで魔力量は底辺だから、魔力の感覚的なことが理解できない。

『たぶん新たな属性が加わって、それによって魔力もアーップってことじゃない？』

インナーがヒントをくれるけど、その説明、さっぱりわからないし。たぶんインナーは魔力のことをよくわかっていないよね？　あてずっぽうだよね？

「先ほどぼくがもたらしたと言ったのは、どういうことなのですか？」

「おまえが傷ついたことに怒った。それが原因で魔力量が増えたのだ。サリュがもたらしたようなものだろう？」

「いえいえ、それは兄上のお力がすごいからで、ぼくがもたらしたなんて……」

ぼくはとにかく、兄上がすごいのだということを言いたかったのだが。兄上は食事の手を止め、どこか痛そうな顔つきでつぶやいた。

「サリュを助けられなかったことが不甲斐なかったのだ。私は攻撃性の強い魔法しか使えなかったから、サリュを救ったミケージャの風魔法をとてもうらやましく思ったのだよ。できれば私が、サリュの体を受け止めて、優しく包みこんで守ってあげたかった。そういう気持ちになったら魔力が高まったというわけだ。だからサリュのおかげなのだ」

優しく包みこんで守りたかったなんて言ってくれる、その言葉こそが、ぼくの体をやんわり包んでくれている。温かくて、とても心地のよい兄上の想いだった。

もちろんぼくは、いつでも兄上に優しく守られている。だから助けられなかったなんて、気に病まないでほしい。そう思うと同時に、魔力が高まった兄上がどのような変化をしたのか、それもとても気になってしまった。

「では、魔力量がアーーップした兄上は、風魔法が使えるようになったのですか？」

そう聞くと、兄上は少し得意げな顔つきでニヤリと口角を上げた。

「あぁ、風魔法も防御魔法も解呪《かいじゅ》魔法も使えるようになったぞ。今までは表面の傷を癒すだけの治癒魔法しかなかったが。毒消しも精神操作も、今ならアンデッド魔法も使える」

アンデッド魔法って、ゾンビ作るやつでしょ？　それにはさすがに驚いて、ビビりのリアクションで頬を両手ではさんだ。

すると、手がもちぃっと頬に吸いついて……むぅ、至高のふんわり触感。

それはともかく、兄上の魔法は無敵だ。ぼくは尊敬の眼差しで兄上をみつめた。

「すごいっ、すごいですね、兄上。なんでもできる兄上、素敵です。格好良いっ」

魔力なしのぼくからしたら、魔法がひとつでも使えたらすごいのだ。なのに、もう数えきれないほどの魔法を習得している兄上は、天才では？　最高？　魔王？　むしろ飛び越えて神？

「サリュ、このような目にはもう遭わせないつもりだが、もしもサリュが困ったことになったとしても、今度は必ず私が助けるからな。安心して私のそばにいなさい」

普段の兄上は、人前では厳しい眼差しを向け、誰からも恐れられるような威厳と気品を醸し、でも美麗で気高い姿を見せている。

けれど、今ぼくをみつめているその目は、やんわりと細められて慈愛にあふれていて、とても優しい。そんな愛情深い兄上に保護してもらえて、ぼくは幸運である。

だからぼくは、兄上に大恩があるのだ。その厚く深い恩義に報いるため、いつか兄上の役に立つ存在になれたらいいなと思っている。

「ありがとうございます。ぼくも兄上を守れるような強い男になります」

「そうか？　サリュはこのままでも充分に可愛いが。がんばるのは良いことだな」

兄上がうなずいたので、ぼくは嬉しくて満面の笑みを浮かべる。そして大きな肉を頬張った。

『おい、そんなに食べたら太るんじゃね？　お腹いっぱいまで食べるから太るんじゃね？』

インナーの声が耳に痛い。でも食事制限は明日からするから、今日は許してほしい。

それよりもぼくは、大事なことを今思い出した。ディエンヌのことである。兄上が話の中で妹のことに触れないのが、ちょっと怖い。

『まさか、本当に。し、し、死ぃぃ？』

インナーの心の叫びにぼくはびくぅとなりながら、兄上にたずねた。

「あの、兄上。ディエンヌは今どこに？　いいい、生きていますよね？」

口に入れた肉をごくりと飲みこんでから恐る恐る聞いてみると、兄上は眉間に皺を寄せた。

「ディエンヌは地下の部屋に監禁している。実の兄を害そうとしたのだ、私は到底許せぬ」

『あわわ。兄上、激オコじゃね？』

おののくインナーに苦笑しつつ、ぼくはディエンヌが生きていることを確認できて安心した。

部屋に閉じこめられているようだけど、ぼくを宙に舞い上げて殺そうとしたのだから、それは自業自得だよね。

というか、妹よ。ぼくが意識を失っていた間に、少しは謝る気とか反省の気持ちが芽生えていたりしないのかい？

無理かな？　無理だろうなぁ？　ディエンヌだもの。

そんなことを思いつつ、兄上をとりなしてみる。たぶん、放置しておくほうが面倒なことになるから。主に母上関連で。こういう勘は、悲しいことによく当たるのだ。

「兄上、ディエンヌはわざとではないのです。たぶん。妹はまだ分別がついていないのです」

「おまえを傷つけるような妹をかばうことはない。確かに五歳と幼いが、私はディエンヌから悪意を感じた。サリュがあのくらいの年の頃は、もっとほのぼののんびりしていて、いつも笑っていて、ツンツンしたカタツムリに噛まれて泣いていたではないか。子供とはそのような可愛らしいものである」

そう、魔国のカタツムリは葉っぱの上をのそのそ歩いているだけではない。ツノをツンツンしたら口がガバッと開いて噛むのだ。カタツムリが噛むとは思わず、あまりにもショックで、五歳のぼくはギャン泣きした……そうじゃなくてぇ。ぼくののほほんエピソードは置いておいてぇ。

「それは……ディエンヌなので。普通の子供と比べてはいけません」

ぼくがつぶやくと、兄上は重いため息をついた。

そうは言っても、ディエンヌはまだ五歳。母から離されて三日もひとりで地下の部屋にいるというのは、さすがにちょっと可哀想だ。

分別がないながらも、殺人未遂の反省はしてほしいところだが。

ぼくの備考欄には『悪役令嬢の兄（尻拭い）』と書いてあった。

はっきりディエンヌが悪役令嬢だとは書いていなかったけど、でもその片鱗《へんりん》はすでに見えている。

実の兄を、邪魔とか目障りという軽い理由で簡単に殺そうとしてしまう、モラルの欠如がはなはだしい子だからな。

たとえば、庭に出ればカタツムリやアリなどが普通にいて、五歳にもなれば、それを安易に殺しちゃダメとか、生きているのだということを学ぶものだ。

しかしディエンヌは、虫や動物、人にも、命が宿っているという認識ができていない。

だからアリを踏み潰すみたいに、兄のぼくを殺そうとするのだ。ひどいっ。

魔国でもさすがに、心のままに暴力や殺害に走ったら投獄される。ここはいろいろな種族が住む世界だから、近隣国と円滑に外交や商《あきな》いをするためにも、一般的なモラルの中で生活することが必要なのだ。

魔族だけど、魂までもが真っ黒に染まっている悪意オンリーの人なんてそうそういない。

しかしディエンヌは、五歳にして心の中が悪意で真っ黒黒である。

いくらぼくが尻拭いしたところで、治すのは無理っ！

だけどまだ五歳だから、もしかしたら品行方正なレディになる余地はある…………のかなぁ？

★★★★★

兄上は午前中、魔王城で大事な用事があるという。なので、ディエンヌ解放は昼過ぎ、兄上が帰ってきてからするということになった。

馬に乗って魔王城へ向かう兄上を、ぼくは玄関先で見送った。

後宮の敷地は魔王城に隣接しているから、裏手から直接入る通路もあるのだが、兄上はいつも魔王城の正面入り口から登城する。そうすることで仕事とプライベートの切り替えができるんだって。

魔王城は尖塔が何本も建っている、縦に長いお城だ。高くそびえる塔に三角屋根が載っている。

政務やパーティーなどでよく使用する部分は十七層分のフロア、いわゆる一階から十七階までで、一番高い塔のてっぺんまでは二十三層あるらしい。ぼくはまだ魔王城に一回しか行ったことがないから内部はよく知らないが、文献にそう書いてあった。

歴史のある建物で重厚感があり、メガラスが周りを飛び交っているのも相まって、なにやら禍々《まがまが》しい雰囲気は漂っている。

『中世ヨーロッパの城に見えるね。つか、シルエットはいわゆる……デレラ城的な？』

インナーのつぶやきにぼくは、知らんけど、と思う。

それよりも、馬に乗る兄上が最高に格好良いのだ。背筋をしゃっきり伸ばして、キリリとした眼差しで前を向いて、思いのままに馬を操る。すごーい。

毎日そんな兄上を見ていたら、ぼくも兄上のように格好良く馬に乗ってみたくなって、それであの日ぼくは馬に乗りたいと我《わ》が儘《まま》を言ってしまったんだよなぁ。

なんて、自室に戻ったぼくは、あの日の『ぼく殺人未遂事件』のことを考えていた。ディエンヌの風魔法で飛ばされたとき、ぼくは乗馬の練習をしていたのだ。

結局、ぼくは馬に乗ることはできなかった。ディエンヌに邪魔されたからではなく、足が短くてあぶみに届かなかったからだけど……無念。

意識が戻って間もないから安静にしていてください、とエリンに言われたから、ぼくはベッドに横になっている。また着替えるのが大変だから、堅苦しい上着だけを脱いでシャツとズボン姿で寝ていた。

『なぁ、勇者がたまに攻めてくるんだろう？　勇者って本当にいるの？　聖女は？』

またインナーがぼくの口を使ってつぶやき始めた。

「聖女は知らないけど。勇者の存在はすでに確認されていますよ。ぼくが生まれる前、今から八年前に南方にある人族のエクバラン国が召喚したって、ミケージャが二年前に教えてくれました。でも今のところ魔国には姿を現していません」

『すごい、勇者召喚ってマジであるんだぁ？　じゃあここは、勇者も魔族も魔獣も共存できる、なんでもありな世界なんだね？』

まぁそうなのだけど、この世界の住人としては、なんでもありって言い方がなんか嫌である。

『つか、元気なのに食っちゃ寝、食っちゃ寝して。だから太るんだ。ダイエットしろ』

「うぅぅ、うるさぁい。エリンに言われたから寝ているのですぅ。それに、ぼくは六歳なのです。育ち盛りなのです。いつか成長したら兄上のようにスマートでエレガントなイケてるボーイになるのですぅ」

兄上が六歳の頃には、もう馬に乗っていたとか足があぶみにかかったとか、それは事実だけど。でも大丈夫。たぶん、成長の伸びしろはまだあるはずなのだっ。

そんなことを布団の中で丸くなって考えていた。

『丸くなって、とか。普通の状態でもすでに丸いんですけどぉ？』

インナーのツッコミに怒って、丸い拳で胸をデンデケ叩く。でもぼくが痛いだけだ。理不尽。

そうしていると、窓ガラスがコツコツと鳴った。

ぼくはコロリーンと転がってベッドを降り、薄いカーテンを開ける。

窓の外には兄上がいた。レオンハルト兄上ではなくて、次兄のラーディンだ。

魔王の子供は、義理のぼくを入れて全部で五人いる。兄上はふたり、ぼくは三男で、ぼくの下にディエンヌと、もうひとり異母の弟がいるのだ。

ラーディンの備考欄には『攻略対象その一、ラーディン。魔王の次男。自信満々で少し横柄だが根は真面目。王位継承者として国の行く末を思案している。書類仕事は苦手だから、手伝ってあげると好感度がアップする』と書かれている。なかなか的を射ている感じだね。

ぼくの一歳上であるラーディンは七歳。だけど、もう見上げるほどに身長が高かった。むぅ。

ラーディンの母御はレオンハルト兄上と同じ方なので、彼らは実の兄弟だ。

すっきり晴れた空の色に似た青髪を、首が見えるくらい短めに整えている。瞳は濃い青色、サファイアの宝石がはめられているみたいで、とても綺麗だ。

ツノは兄上と同じく羊のような形状で、二重巻きである。

彼は横柄な性格を表すかのように仁王立ちで腕を組み、ぼくを睨《にら》み下ろしていた。

「どこ見てんだっ？　早く開けろ、コカトリスっ」

開口一番怒られた。どこを見てるって、それは備考欄を見ていたのだけど。文章がレオンハルト兄上ほどに長かったのだから、仕方がなかったのだ。備考欄を読むと微妙に目が合わないんだよね。

というか、レオンハルト兄上の備考欄でも思ったけれど、攻略対象って何？

ちなみに、コカトリスはニワトリを大きくしたような魔獣だ。息や唾液が猛毒なやつなのだけど、そんな魔獣にぼくをたとえるなんて、ラーディンは微妙に意地悪なのだっ。

でもこれ以上怒られたくないので、ぼくは掃き出し窓を開けて彼を部屋に招き入れた。

「庭から直接入るなんて、お行儀が悪いですよ、ラーディン兄上」

「玄関に回るのが面倒くさいんだ。つぅか、気を失っていたと聞いたのに元気そうじゃないか」

ぼくをからかうような顔でラーディンはニヤリとするが、お見舞いは普通に嬉しいので、ニッコリ笑顔を向ける。

「ぼくを心配してお見舞いに来てくれたのですか？　ありがとうございます、ラーディン兄上」

「べ、別にっ、心配なんかしてないっつーの」

見るからにラーディンは照れた。横柄で言葉がきつくてちょっと意地悪だが、実はそれほど悪い人ではない。

そして、インナーが『見事なツンデレだ』と喜んでいる。ツンデレ……？　まぁいいか。

「またディエンヌにやられたんだって？　ホント、おっかねぇ妹だよな。馬ごと吹き飛ばすとかシャレになんねぇじゃん」

ラーディンはぼくを抱えてベッドにコロリーンと転がすと、自分もベッドの端に腰かけた。乱暴ですね。というか、一歳違いだというのに力の差を見せつけられ、悔しいやら腹立つやら。

ちなみに、ラーディンはもう馬に乗れるんだって。それも悔しい。ぼくの足がもう少し長ければ、彼より先に華麗に馬を乗りこなせたはずなのにっ。

「ディエンヌに邪魔されなければ、ぼくはお馬に乗れていたのです」

むすっとして告げると、ラーディンは目を丸くして驚いた。

「はぁ？　おまえ落馬したのに、まだ馬に乗りたいとか思ってんの？　やめとけ。おまえがまた落馬したら、今度は兄上の雷で国が半壊するっつーの」

そう言って、ラーディンはぼくの腹を指でツンツン突いた。ぽよんぽよんと弾む指の感触が面白いみたいで、彼はよくそれをやる。でもぼくはくすぐったいので、嫌いなのだ。

「や、やめてってくださぁい。足がっ、足が長くなったら、落馬はしません」

ぼくがそう言ったら、ラーディンはその場面を思い浮かべ、腹を抱えて笑い出した。

「くははは、今のおまえが足だけ長いところ想像しちまった」

「違います。丸ぽちゃで、足だけ長いやつじゃなくてぇ」

ベッドの上で手足をバタバタさせて怒る。なのに、ラーディンは笑いが止まらなくなった。

「あはは、良かった、良かった。おまえが元気なのが一番だよ。魔国的にもな」

「なぜに国が？」

魔力もない落ちこぼれのぼくごときが国に影響を及ぼすとも思えず、意味がわからなくて首を傾げる。首が肉に埋まっていて、あまり傾かないけれど。

「おまえが元気だと、兄上がハッピーで、国も平和だってことだ」

ラーディンの兄上はレオンハルト兄上しかいないので、レオンハルト兄上の話だね？

「レオンハルト兄上がハッピーなのは、良いことです」

「そういうこと」

よくわからないけど、みんなハッピーならそれで良いと思って、ぼくもにっこりするのだった。

そうしたら、部屋の扉がノックされた。

「やべっ、窓から入ったのがみつかったら怒られる」

ラーディンはぼくの頭をさらっと撫でると、窓から外に出ていった。まるで嵐のような人だ。

でもぼくの様子を見に来てくれたのだから、嬉しいことなのである。

そうして彼が去ったあと、エリンが部屋に入ってきた。

「サリエル様、エレオノラ様がお見舞いにいらしているのですが……」

言い淀んだエリンは、耳を横に寝かせるイカ耳にして浮かない顔をする。

エレオノラというのは、ぼくの実の母上のことだ。

お見舞いに来てくれたというのは嬉しいことだけど、そう簡単な話ではないのはわかっていた。

ぼくを見捨てた母上なので、ラーディンのときのようにニッコリはできないな。

「サリエル様がお休みの間、ディエンヌ様を解放しろと言って、エレオノラ様は何度も抗議しに来ました。それをレオンハルト様は撥ね除けてきたのです。ディエンヌ様に会わせろということならば追い返せと言われているのですが、サリエル様のお見舞いと言われると無下にお断りできません」

ディエンヌも厄介な妹なのだが、ぼくを育児放棄する母上も、普通に常識が通用しない相手なのである。

意識を失っていたぼくのことなど気にもかけず、ディエンヌを取り戻したいと訴える身勝手さを見れば、納得できるだろう。

おまけに結構ヒステリックなので、エリンや執事に全部まかせるのは荷が重そう。

「母上には、ぼくが会います。エリン、着替えを手伝って」

レオンハルト兄上の留守中に、兄上の手をわずらわせるようなことが起きたら大変だ。

ここはぼくが対峙《たいじ》して、母上には穏便に引き取ってもらおう。

ぼくはエリンとともに屋敷の廊下を進んでいき、玄関にほど近いところにある来客用のサロンに足を踏み入れる。庭に面した部分が全面ガラス張りになっている室内は、明るくて暖かい。

母上はサロンのソファに腰かけていた。

備考欄には『ディエンヌの母、エレオノラ。サキュバス。醜いものが許せない』とある。

ちなみに、この備考欄のことやインナーのことは、誰にも……レオンハルト兄上にも内緒にしている。一応魔王の三男という立場であるので、頭おかしいやつ認定は避けたいのだ。

ぼくがエリンの介助を受けながら対面のソファに座ると、母上は眉根を寄せる。まだ座っただけなんだけど。

あぁ、インナーよ。これから心が痛むことが続くけど、覚悟してくれ。

母上は、己の美貌で男を誘惑し生気を奪うサキュバスという特性上、美へのこだわりが強い。

実際、母上の容姿は極めて美しい。ぼくと同じ赤色の髪は長く波打ち、耳の少し上から人差し指ほどの細いツノが生えている。肌は雪のように白く、その顔を彩る赤い口紅が妖艶《ようえん》だ。赤い瞳はルビーのごとくきらめいて、目元は形が良く、まつ毛はバサバサ。胸はボンと出てウエストはキュッとしまっている体躯《たいく》を、父上から頂いた最高級のドレスで着飾っている。

子供をふたり産んでいるけれど、見た目年齢は二十歳そこそこ。

長命の魔族は、ゼロ歳から二十歳までは人族と同じ速度で体の成長を遂げるが、その後は四年ごとに一歳ずつ年を重ねるペースで成長していく。なので百歳だと、人族の四十歳くらいの見た目年齢である。

ゆえに、実年齢三十歳くらいの母上は見た目二十二歳のイケてるギャルなのだ。

というわけで、美にうるさい……いや、美にこだわる母上は、醜いぼくを嫌っている。

「あぁ、相変わらず丸いわね。見るに堪えないわ」

母上の前に紅茶の入ったカップを置いたエリンの手が、ピクリと震えた。

エリン、落ち着いて。丸いのは事実です。

「お久しぶりです、母上」

「母上なんて呼ばないで。おまえのような養豚場のブタが私の息子だなんて知られたくないの」

困ったことに、この程度の言葉は言われ慣れている。母上は、麗しい自分の腹から醜いぼくが生まれたことが耐えがたいのだ。

そして予想通り、母上に暴言を浴びせられたインナーは心の隅で震え出した。

ぼくの胸がヒリヒリしている。これはインナーの胸の痛みだ。このような言葉のつぶては、ぼくは慣れっこなのだが、インナーは傷つきやすくてピュアだからね。

でも、ごめん。これは序の口なのだ。

「あんた六歳にもなって、まだ魔法が使えないのですって？　ディエンヌがちょっと悪戯《いたずら》したことを大袈裟《おおげさ》にして、それくらいサッと避ければいいでしょう？」

「すみません。ぼくは魔法が使えないので、サッと避けることができませんでした」

「もしかして、ディエンヌが私に可愛がられているのに嫉妬して、罪のない子にわざと罰を与えたのかしら。何をしても、ツノなしのあんたが私に可愛がられるなんてことは、天地がひっくり返ってもないわよ。ブタを愛《め》でる趣味はないの」

「ぼくは昨日まで気を失っていたのです。ディエンヌの処遇はすべて兄上の采配《さいはい》ですから」

心を凍らせて、ぼくは淡々と母上の言葉に答えを返す。いちいち傷ついていたら、この母親と膝を交えることはできないよ。

「意識が戻ったのなら、早くディエンヌを返してちょうだい」

「兄上の許可がなければ何もできません。ぼくは居《い》候《そうろう》にすぎませんから」

暗にあなたがぼくを捨てたのだと匂わせるが、たぶん全然効いていないね。逆にキレて、ティーカップの載ったテーブルをバンと手で叩いた。

「おまえとディエンヌの間のことなの。レオンハルトは関係ないでしょ。大体あんたはとっくに死んでいるはずだったのに、なんでまだ生きてるの？　そこらに置いておけば勝手に餓死するはずだったのに、レオンハルトがブタに餌なんかあげるからこんなにぶくぶく太っちゃって。醜いブタで魔力もツノもない出来損ないが、私の息子？　無理無理、もう本当に考えられない。目障りだから、どこかに行ってちょうだい。そして私のディエンヌを解放してちょうだい」

ぼくが赤ん坊の頃から『どこかに行ってちょうだい』が母上の口癖だった。

ヒステリックにわめきたてる母上は、醜く顔を歪めても美人に見える。これがサキュバスマジックなのかな？　なんて、のほほんと母上の暴言を浴びながら考えていた。

そのとき窓がガラリと開いて、ラーディンがサロンに入ってきた。

「サリエル、用があるからこちらへ来い」

そう言うなり、ぼくを小脇に抱える。

で、ぼくはこめかみに怒りマークを浮かべた。

は？　来いって言ったのに、なんですでに抱えてんの？　というか、なんでこんなに軽々とぼくを持ち上げるの？　力自慢なの？　むっきぃぃっ!!

「待ちなさい。まだ話は終わっていないわよっ」

母上の言葉を聞いたラーディンは、冷たく一瞥した。

「あぁぁ？　サリエルにどこかに行ってと言っていたではありませんか、義母上《はは》。俺はこいつに用があると言いましたよね？　邪魔立てしますか？　この俺にッ」

凍てついた空気がグワッとラーディンから発せられ、床から剣先のような氷柱がバキバキッと音を立てながら何本も生えてくる。ラーディンが放つ大きな魔力のせいだった。

母上はいきなり強烈な魔力を浴び、ソファの上から動けなくなる。魔族は自分よりも強い者の魔力に無条件に降伏してしまう性質があるのだ。ゆえに魔国では、魔力が強い者が権力を持つ。

母上はディエンヌを産んだあと、どんどん魔力が衰えていった。今では普通のサキュバスが持つのと同じ微量な魔力量になっている。

下級悪魔は、膨大な魔力量を誇る魔王には近づくこともできない。奇跡はどうやら、ディエンヌを身ごもったとき、その一度だけのものだったようだ。

現に、今母上は魔王に会うこともできず、レオンハルト兄上はもちろん、齢《よわい》七歳のラーディンの魔力にも耐えられない。

ラーディンの覇気を浴びた母上は、声も出せない様子だ。

おそらくそんな理由もあって、母上はディエンヌを猫可愛がりするのだろう。

この魔王城で、もう魔王に会うこともできない母上が贅沢な暮らしを続けるには、魔王の血を受け継ぐ娘ディエンヌだけが頼りだからだ。

ちなみに、魔力なしツノなしのぼくだけど、ラーディンに抱えられていても魔力の威圧感がわからない。いや、なんとなくはわかるが、固まるとか怖いとかそういうことはないのだ。

ぼくの中の魔力があまりにも少なすぎて、鈍感になっているのかもね。けれど、怖くて兄上たちに近寄れないなんてことはないから、それは良いことなのだ。

ラーディンは母上を捨て置いて、サロンを出た。

小脇に抱えられているぼくは、ぬいぐるみのごとく彼の腕の中でブラーンとしているしかない。

廊下を大股で歩いたラーディンは、ぼくの部屋に入りこむとぼくをベッドにポイィと投げた。

投げられたぼくはマットレスの上でバィインと跳ねて、いい感じに正座で着地する。

「おいっ、なんで言われたままにしているんだっ？　腹立たしい」

手をワキワキさせて、ラーディンは青い髪がゆらりと逆立つほどに怒っている。ビキビキッと部屋の床にも薄い氷が張ってきた。ぼくは彼に丸い指先を向ける。

「魔法っ、寒いのでやめてください。というか、仕方がないではありませんか。母上はああいう人なのです。言うだけ言えば満足しますよ。それにレオンハルト兄上の留守中に面倒を起こされたくなかったのです。兄上に迷惑をかけたくないので」

「言うだけ言えばって……おまえ、いつもあんな暴言を吐かれて黙っているのか？」

「いつもではありません。ぼくはレオンハルト兄上にお世話になっていますから、母上に会ったのも久しぶりでした。だから大丈夫ですよ？」

安心させるように、ぼくは正座のままラーディンにニコリと笑いかける。

ラーディンはぼくが悪口を言われていると思って怒ってくれたのだ。冷たい言葉のつぶてを母上に投げつけられても、こうしてぼくを心配してくれる人がいるから、それだけでぼくは嫌な気持ちを拭い去ることができる。

するると、ぼくの顔を見て毒気が抜けたのか、ラーディンはため息をついた。

ぼくののほほん顔は、怒れる獅子をも眠らせるようだ。うむ。

「兄上に迷惑をかけたくないっていうおまえの気持ちはわかるけど。だが兄上は一番、おまえが傷つくことが嫌だと思うぞ」

ラーディンに断言され、ぼくはその言葉におののき、ガーンとなる。

「兄上にご迷惑をかけたくなかっただけなのに……ぼくが傷ついたらダメなのですか？」

「そうだ。だからおまえはいつも笑っていなきゃダメなんだ。さっき兄上がハッピーなのが良いんだって言っただろう？」

そうだ、言っていた。兄上がハッピーなのが良いに決まっている。ぼくは感心してうなずいた。

「はいっ。いつも笑っているようにします。ラーディン兄上はレオンハルト兄上のことをよくわかっていて、とても頭が良いのですね」

「そうだっ。俺が一番兄上のことを理解しているんだ。おまえなんかに負けないからな」

犬歯をむき出しにしてラーディンは怒るが、実の兄のことをラーディンが理解するのは当たり前のことなのに、どうしてぼくなんかに負けない宣言をするのだろう。

きょとんとして彼を見やると、ラーディンは頬を赤らめて、咳払いした。

「んんっ、わかればいいんだよ。いいか、サリエル。義母《はは》上とは極力会わないようにしろ。エリン、もうサリエルに取り次ぐな。対処はすべてレオンハルト兄上にお任せしろ」

ラーディンはぼくに言ってから、そばに控えていたエリンにもそう指示した。

「できればディエンヌにも会わないようにしたほうが良いが、実の兄妹だからそれは難しいな」

確かに、備考欄が未来のことを暗示しているものならば、ぼくは彼女の尻拭い人生になるみたいだから、接点をなくすのは難しいかと思う。今から気が重いね。

「エレオノラ様は、レオンハルト様がお帰りになるまでサロンでお待ちいただくよう、執事が取り計らっております。ラーディン様、サリエル様を助けていただきありがとうございます」

ラーディンに向けて、エリンはしっかりと腰を折って礼をした。

そうだ、ぼくも助かったよ。インナーがママ怖いって泣いているからね。あれ以上はたぶん、母上の暴言に耐えられなかっただろう……インナーが。

「ぼくもっ、ラーディン兄上、ありがとうございました。助けられました」

「た、助けてなんか、いねぇし。俺が嫌な気分になっただけだしぃ……」

そう言って、ラーディンは頬を赤らめたまま部屋の窓から出ていった。

え。そこから出るの？　まぁいいか。

しかしながら、これがインナーの言うツンデレというやつかと、ぼくはラーディンの後ろ姿を見送りながら思うのだった。

昼過ぎにレオンハルト兄上が邸宅に帰ってきたので、ぼくは兄上とともに、地下の部屋に閉じこめられているディエンヌに会いに行くことにした。

監視する者や世話する者などがいて、完全にひとりでいるわけではないらしい。でも魔力の高い魔王の娘が脱出しないよう、魔法で厳重に結界が張られていた。

扉を開けると、地下にある部屋は薄暗がりで、ランプやろうそくの火が灯されていた。

昼も夜もわからないような部屋にひとりで、親から三日も引き離されていたら、普通の五歳児ならば泣きわめくところだ。でもディエンヌは兄上を見ると、気丈に淑女の礼をした。

「おかえりなさいませ、レオンハルトおにいさま。ようやく、かいほーしてくださる気になったのかしらぁ？」

指先で持ち上げていた赤いドレスのスカートを、パッと離して顔を上げる。

その顔の横に浮かんだ備考欄には、こう書かれていた。

『悪役令嬢、ディエンヌ。婚約破棄され、断頭台の露《つゆ》と消える』

え、魔王の娘が処刑？　いったいどんなことをしたらそんなことになるの？

彼女の未来に何が待ち受けているのか。そして、ぼくはそれに巻きこまれてしまうのか、気になるところだ。でも、今からまったくわからない未来のことに気を揉んでも仕方がないので、考えないことにしよう。

ちなみに備考欄は、見たいと思ったときに出るようだった。すれ違う人みんなに出てきたら、鬱《うっ》陶《とう》しくて大変だもんね。

それから備考欄の文章は、使用人やぼくなどは二十文字程度の解説なのだが、兄上たちのように詳しく解説されている人もいる。特に攻略対象というワードがあると、文章は長めな傾向だ。物や魔獣、植物などにも備考は出てきた。『メガラス。カラスに似た魔獣』とか。『壺。魔国暦五〇三年作』とかね。ぼく、メガラスよりは文字数あって良かった。

はぁぁ、妹と対峙《たいじ》したくなくて思わず脳内逃避しちゃったけど、逃げても仕方ないね。

ぼくは渋々ディエンヌに目を向ける。

彼女は母譲りの美貌を持つ女の子だ。

目は猫のように少し吊り気味だが、ぱっちりくっきりで華やかな顔つきに見える。瞳は炎のように赤く、その燃え盛るような苛烈な印象は彼女の性格をそのまま表していた。艶《つや》めく赤い髪はゆるやかにウェーブしている。鼻梁《びりょう》の高さや唇の形、目鼻立ちがベストバランス。

ツノの形状は母上と同じく、耳の辺りから上に向かって細めのツノが生えている。でも先端が頭頂部より上に伸びているので、母上よりもツノは太く長めだ。

とはいえ、まるで母上を小さくしたような容姿である。

黙っていれば、きっと誰からも好かれる美人だと思うよ。黙っていれば、婚約破棄も回避できるはずだけどな。黙っていれば……

そんなディエンヌだが、兄上の背後にぼくをみつけると、にたぁとホラーチックに笑った。

「あらぁ？　サリエル、生きていたのねぇ？　だったらとっととここから出してちょうだいっ。おにいさまがわたくしを閉じこめる理由はもうないでしょ？」

やっぱりディエンヌは全然悪びれていなかった。兄であるぼくを普通に呼び捨てにして、殺人未遂の罪の意識もなさそう。

「おまえの魔法で兄が死んだかもしれないのだぞ。三日閉じこめても、反省なしか？」

兄上が怒鳴るけれど、ディエンヌは鼻で笑う。暖簾《のれん》に腕押しだな。……のれん？　のれんってなんだっけ？　まぁいいか。

とにかく。反省などしない、それがディエンヌなのだ。

「おおげさね。生きているんだから良いでしょ。それにサリエルが死んだって、なんのえいきょーもないじゃなぁい？　ツノなしのできそこないがいなくなるだけ。むしろ魔王の三男がこんな落ちこぼれだって知られるまえに、いなくなったほうが父上も喜ぶとおもうけどぉ」

「黙れっ」

兄上の周囲に電気が走り、小さな雷がディエンヌの足元にドンと落ちた。

ぼくもそばに控える従者も、ひえぇっと肩をすくめるが、ディエンヌは微動だにせず、兄上を大きな目で睨《にら》んでいた。

「兄が死んでもいいなどと、そのような薄情な者は魔王の娘たる資格はない」

兄上の『魔王城から出ていけ』と暗に示す言葉に、ディエンヌはさすがにうろたえた。

「死んでもいいなんて、そんなことは言っていませんわ。えぇと、サリエルがはやく治って良かったわ、と言ったのよ」

そういうニュアンスはまったくなかったけどな、とぼくは心の奥でツッコむ。

本人には言わないよ、三十倍になって返ってくるからね。触らぬ悪魔《ディエンヌ》に祟りなしである。

「ディエンヌ、なぜサリエルを害そうとしたのだ？　サリエルはおまえたち家族に見捨てられた可哀想な子だ。サリエルが憤るならまだしも、なぜおまえがサリエルを目の敵《かたき》にするのだ？」

「おにいさまのそういうところよ。わたくしだっておにいさまの妹よ？　サリエルばっかりかわいがって、ズルいじゃない。もっとわたくしを見てくださいませ、おにいさまぁ」

ディエンヌは目に涙を浮かべて、瞳をキラキラさせた。

「私に、サキュバスの誘惑は効かぬ」

しかし兄上はそう言って、手で肩を払うような仕草をした。

「あぁあ？　まさか、ディエンヌは兄上に魅了をかけたのですか？　身内である兄上にそんなことをしちゃ、ダメなんだぞっ。ディエンヌ、兄上に謝りなさい」

ぼくはこればかりは許せなくて怒る。しかしディエンヌは苛立ちをあらわに舌打ちをした。

へぇあ、ぼくへの態度がひどすぎない？

ディエンヌは魅了の魔法が不発だったことも悔しかったようで、牙をむき出して言い捨てた。

「あんた、ホントに邪魔くさいのよっ。おにいさまにかわいがられてわらっているサリエルを見ると、いやぁなきぶんになっちゃって。つい魔法で飛ばしちゃったの。それだけぇ」

予想はしていたが、やっぱりそういうどうでもいい理由だった。

ぼくはあきらめの気持ちで眉間に皺を寄せ、兄上は重い重いため息をつくのだった。

「はぁ。とにかく、人に向かって攻撃魔法を撃ってはならない。約束するまでここから出さない」

兄上の言葉にディエンヌはムスッとして返事をしなかった。

もう、ここでごねると話が進まなくなるじゃないか。

「ディエンヌ、部屋から出られなくてもいいのですか？　レオンハルト兄上に嘘は通じないから、ちゃんとお約束して。また同じことをしたら、今度は閉じこめられるだけでは済まないよ」

「えらっそうに。おにいさまのうしろでかくれているだけの、のろまのくせに」

ぼくの助言と注意に妹は暴言を吐く。

もう、本当のことを言わないでっ。傷つくから。

「でもたしかに、そろそろしおどきかしら。おかあさまのポテンシャルが底辺だから、魔王の子供とはいえ、わたくしとおにいさまの魔力量はだんちがいですものね。サリエルを殺したら、おにいさまに一瞬で消し炭にされるって理解したわぁ」

面倒くさそうにため息をついて、ディエンヌは兄上に頭を下げた。

「わかったわぁ、もうサリエルに魔法はうちませぇん」

「他の者にもだ。家族ならこうして和解できるかもしれないが、他人に魔法を向けたら犯罪になる。魔王の娘であっても私はかばいだてはしないからな」

「はぁい。他人にも魔法はうちませぇぇぇん」

その言い方、全然反省の色が見えないけど。

しかし兄上は、それでディエンヌの謹慎を解いた。

だけど部屋を出た瞬間、ディエンヌはぼくの腹を肘で小突いてひそひそ声で怒るのだ。

「あんた、起きるのおそいのよっ。おかげで三日もヘヤに閉じこめられて。もうサイアク」

やっぱり全然反省してないよ。もう苦笑するしかなかった。

そんな傍若無人《ぼうじゃくぶじん》なディエンヌだったが、玄関脇のサロンに母上がいるのを見かけると、駆け寄って母上に抱きついた。

ちょっとは幼児らしいところもあるじゃないか。

「おかぁさまぁ、怖かったわぁ。もう、ひとりにしないでぇ、おかぁさまぁぁぁ」

ディエンヌは母上に甘えるが、いかにもウソ泣きである。さっき母上のことをポテンシャルが底辺とか言っていたから、母上のことも舐めているのだろうな。

ぼくと兄上は、母上とディエンヌの感動の再会を冷めた目で見やった。

「あぁディエンヌ、可哀想に。早くお家に帰りましょうね」

母上はディエンヌにデロデロの甘々だから、演技に気づくこともなく、彼女を抱っこして早々に邸宅を出ようとした。

その背中に兄上が厳しい声をかける。

「ディエンヌ。おまえが兄をいらぬと言うのなら、サリエルは私の大事な弟として扱う。私のものにおまえが手を出すことは金輪際許《こんりんざい》さぬ。肝に銘じておけ」

「おかぁさまぁ、おにいさまが怖いぃ」

ディエンヌは兄上に返事をせず、母上に抱きついて誤魔化《ごまか》した。

兄上を無視するなんて、ぼくはそれも許しませぇん。

「そうね、怖いお兄様だわね、早く屋敷に帰りましょう」

そそくさとふたりは外に出ていくのだが、当然のように、息子であるぼくを一緒に連れていくようなアクションを何ひとつ起こさなかった。

母上たちに背を向けた兄上は、ぼくを軽々と抱き上げると、頬と頬をくっつけて言った。

「可愛いサリュ。おまえはずっとこの屋敷に……私のそばにいれば良い。どこにもやらぬぞ」

家族に捨てられたぼくを兄上は気遣ってくれるのだ。その優しい心根に、ぼくはいつも救われる。

だからぼくも、兄上の頬に頬をスリスリしたのだった。

★★★★★

妹（五歳）に殺されかけた事件から一週間ほどが経ち、ぼくは日常を取り戻しつつある。

そんなある日の朝、珍しく外で小鳥がチュンチュン鳴いていた。

『うんうん、朝といったら小鳥のさえずりで起きるものだよ』

インナーが胸のうちでつぶやく日々にも慣れ、心の中の同居も順調だった。

朝の目覚めはメガラスのギャースという鳴き声が一般的だと思うけど、なんて考えつつ、まだまどろんでいたくて布団を抱えこむ。このぬくぬくが堪らないのである。むふん。

でも、そのチュンチュンがだんだんと近づいてきて、鳴き声も大きくなってきて。

ぼくは布団を頭からかぶって耳をふさぐ。もうちょっと寝ていたいのだぁ。

しかし、小鳥は窓ガラスをゴンゴンとつつき、大音量で鳴く。

——チュンチュンチュン……

「うぅぅ、うるさぁい」

ぼくは頭までかぶっていた布団をガバッとはぎ、コロリーンとベッドから転げ降りると、掃き出しの窓をスパーンと開けた。

だがそこで、ぼくは驚いて固まる。窓の外には大きな、大きな……スズメがいた。

『すっ、スズメっ？　おっきぃスズメ、可愛いいいぃぃ』

ぼくの身長と同じくらいの大きさのスズメ。小さいと思っていたものが大きな姿で現れると、なんでか可愛いと感じてしまうが。これはインナーの意識のせいだ。

というか、これはスズメではなく、正確にはスズメガズスという魔鳥である。

『スズメガズス、スズメに似た魔獣。子供が好きで……』

なんてのんきに備考欄を読んでいたら、くちばしで寝間着を引っ張られ、スズメガズスの強い力で外に出されてしまった。そしてなんでかスズメガズスが持っていた白い布に、手早く包まれる。スズメガズスは茶色い翼を羽ばたかせ、ぼくという少々重かろう小荷物を持って空へ飛んだぁぁぁ……？

「むりでしょぉぉ？　うそぉぉぉ？　さらわれるぅぅぅ？」

ぼくが叫んだ、そのとき、エリンがぼくの部屋に入ってきた。

「サリエル様、危なーい」

エリンは魔法の炎の玉をスズメガズスに投げつけた。後宮に勤められるくらいだから、エリンもそれなりの魔力保持者なのである。

投げられた炎が白い布に当たると、その一端が燃え上がってハラリと布が開き、包まれていたぼくはボトリと地面に落ちた。

「ぶみょ……」

声は出たけど、まぁ十センチくらい上からだから、痛くはない。それに火には触れなかったから、火傷《やけど》もしていない。白い布から転がり落ちたぼくは、そのままコロコロ転がって、窓の外まで出てきてくれたエリンのそばに避難した。

スズメガズスは己の持ち物であったらしい白い布がこげちゃって、オコである。ギュンギュンと大声でエリンを非難する。知らんがな。

「わかりました、この敷布を持っていきなさい。でもサリエル様は持っていっちゃダメよ」

エリンはぼくのベッドからシーツをはぐと、スズメガズスに渡す。

それでもまだ未練がましそうなスズメガズス。

ギュンギュンと鳴いていたが、突如スズメガズスの額にある、もうひとつの目がクワッと開いた。

「獣人よ、おまえらにこの子の価値はわかるまい。とても美味《うま》そ……いや、美しい魂の持ち主なのである。我が大事に育て上げよう」

「三つ目のスズメが、しゃべったぁ。しかも今、美味《うま》そうって言いかけたよね？　育てないでぼくを食べるつもりだよね？」

ぼくはいぶかしげに眉根を寄せるが、エリンは魔獣相手にムキになって反論していた。

「いいえ、サリエル様の価値は私どもが一番存じております。大事に育てるとしても、お渡しできません。サリエル様はレオンハルト様が大事に育てられているお嫁さん候補なのですからね」

ぼくはエリンの言葉に、目も口も丸くする。

いいや、知ってはいるのだ。二年前、ぼくは兄上に『花嫁となって、私の支えになってくれ』と確かに言われたので。でもそれは、右腕のような存在を欲しているのだと解釈していた。

というか、エリンが兄上の、幼児を相手にした軽口を本気にしているとは思わなかったよ。

スズメガズスは、ちょっと項垂《うなだ》れて涙目になった。でもごねないでサッと飛び去っていったのだった。

うぅっ、ちょっと可哀想だったかも。

「もう、サリエル様ったら。スズメガズスに近づいてはいけないと、以前レオンハルト様に注意されたでしょう？」

エリンはこげて一部黒くなったスズメガズスの白布を回収しながら、ぼくを叱った。

ぼくは三歳のときにもスズメガズスにさらわれかけたことがあるから、何も言えない。

スズメガズスは、子供をさらって巣で育てるという性質がある。でもさらうのは、おおよそ汚れなき無垢《むく》な赤ん坊なのだ。だからぼくは、ちょっと油断したのである。だって、まさか六歳にもなるぼくをさらうなんて思わないでしょ？

それに備考欄が横に出ると、どんなことが書いてあるのか気になってしまうのだ。ぼくはスズメガズスの生態を知っていたというのに、つい読みこんでしまって、スズメガズスに持っていかれそうになったのであるぅぅ……

　そんな朝の出来事を、その後の朝食のときに兄上に話したら、爆笑された。

「ハハハッ、六歳になってもスズメガズスに見初《みそ》められるとは、ある意味すごいではないか。あの魔獣はピュアな魂が大好物だから、サリュは今も赤ん坊並みに無垢《むく》な魂だということだな」

　アメジストの瞳がきらりと光って、今日も兄上は安定の麗しさだ。しかしぼくはからかわれて、口をへの字にしてしまう。

「いいえ、ぼくとて魔族の端くれです。魂は邪悪に黒く染まっているはずです」

「黒く染まっても清らかなままでも、私はそのままのサリュが好きだよ」

「……ぼくもっ、兄上が好きです」

　もごもご言って、照れ隠しに大好物である鶏もものソテーをパクリと食べる。

　爆笑されて拗《す》ねていたけど、好きと言われたらいつまでも怒っていられないものだ。

　それにさっき、エリンに兄上のお嫁さん候補だなんて言われて、ちょっと意識しちゃって。好きってワードにときめいちゃったりして。

　でもこの心が浮き立つ感じは、インナーのせいだと思う。

　もちろんエリンは魔獣を説得するために言ったのだし、兄上の好きワードも兄弟に対するものだってわかっている。本気になんかしていないよ。

　でも、インナーがぼくの中にいることで、ぼくはなんだか今までのぼくではなくて、ちょっとだけ兄上が今までとは違って見えるようになったのだ。きらきらぁ、と。

「かどわかし防止機能もつけたほうがいいかなぁ。しかし、さすがにそれは難しいか」

兄上がなにやらつぶやいていたけど、よく聞こえなかった。

朝食を終えたあとはいつも、魔王城へ仕事に出掛ける兄上の見送りをする。

赤い絨毯《じゅうたん》が敷かれた階段を兄上と一緒に下りていくと、玄関前のエントランスに出る。床には大理石が敷かれてあり、白地にマーブル模様が涼しげな印象だ。ちょっとしたダンスパーティーが開けるくらい広い空間である。兄上は人を招くようなことはあまりしないけどね。

天井には魔国創世神話の絵がふたつ描かれてあり、その間、エントランスの真ん中に大きなシャンデリアが下がっている。火を絶やさないのでいつも明るい。

兄上の邸宅は、大きな石が組まれた重厚感のある屋敷なのだけど、内装は白色と木目で統一されているし、外観の石も白や薄茶の色合いなので厳めしくはない。

「兄上、いってらっしゃいませ」

高さ三メートルもある大きくて分厚い玄関扉の前で兄上に挨拶をすると、兄上はぼくの首にシルバーのチェーンをかけた。そこには大きな赤い宝石のペンダントトップがついている。

「これはレッドドラゴンの骸《むくろ》から取り出した、強力な魔力を帯びる魔石だ。魔法無効、物理攻撃無効、敵意探知の防御魔法を付与してある。サリュを守るものだから、肌身離さずつけていなさい。スズメガズスに連れていかれないように、寝るときもな」

ぼくは太い指で、赤くてつるりとした宝石を撫でる。鏡に映る、ぼくの瞳の色と同じだ。

「うわぁぁ、とても綺麗ですね。兄上、大事にします。肌身離さず、がんばります」

元気に返事をして笑いかけると、兄上は大きな手で頭を撫でてくれた。

そうして兄上に撫でられると、ぼくはなぜだか誇らしい気持ちになる。

だから兄上の役に立つ相棒的存在になるべく、毎日がんばるのであるっ。


というわけで、仕事へ行った兄上を見送ったあと、今日は兄上の書斎で勉強をすることにした。

書斎には、天井まで続く本棚があり、あらゆるジャンルの蔵書が並べられている。大きな空間に本棚がいっぱいあって、通路が迷路みたいだ。ぼくは瞬間記憶能力があるから大丈夫だけど、エリンはたまに迷っているよ。そして、蔵書数が多いから司書もいる。

『司書ぉ？　それってもはや、図書館じゃね？』

インナーが驚く図書館のようなその書斎には、兄上が仕事用に使うスペースとは別に、ぼくや屋敷の者が自由に使える勉強用スペースがある。どちらも兄上の書斎ではあるが、仕事用の区画は独立しているので、ぼくが勉強をしていても兄上の仕事の邪魔にはならないのだ。

ぼくは探し出した目当ての本を持ち、ぼく用の勉強机の前に座って本を開いた。文章に目を通しつつ、魔国の常識的なものをインナーに説明していく。

ぼくの口を使ってインナーが突然非常識なことを言い出したら困るから、事前に教えておこうという算段だ。それに、本の内容は瞬間記憶能力により覚えられるし、あとからそれを反芻《はんすう》することもできる。時間を無駄にしないよう、ぼくの勉強とインナーへの説明、同時進行なのだ。

「この国で魔王になるには、先代魔王と三大公爵家の承認が必要です」

独り言をぶつぶつ言っていたら司書に頭がおかしいと思われちゃうから、以後は胸の中でインナーに語りかけていった。

公爵家は魔王が代替わりするときに、魔王をのぞく魔国内上位三名の魔力量を誇る人物がなる。世襲ではないのは、この国ならではの方策だ。しかし、魔力量はおおよそ遺伝するので、ここ三百年ほどは同じ家系が公爵におさまっている。

ひとつはレオンハルト兄上の母御の出自である、ルーフェン公爵家。ルーフェン家には魔王の妹が嫁いでいて、魔王の妹とルーフェンの妹が互いの家に嫁いでいるという、いわゆる強固な関係性である。

ひとつは魔王の四男シュナイツの母御の出自である、ベルフェレス公爵家。

ひとつはバッキャス公爵家。優秀な騎士を輩出する家柄で、公爵直々に軍団を指揮することもある、武功に長《た》けた家柄だ。

そして魔王の家は、ドラベチカ家。アストリアーナ魔王国建国以来、なんだかんだ魔王を輩出し続ける、驚異の魔力量を誇る名家である。

魔王になるには、圧倒的な魔力量で魔国民を従属させなければならない。ゆえに一番の決め手は魔力量の多さで、人柄、武力、頭脳、財産などは二の次になる。

『はいはい。次の魔王はレオンハルト兄上が一番有力なんでしょ？』

インナーはもう説明を聞くのに飽きたようだ。ぼくは口を使わず胸の中で答える。

「まだ本決まりではないのです。貴族ではない魔国民の中から、唐突に強大な魔力量を持つ者が出てくることだってあるし、レオンハルト兄上の他にもラーディン兄上や弟のシュナイツ、兄上たちの従兄弟《いとこ》にあたるマルチェロなど、魔王候補は多数いるからね。でも兄上の魔力量はずば抜けていますし、四本ツノを超える者はそうそう現れないでしょうから、有力なのは間違いないです」

『魔王の三男はどうなんだよぉ？』

インナー、わかっていて聞いているんでしょ、意地悪なんだから。

「ぼく？　ぼくはツノなし魔力なしのニワトリなので、言わなくてもわかるでしょ？」

ふんと、普段見えないくらい小さな鼻で息をつき、説明を終了する。

そしてぼくは、机の上に広げていた本も閉じた。それは今までの説明になんの関係もない、裁縫の本である。なみ縫いや頑丈に縫える半返しなど、本を見て技術を覚えこんだのだ。

なぜそんな本を見たのかというと……ディエンヌのせいしかないでしょ。

今彼女は、侍女のスカートをビリビリにする遊びにはまっていると、風の噂で聞いたのだ。だからぼくがその場に居合わせたら縫い直してあげようと思って。

だって、ディエンヌがいろいろやらかして、これから魔王になるかもしれない兄上の足を引っ張るようなことにでもなったら、イヤだもん。ディエンヌの悪い噂が広まって、魔王の子供の全体責任とかになったら、どうする？

あまつさえレオンハルト兄上が怒られたりしたら……

無理っ、絶対ダメっ。ありえなーーい。

かといって、兄上にディエンヌの尻拭いをさせるなど、言語道断だ。

兄上の手をわずらわせるくらいなら、ぼくが妹の尻拭いをするっ。してみせるっ。

ここに、悪役令嬢の兄（尻拭い）爆誕っ!!

ばくたん……知らない言葉なのに、なんだかとってもしっくりくるな。まぁいいか。

とにかくぼくは、いつか魔王となる兄上の行く手を阻もうとする、ディエンヌのあらゆる悪事を阻止するのだと心に決めたのだ。それが回り回って尻拭いなのだとしたら、悪役令嬢の兄（尻拭い）は、ぼくの運命ということなのだろう。

「オッケー、受けて立ってやりますよぉ、備考欄の人。誰だか知らないけど。ぼくはっ、完全無欠の尻拭いになりまぁすっ！」

丸い手を握り、ぼくは拳を天に突きあげるのだった。

★★★★★

とある日の朝、エリンが部屋に来る前。

ぼくは寝間着を脱いで、クローゼットからシャツを取り出し、自分で着替えてみた。

「やったぁ、ぼくはとうとうやりました」

胸にペカリと輝く、シャツにはめられたボタン。ぼくはとうとう自力でボタンをとめられたのだ。

あぁ、ここまで長い道のりだったと、ぼくは苦難の日々を思い返す。

インナーはシャツのボタンなんか簡単にはめられると豪語したのだ。でも、インナーに意識を譲っていざやらせてみると、太くて丸い指は思い通りに動かない。それを体験したインナーは、キレた。

『キエェェェェっ、マジ無理っ、ぼくの指は、まるで着ぐるみを着ているようだっ！』

えぇぇ、それってぼくのせい？　とは思ったが、スルーした。

主導権を取り戻し、ぼくの意識下でボタンをはめてみる。しかし、ずっとエリンにやってもらっていたからか、今度はコツがつかめない。なので、ぼくとインナーの感覚を混ぜこぜにしたら……できたのだっ。ボタン、はまったぁぁっ。

一度やれてしまえば、こっちのもの。コツをつかんで、あとは反復練習あるのみである。

胸の前のボタンをひとつとめたので、残りのボタンも黙々とはめていく。

このぶっとい指をいかにして動かせば、いい感じに日常生活で駆使していけるのか、試行錯誤しつつ、いつか来たるディエンヌの尻拭い人生のために備えていくつもりだ。

「サリエル様、指をワキワキして、どうされましたか？」

少しでも器用になるために、ぼくは指をうにゃうにゃと動かし続けていた。

しかし、朝の支度をしに部屋に入ってきたエリンに、変な目で見られてしまう。

まさか、いやらしい手つきに見えたのかな？

六歳ながらもサキュバスの息子であるぼくは、エロ知識をそれなりに持っている。なので、見えなくも、ない……かも？　焦って、ぼくは言い訳する。

「違うのです。エリン、ぼくは器用な魔族になりたいのです」

「器用？　あぁ、相手が騙されているとわからないように巧妙に騙す、魔族ならではの？」

ひらめいたと言わんばかりの顔でエリンが物騒な話をするから、ぼくは眉尻を下げた。

「そうではなくて、手が器用なやつですよぉ。見て、シャツのボタンをとめました」

「まぁ、とても器用ではございませんか。サリエル様、どうか上着のボタンもお願いします」

エリンは今日ぼくが着る衣装をクローゼットからサッと取り出し、上着を着せ掛ける。それと同時にぼくにズボンを穿かせ、さらには濡れタオルでぼくの顔を拭き拭きした。

おぉう、このスピーディーで流れるような手際、ぼくはまだまだだね。

今度はズボンを穿く練習をしよう。

「サリエル様、裁縫セットは居間の机の上に置きました。器用になるのに裁縫をするのですか？」

「はい。縫物を練習したくて、昨日、裁縫の本を読んで勉強しました」

昨日ぼくは裁縫の本を読んだあと、裁縫セットが欲しいとエリンに頼んだのだ。仕事の早い、ぼく。

「サリエル様は勉強熱心ですわね」

うむとうなずき、ぼくは朝食を食べにエリンと食堂に向かったのだった。


そして、朝食後。

魔王城へ仕事をしに行く兄上を見送ってからいそいそと自室に戻ると、机の上にチョンと置いてある裁縫の道具が入った箱をパカリと開けた。

そこには、赤、白、黒、紫、紺の糸と、銀色の針とハサミが入っている。箱の中に整然と並んでいる色とりどりの物を見ると、なんだか宝石箱みたいでドキドキするね。

そんなワクワクはさておき、早速針を手に持って穴に白い糸を通してみる。本の内容を思い出しながら糸の端を結んで、余り布をもらったので、そこに針を刺すっ。

「あぎゃ」

後ろから針を通したら、どこから針が出てくるかわからなくて、指に針を刺した。むぅ。

な、なみ縫いは簡単だ。うにゃうにゃと縫っていけばいいのだ……と思ったけど、針が出るたびにチクリとして、あぎゃっとなるし。針の上に布を溜めすぎて、針を引っ張るのが大変になった。

「全然思い通りにならないぃ。なんでぇ？　本の通りにやっているつもりなのに」

『ぶっとい指でぶきっちょなんだから、そんな簡単にできるわけないじゃん』

インナーのツッコミにぐぅの音も出ない。

本で得た知識で知ったつもりになっていても、それを活用できなければ意味がない。本当に知っているというのは活用できてこそ――なんてインナーに偉そうに言ったのに、やはりそれはとても大変なことなのだと実感する。

知っているとできるは、別物。

縫物を通して、ぼくはそれを改めて思い知らされたのであった。

午前中、あぁでもないこうでもないといろいろがんばったけど。こういうものは一朝一夕《いっちょういっせき》にはできないものなのだ。うむ。

とはいえ、縫い目がガタガタでとても見映えの良いものではないが、なんとか雑巾《ぞうきん》モドキが誕生した。あまりにもひどい出来なので、心が折れそうになったけど。

「サリエル様、昼食のお時間です」

エリンが部屋に入ってきたので、ぼくは雑巾《ぞうきん》を差し出した。

「これを私に？　いただけるのですか？　サリエル様が私に、ぷ、プレゼント、ですか？　レオンハルト様を差し置いて、私、いただけませんわぁ」

エリンがオレンジ色の眼《まなこ》を真ん丸にして大袈裟《おおげさ》に感動するものだから、ぼくは訂正した。

「こんなダメダメなのはプレゼントになりません。これは雑巾《ぞうきん》ですよ。お掃除のときにこれで汚れを拭き取るの。布が汚くなったら捨ててね」

「まさか、そのような。サリエル様の作品第一号ですもの。汚れを拭くなどもったいない。額縁に入れて飾りましょう」

「やーめーてぇー。ま、ま、まだ、試作品なの。第一号じゃないのぉ」

こんなぐちゃぐちゃな縫い目で、糸もピヨッと飛び出ているものを額縁なんかに入れて飾られたら、ぼくは一生辱《はずかし》めを受けることになるよぉ。

慌ててエリンを制すると、白くて大きな耳を寝かせた彼女は残念そうにつぶやいた。

「そうなのですかぁ？　では、とりあえずいただいておきますが……。それにしても、サリエル様はどうして急に縫物なんかを始められたのですか？」

彼女の素朴な質問に、ぼくは胸ならぬ腹を張って、仰々しく告げた。

「エリン。ぼくはね、未来が見えるのです」

その言葉に、エリンは「まぁ」と感嘆した。

「四月に満六歳になる魔王のお子様は、魔王城にて開かれるお披露目会で貴族方に紹介されます。そして、ディエンヌは今年六歳になるのです」

「そうです。あ、サリエル様はもう六歳です。パーティーはこれから……」

開かれるのですか？　とエリンの顔は華やぐが、期待させてごめん。

「エリン、もう六月ですよ。ぼくのお披露目会は、ないの。義理の息子だからね。でもディエンヌたちのついでに、来年ぼくもお披露目してくれるってお達しがありました。兄上は怒っちゃったけど、ぼくひとりのためにパーティーなんて荷が重いから、ぼくはそれでいいのです」

ぱぁっと笑顔になったエリンは、ぼくの話を聞くなりシュンとなってしまった。うぅ、可哀想。

でもね、もっとシビアな展開がこのあとに待ち受けていると、ぼくは予想しているのだ。

「問題はそこではないのですよ、エリン。ディエンヌ六歳のお披露目会には、高い魔力を保持する家柄の子供や家族が集まります。子供は魔力コントロールが不完全だから、母上が強烈な魔力にさらされる恐れがあって、つまり下級悪魔である母上はお披露目会に同席できないんだ。でもそうなったら、ディエンヌの後見役は誰がなると思う？」

「実の兄である、サリエル様……なのですかぁ？」

エリンは目を細め、すごく嫌そうな顔をした。

気持ちはわかります。ぼくも嫌なので。

「たぶんね。ぼくの後見人にはレオンハルト兄上がついてくれると思うけど、兄上はお忙しい方だからまだどうなるかわからないの。ところでディエンヌは、今侍女のスカートをビリビリにするのにはまっているんだって」

そう言うと、エリンはハッとして口元を手で覆った。

「他家の同年代の子女が招かれるパーティー、その舞台は御令嬢たちのお披露目の場にもなる。はじめて魔王城に登城する御令嬢や御令息は、この日のために豪華な衣装を仕立てることでしょう。きらびやかなドレスをまとう御令嬢たちを見て、今ビリビリにはまっているディエンヌがビリビリせずにいられると思う？」

「いいえ、ディエンヌ様は確実にビリビリいたします。はい」

はっきりとエリンは言い切った。ですよね？

「会場は御令嬢たちの泣き声で騒然、阿鼻叫喚《あびきょうかん》。そうなったら、ぼくはどうすべきだと思う？」

「あぁ、それで裁縫のお勉強をはじめたのですね？　でもサリエル様が、まさか御令嬢の破けたスカートを縫って差し上げるのですか？　そのようなことをなさらなくても……」

「せっかくの晴れ舞台を台無しにされたら、御令嬢が可哀想じゃないか。それに魔王の子供は躾《しつけ》がなっていないなんて、兄上まで同じように見られてしまったら。ぼくは兄上に申し訳が立ちませんからね。事前に回避できそうなことなら、ぼくは対処できるようにしておきたいのです」

だからぼくは、早く器用になりたいのだ。

レオンハルト兄上に降りかかる火の粉は、ぼくが払う。それで裁縫というのは短絡的かもしれないけど、ぼくにできることでなんとかしなければならないからね。

先回り、早期発見、早期修復は、どんなことにも有効なのである。うむ。

★★★★

三月三日の誕生日。ぼく、サリエルは七歳になりました。

兄上は、ぼくの誕生日をいつも盛大にお祝いしてくれる。というのも、兄上がぼくとはじめて会ったときが四月で、一歳の誕生日のお祝いができなかったのを今も残念に思っているからなんだって。

だから誕生日には、ぼくが好きな食事をいっぱい並べてくれて、プレゼントもいっぱいくれて、ぼくが喜ぶこともいっぱいしてくれるんだ。

ぼくは……こうして兄上に祝ってもらえるだけで充分に幸せだ。

母上にも見捨てられたぼくだから、兄上がぼくを家族として扱い、見守ってくれる。そのことが何よりの、そして最高のプレゼントなのだ。

『おい、テーブルの上のもの全部食べたら太るからな？　麗しの兄上の隣に立っても見劣りしないくらいに早く、や・せ・ろ！』

インナーは相も変わらずぼくに厳しい。でも、誕生日の御馳走くらいはいいじゃないかぁ。ダイエットは明日からっ。

そんな口うるさいインナーがぼくの中に居座るようになって、一年近くになる。しかしいまだに、彼なのか彼女なのか、よくわからない。

声はぼくと同じだから少年のようでもあり、兄上を見て恥じらったりドキドキ胸を高鳴らせたりするのは女性のようでもあり、エリンのケモミミや尻尾《しっぽ》に大興奮するのはおっさんのようでもある。

というか、インナー自身、己が何者かわかっていない様子なのだ。

ビルという四角い箱のような建物が立ち並ぶ、大勢の人が住む、四季のある町に住んでいた。そのようなことをおぼろげながら覚えていてるらしい。言葉遣いが乱暴だが、大人か子供か、それはわからない。

年齢、性別、名前。どうしてぼくの中にいるのか、そういう大切なところが欠けているね。

だけどインナーは、ぼく、サリエルとは別人。それは明らかだ。

母上の心無い言葉に今更傷ついたり、兄上のスキンシップに頬を赤く染めたり。殺される前にディエンヌなんか殺しちゃえばぁ？　と、びっくりするような非情な言葉を口にしたりもする。

サリエルであるぼくは、攻撃的な言葉を吐くインナーは好きではない。

でも本当は、ぼくが心の奥の奥の奥のほうに押しこめている言葉を、インナーは素直に口に出しているだけかもしれないなって、思うんだ。

だって、母上やディエンヌにきつく当たられて傷つかないなんて、嘘だもん。

だからインナーは、別人だけど、もうひとりのぼくなのだ。

まぁそうして一年ほど、インナーに尻を叩かれて丘の上を走り回ったり、食事制限ダイエットをしてみたり、野菜を食べるようになったり、でも見た目は変わらなかったり。

それから、裁縫スキルを高めたり、ボタンを自分でとめたり。いろいろなことを日々がんばっていたら、早くも四月になり、今日も爽やかな朝を迎えました。

目が覚めて、良い気分でベッドからコロリーンと降り、窓のカーテンを開ける。

そこにはスズメガズズスがいるが、バイバイと手を振ると大きなスズメは悲しげな顔をした。

あぁあ、可哀想。でもさらわれるわけにはいかないのだ。

スズメガズスは名残惜しげに、くちばしでガラスをコンコンとつつくと、バサリと飛び去っていった。

あの子……いつあきらめるのかな？　ほぼほぼストーカーだよね。

気を取り直して、エリンが寝室を訪れる前に身支度を整えて続きの間に行く。

「おはようございます、サリエル様」

そこにはエリンがすでにいて、カップに紅茶を注いでくれた。

ぼくは椅子に腰かけ、紅茶をひと口飲む。朝食前に居間でくつろぐ優雅なお坊ちゃまの朝である。

「サリエル様、今日はお披露目会が正午からございます。朝食は控えめにお願いします。朝食を終えましたら衣装を着替えまして、十一時にレオンハルト様とともに馬車で登城となります」

「はい。わかりました。決戦の日ですねっ」

ぼくはまぁるい拳を握り、フンと鼻息を荒くする。とうとう運命の日がやってきた。

そう、今日は悪魔な妹、ディエンヌの六歳お披露目会の日なのであるっ。

この日のために、ぼくは不器用な自分を克服するべく、ボタンはめを一生懸命やったし、この着ぐるみのような指を小器用に使うコツをつかんだし、外から見ても縫われたとわからないような裁縫テクニックも身につけた。うむ、準備万端だ。

やるべきことは、すべてしてきたつもり。

あとは彼女がおとなしくしていてくれることを祈るばかりだ。

いいや、それは無理だ。だって、ディエンヌだもの。

とはいえ、どうにか穏便に、最小限に、事を済ませたいものである。

養子であるぼくも今日お披露目してくれるとのことなので。一応ぼくも主役のひとりではあるのだ。でも、おまけなのはわきまえているよ。

魔王の息子、されど義理の息子、なのでね。それればかりではなく、ぼくはツノなし魔力なしのもっちりっ子。誰も興味ないでしょ。

だが、おまけといえども主役なので、ぼくは朝食を軽く食べたあと、エリンにお風呂にぼちゃんされてゴシゴシされてピカリンと肌が光るほどに磨かれ、それから用意された衣装に袖を通したのだった。

レオンハルト兄上がこの日のために仕立ててくれた、赤紫色の衣装だ。

シャツの首元の襟にフリルがいっぱいついていて、そこにスカーフタイを合わせる。もっちりのぼくの体形に苦しくないくらいにフィットしていて、着ていてとても気持ちが良かった。

居候《いそうろう》のぼくにこのような上等な服を仕立ててくれる兄上に、感謝しきりだ。

そして今日は、髪の毛も七三っぽくセットしている。いつもピヨッと立っている寝癖をエリンが一生懸命直してくれたんだ。

『つか、でっぷりした赤髪の悪徳消費者金融の社長って感じ。怪しすぎるぅ』

あくとくしょ……って、何？　まぁいいか。というか、でっぷりはギリですよ、ギリっ。

インナーの、おそらく悪口はスルッと無視する。

隙なく飾り立てられたぼくは、エリンに手を引かれてエントランスに向かう。

そこで、赤紫の衣装を身につける素敵な兄上がぼくを待っていた。

「あっ、兄上はぼくの衣装とおそろいですよ、エリンっ。襟の形がフリルじゃなくて三角だけど、それが大人っぽくて、兄上にとても似合っていますねぇ」

興奮して、ぼくは繋いでいるエリンの手をブンブン振った。

それに兄上は足がスラリと長くて、背筋がピンとしている。髪もセットされているが、ゆるやかなウェーブの前髪が自然に後ろに流されていて……

『もうっ、盛装の兄上が格好良すぎてっ、ヤバヤババヤバ……』

インナーが言うまでもなく、同じデザインなのにまったく別の衣装に見えるくらい、格好良いのだ。

あ、別の衣装に見えるのは、確実にぼくの我《わ》が儘《まま》ボディのせいだけどね。

ぼくが来たことに気づいた兄上は、笑顔になって、ぼくの目の前で片膝をついた。

「今日は、ブローチにしておこうな」

そう言ってぼくの首からペンダントを外すと、シルバーのチェーンを取ってペンダントトップの部分にブローチ用の針を刺し、スカーフタイの結び目のところにつけてくれた。

「あぁ、可愛いなぁ。私の瞳と同じ色の衣装がとても似合っているよ、サリュ」

「兄上も。とても素敵です。格好良いです」

「そうか？　サリュにそう言われると、嬉しいな」

兄上はぼくの唇を親指と人差し指で摘んで、ぶるぶるぅって左右に揺らした。そ、そのようなっ。

「兄上っ、ぼくはもう子供ではありません」

子供をあやすみたいなことをしないでっ。だって、今日はお披露目会なんだから。

つまり成人式でしょう？

『違うよ、これは七五三だ。ぼくは大きくなったねぇ、の会だ』

インナーはそう言うけど、ぼくは大人の仲間入りのつもりなのだ。

「そうなのか。もうサリュに、こうして頬をコネコネする子供扱いはしてはいけないのか」

兄上がぼくの頬を手でコネコネしながら、とっても残念そうに言う。

だからぼくは、なんだかいけないことを言ってしまったような心地になった。

「あ、ああ、兄上がしたいのなら、コネコネしてもいいのですけど。兄上はぼくが子供のままのほうが良いのですか？」

ぼくの質問に、兄上は切れ長の目元をやんわりと細め、首を傾げる。

「うーん、私もわからないな。いつまでも私の赤ちゃんでいてほしい気もするが、早く大きくなって私の嫁になってほしい気もする」

「男のぼくは嫁にはなれませんよ、兄上」

「まぁ、そこは良いとして。早く大きくなれ、サリュ。でも大人になるのはゆっくりでいい」

そこは良いって、一番良くないでしょ。と胸の内でツッコむ。

そして、大きくなっていいのか大人になっちゃダメなのかよくわからないから、ぼくは首を傾げた。短くて、折れる首はないけれど。

「兄上、それはとても難しい問題だと思われます」

「ふふふ、まだまだ子供でいい」

兄上は笑って、ぼくの頬を手でぶるぶるぶるぶるぶるぅぅぅっと揺する。くすぐったいのと、なんだか心があったかいのが一緒になって、ぼくはウキャキャッと声を上げて笑った。

「レオンハルト様、その辺でご容赦を。興奮させすぎるとサリエル様がパーティー前に力尽きてしまいます」

エリンの冷静なツッコミによって、兄上とぼくのハートフルなやりとりは終了したのだった。

★★★★★

後宮からお披露目会の会場へは、魔王城の中を通って向かうこともできるが、基本的に正面入り口から入場するのが礼儀である。

ぼくたちは後宮にある兄上の屋敷から、馬車に乗って王宮敷地内の中央を通るメインルートを進み、お披露目会の会場となる魔王城のホールの入り口に向かう。

内装の木材が飴色に光り、座面は赤褐色のビロードが張られている、そんな高級感のある馬車の中。ぼくは礼装に身を包んだ兄上と並んで座り、対面に従者として随行するミケージャがいる。

「顔が怖いぞ、サリュ。心配なのか？」

兄上にそう聞かれ、ぼくは口をへの字にする。だって、ディエンヌの後見人は、やはりぼくになってしまったのだ。胃が痛いぃぃ。

「ディエンヌのお兄ちゃんなのだから、あなたが妹の面倒を見るのは当たり前でしょう？」

兄上の邸宅に乗りこんできた母上にそうゴリ押……お願いされてしまった。面倒事のときばかり気まぐれに兄扱いされるのは、困るんだけどぉ。

でも、ぼくの後見人であるレオンハルト兄上も、一緒にディエンヌのお目付け役をしてくれることになったから、ちょっとホッとした。ぼくひとりで、あの妹の世話は荷が重すぎるからね。

まぁ、ディエンヌの屋敷の執事が従者としてついてくるようなので、完全に野放しではないと思いたいところだ。ディエンヌとは、魔王一家が集う控えの間で落ち合う予定である。

「大丈夫だ、私もついているから。ふたりでこの大災難を乗り越えよう」

「そうですね、兄上。ぼくたち、必ず生きてお屋敷に帰りましょう」

手を握り合って、誓いを交わす。ぼくはいたって真剣なのだが、兄上はぼくの指がプヨプヨだからくすぐったいみたいで、なにやら頬をゆるめている。

「まるで、死地に赴く騎士のようですね」

対面のミケージャは苦笑していた。でもミケージャの言っていることは、遠からずです。

そうして、馬車は会場となるホールの前に着き、まずはミケージャが降り、そのあとで兄上がぼくより先に降りた。

「さぁ、姫。お手をどうぞ」

振り返った兄上は、騎士のごとく王子様のごとく、華麗に高貴なオーラを放ってぼくに手を差し伸べた。

インナーが心の中で、ぎゃぁぁぁぁぁと叫び、瀕死だ。まぁいいか。

「姫ではなく、坊ちゃんです」

そう言って、ぼくは笑うけど、兄上の手を取らないと、まだ馬車からひとりで降りられないのだった。

兄上はぼくの手を恭《うやうや》しく握り、空を飛ぶかのようにぼくをぽよーんと浮かせ、ふわりと着地させてくれた。

魔王城の入り口に無事降り立ったぼくらは、花やオーナメントで可愛らしく飾られた会場内へ足を踏み入れる。でもパーティーが始まるまでまだ一時間ほど余裕があったので、ぼくらは廊下を通って王家の者が待機する控えの間へ向かった。

会場の空気感を肌で感じ取り、さすがにちょっと緊張してきた。

だって魔王城へ足を踏み入れるのは、赤子のぼくを抱いて母上が魔王城へ来たとき以来だし、魔王である父上に会うのも、そのとき以来。他家の同じ年頃の子たちと会うのはそもそもはじめてなのだ。

ぼくは後宮の敷地から出たことがない。同じ年頃の子と顔を合わせるというのは、ラーディンの家に遊びに行ったり彼が遊びに来たり、後宮の中にある公園で妹のディエンヌと出くわしたり、そのくらいしか経験がないのだ。

実は、弟のシュナイツとも会ったことがない。兄弟だけど、屋敷に訪問したりされたりしないと魔王の王子には軽々しく会えない。王族とはそういうものなのだ。

仲良くできるかな？　友達とかできるかな？　もっちりでも遊んでくれるかな？

そんなふうにドキドキしながら、控えの間の扉を開ける。

室内は、大きな空間にところどころソファセットが置いてあり、精巧な彫刻がなされた調度品が配されている。唐草《からくさ》模様のゴールドの金具が白壁に装飾されていて、きらびやかな部屋だった。

天井には大きなシャンデリアが下がっている。昼だというのに贅沢に火が灯されていて、水晶の粒ひとつひとつが輝いて、部屋を豪華な光で彩っていた。

『やっべぇ、きらっきらだぁ。ここはベルサイユ宮殿？』

インナーのつぶやきに、ぼくは知らんがなと思いながら、辺りを見回す。

すると部屋の一角に、ディエンヌと、彼女のお目付け役の執事がいるのをみつけた。

椅子に腰かけている妹は、なんかすでに機嫌悪そうに口を引き結んでいる。だが、兄上を見るなりディエンヌは椅子から立ち上がり、笑顔で淑女の礼を執った。

「レオンハルトお兄様ぁ？　今日はわたくしの後見役、よろしくお願いしますわぁ」

彼女の今日の衣装は、赤いドレスに金のラメがところどころに入っている、すっごい豪華仕様だ。

これだけギラギラさせていても下品にならないのは、ディエンヌにそれなりの高貴さがあるからなのかな？　高貴というか高飛車というか自信満々というか、不遜……だけど。

兄上はディエンヌの挨拶にうなずいて一応受けるが、一年前のあの事件以来ディエンヌにオコなので、先ほどまでぼくに向けていた微笑みは完全に消失していた。

「おまえの後見はサリエルだ。世話をかけるのだ、ちゃんと挨拶しなさい」

兄上は礼儀に厳しい。まぁ正論だけど。しかしディエンヌは聞く耳を持たない。

「いやぁよぉ、こんなつぶれたゆで卵が後見だなんて。わたくしの隣は見目麗しいお兄様がふさわしいですわ」

つぶれた、ゆでたまごっ!?　妹の新たな表現方法に、ぼくは驚愕した。

「ディエンヌ、言葉数が増えて……とても勉強しているのだな。兄は感動したっ」

「そういうところよっ。ホント、ムカつくわねっ」

文字通り牙をむいてぼくに怒るディエンヌ。褒めたのに、なんで怒るのかなぁ？

というか、久しぶりに会ったディエンヌはぼくより身長が高かった。一歳下の妹に身長を抜かれるとは、なんたる屈辱。

でもぼくは知っている。この年頃の子は、女の子のほうが大きくなるものなのだから、大丈夫。

大事なことなので二度言うが、大丈夫なのだっ。

「あらぁ？　サリエル、そのブローチ良いわね。わたくしのほうが似合うわ」

そう言って、妹はぼくの胸元に手を伸ばす。するとディエンヌがぼくに触る前に、バチンと電気が走った。静電気かな？

「いたぁい。ひどいわ、お兄様。魔法を使うなんて」

指先を自分で撫でながら、ディエンヌは兄上を媚びた表情で見上げる。しかしすぐにどこかでブビーという変な音が鳴り始めて、キョロキョロと顔を動かした。

「私は何もしていない。ただ、サリエルがつけているこのブローチには防御魔法をかけてあって、おまえがサリエルに敵意を向けたり害そうとしたりすると、こうして魔法が作動するのだ。そしてこのブザーは、おまえがサリエルに危害を加えようとしているという警報音である」

兄上は手で制し、ぼくと妹の距離を離す。するとブビーという音はやんだ。

おおぅ、すごーい。兄上の防御魔法はとても高性能だ。

一年ほどこのブローチ、というかペンダントをつけていたけど。効果を知らないままただただ身につけているだけだった。けれど、これほどの防御魔法と感知能力があると知り、びっくりだ！

「では兄上、ディエンヌはぼくに、もう意地悪できないのですね？」

「そうだ」

大きな手で、兄上はぼくの頭を撫でた。つまりぼくは無敵になったのだ。やったね。

「ふん、なによ、そんな安物興味ないわぁ」

ディエンヌはプイと顔を背け、ソファにドカリと座る。ブローチへの興味はなくなったみたい。

兄上が用意してくれたブローチや礼服が妹に破壊されなくて良かった。

しかしぼくはこれから、他の人たちが妹の毒牙にかからないよう注意しないといけない。

ぼくは尻拭いをがんばろうと意気込んで、鼻息をフンと漏らすのだった。

無用な争いを避けるため、ぼくと兄上はディエンヌから少し距離を置いたソファに座る。

すると間もなく、ラーディンとその母、弟のシュナイツとその母が、そろって部屋に入ってきた。

ぼくは、シュナイツとその母にははじめて会うので、緊張して……背筋を伸ばすつもりで腹が出てしまった。むぅ。

「サリュおいで、挨拶をしよう」

うながす兄上に従い、ぼくは席を立つ。ついでにディエンヌも紹介しちゃおうと思って、彼女のことも呼んだ。ディエンヌは、すっごく面倒くさそうな感じでぼくについてきた。

「シルビア義母上《ははうえ》、紹介させてください。魔王の三男であるサリエルと、長女のディエンヌです」

兄上は簡単にぼくらを紹介した。ぼくらは異例な形で魔王城に入ったので、シルビア様も噂はいろいろと聞いているのだろうと思う。

「あぁあ、サキュバスの子ね。サリエルはレオンハルトが面倒を見ているそうじゃない。ちょっと……甘やかしすぎじゃないかしらぁ？」

シルビア様はそう言いながら、ぼくの我儘《わがまま》ボディを指先でツンとする。

柔らかいピンク色の髪に、フリルがいっぱいついたドレスを着ている、見た目はまだ十代に見える可愛らしい系の義母上《はは》だった。でもツノの形状は、赤くて大きくて太いものが耳の後ろから前に向かってガッと出ていて、強そうな印象だ。

そして備考欄には『シュナイツの母、シルビア。可愛いものが好き。嫁には優しさと愛らしさを求める』と書いてあった。

嫁って、シュナイツのお嫁さんのこと？　まだ六歳だから、嫁の話は早いと思う。

それはともかく。シルビア様にツンとされて、ぼくは嫌われちゃったなと思って気落ちした。ツノなしで、もっちりなニワトリだもの。

だが、一度消えた備考欄がまた出てきて『可愛いものが好きッ』と、なにやら念を押してきた。

なんで二回言った？

「シルビア義母上《はは》。サリエルはこれでいいのです。成長期になったらグンと背が伸びて、男前になる予定なのですよ」

兄上が爽やかな笑顔でフォローしてくれた。

そんなふうに思われているとはっ。ならばぼくはがんばって、手も足もヒョーッと長く伸ばして、兄上の期待に応えられる素敵なボーイにならなければ。

「あらぁ、それは楽しみね。サリエル、がんばって大きくなるのよぉ」

そう言いつつ、シルビア様は笑顔でぼくの丸い肩を手でポンポンするのだった。

「シルビア義母上《はは》。サリエル、七歳です。がんばって大きくなります」

「ディエンヌです。シルビア義母上《はは》、はじめまして」

元気に挨拶したぼくの横で、スカートを指先で持って、ディエンヌは綺麗に淑女の礼をした。

シルビア様も妹の礼に満足そうにうなずいている。

そう。黙って微笑んでいれば、ディエンヌは可愛らしい女の子なのだ。

「シュナイツ、六歳。ほ、ほんじ……ねがいします」

そしてシルビア様にうながされたシュナイツが挨拶したけど、声が小さくて、途中聞き取れなかった。

シュナイツはぼくと同じくらいの身長だ。でもぼくとは違って、細身で、華奢。ピンクの髪を、肩につかない程度のボブカットにしていて、女の子みたいに見えた。だけど目元がくっきりしているから、可愛らしい印象の中に男の子の凛とした感じもある。瞳は赤くて大きなルビーのようだ。

シルビア様と同じく、ツノは前にガッと出ている。赤いツノってなにやら強そうに見えるよね。

紺色の礼服は新入生のよう……しんにゅうせい？　あぁ、インナーの感覚だね。学生みたいってことか。緊張していて、真面目そうで、オドオドしているところからもそんな印象を受ける。でもみんな、はじめてのことはなんでも怖いものなのだ。

それで、備考欄は……結構長い。攻略対象の文字があるもん。

『攻略対象その二、シュナイツ。魔王の四男。気弱なので、強気で押せば攻略できる。自然が好き。一緒に庭園散歩や乗馬をすると、好感度がアップする』

備考欄を読みこんでいたら、なんか隣でいやぁな気配を察知したので、ぼくはとっさにシュナイツの前に出た。なんでか、ディエンヌがシュナイツを叩こうとしていたみたい。

ぼくは痛みを覚悟したが、手がぼくに当たる前に兄上がディエンヌの手をつかんでいた。

「なんのつもりだ？　ディエンヌ」

低い声で怒る兄上は、とっても怖いのだ。ぼくは兄上に怒られたことはないのだけど、ディエンヌはよく、このような冷たい眼差しで兄上に睨《にら》まれている。

もしぼくがこんな目で兄上に見られたら、きっと心臓が凍りついて死んじゃうよ。

「だって、シュナイツはわたくしの弟なのでしょう？　弟は姉の言うことはなんでも聞くものよ。ぶたれても、文句を言っちゃいけないの」

な、なんて理不尽な言い分なのだ。姉とは、そのように恐ろしい生物なのかっ？

「その原理で言えば、妹は兄の言うことを聞くということだな？」

「お兄様は妹を可愛がるものよ。妹が何をしても笑って許すべきだわぁ？」

兄上はディエンヌのバカげた言い分を右から左に受け流した。説教する気も失せるというやつ。

「……弟も、サリエルも、ぶつな」

眉間に深い、深い、ふかーい皺を刻んだ兄上は、とにかく要求のみを告げた。

兄上に注意されたディエンヌは、興をそがれたと言わんばかりに先ほどの席に戻っていく。

ふぃー……。どうやら家族間の危機は去ったようだ。

「サリュも、シュナイツをかばうためとはいえ、体を張って前に出たら危ないだろう？」

ぼくも、兄上に怒られてしまった。いや、心配からの注意だね。

「申し訳ありません、兄上。自然に体が動いてしまって……あ、シュナイツ、ごめんね。うちの妹が乱暴でびっくりしただろう？」

背後を振り向いて、ぼくはシュナイツに言ったのだが。

「……丸い」

ぽつりとシュナイツが言った。ま、丸い？　ぼくが？

「あらやだ、シュナイツったら。本当のことは言っちゃダメなのよ」

失言をして口を手でおさえるシュナイツを、シルビア様は怒る。

でもシルビア様のほうがぼくをディスっているからね。

「サリエル、シュナイツをかばってくれてありがとう。サキュバスの子は躾《しつけ》がなっていないようだけど、レオンハルトに育てられたあなたは違うみたいね？　これからもシュナイツと仲良くしてあげてね？　あらぁ、本当に丸いわねぇ、弾むわぁ」

シルビア様は腰を屈めると、ぼくの頬を手のひらでポヨポヨと震わせる。

心の声が漏れていますよ、シルビア様。

「くかかっ、シュナイツ言うなぁ。でもサリエルは丸いくらいじゃ怒らねぇから大丈夫」

ぼくの隣にいつの間にかいたラーディンが、フォローにもなっていないフォローをした。

うぬぅ、先にそう言われたら、もう怒れないじゃないかぁ。怒らないけどぉ。

ラーディンの横には彼の母であるマーシャ様がいる。

空色の髪を綺麗に結い上げて、凛とした目元に高潔さが表れる美人系の義母上《ははうえ》である。マーシャ様とは兄上を通じて数度会ったことがあったが、備考欄を見るのははじめてだ。

『ラーディンの母、マーシャ。気品にこだわる。嫁には礼儀正しさを求める』とある。

備考欄の人は、嫁になりたいのだろうか？

それはともかく、とりあえずぼくもフォローしておこう。

「丸いのは事実なので、怒ったりしません。シュナイツ、仲良くしてくださいね」

右手を出して握手を求めると、彼は両手で握ってきた。

「フワフワぁ」

シュナイツ、君も心の声が漏れているよ。ちょいちょい、親子で失礼だよ。

「シルビア義母上《ははうえ》。シュナイツはとても上手に魔力コントロールができているようですね。弟妹《ていまい》たちはみんな優秀で、後見役として私もとても鼻が高いです。私などは、六歳のお披露目会に魔力コントロールが間に合わず、パーティーには大人しか参加できなかったのですよ」

レオンハルト兄上がぼくをかたわらに置いて、シルビア様と話し始めた。

兄上はとても優秀なのに、ぼくと同じ年頃のときに魔力の制御が未熟だったと聞いて、驚いた。

「そうだったわね。でもあなたの場合は、魔力量が膨大だっただけでしょう？」

シルビア様はそう言い、そこにラーディンも加わる。

「そうですよ、俺らは六歳の力でおさえこめる程度の魔力なのであって、兄上は大人でもおさえこむのが大変なほどの魔力量をお持ちだっただけの話だ。魔力もさながら、十二歳という若さで政務にもたずさわる聡明で辣腕《らつわん》な兄上は、ドラベチカ家の誇りです」

レオンハルト兄上の話なのに、なぜかラーディンがドヤ顔をする。解せぬ。

でもその言葉で、ぼくは出会った頃のレオンハルト兄上のことを思い出した。

兄上は体の周りに魔力のオーラをまとっていた。

炎の魔法が得意な兄上は、その影響か、当時は体に紅蓮《ぐれん》の炎が渦巻いているように見えたのだ。敏感な子供はそれを怖いと思うらしい。でもぼくは、その赤やオレンジの色合いがとても綺麗だと思った。

「こら、ラーディン。今日の主役はサリエルとシュナイツとディエンヌだ。彼らを褒めていたのに、私を称えてはダメではないか」

なんて兄上は謙遜するが、ぼくもラーディンと同じ意見だ。兄上は誰が見ても、ご立派で尊敬に値する素敵な兄上なのだからね。

「サリエルは制御する魔力がゼロなのだから、今日は俺か兄上のそばでおとなしくしていろよ」

ニシシと笑って、ラーディンはいつものようにぼくをからかう。ちょっとムッとするが、ツンのあとに、俺のそばでだなんてちゃんとデレるから、怒れないんだよな。

そうして控えの間で挨拶や歓談などしていたら、お披露目会の開催の時間になり、部屋に魔王である父上とその従者が現れた。

魔王は漆黒のストレートな髪を胸元まで長く伸ばしていて、額をあらわにしている。赤い瞳で、ぶっといツノが三重巻き。表情は自信に満ちあふれていて、肉感的な唇がニヤリと不遜な笑みを浮かべている。切れ長の目で流し見されると色気満載。

『エロっ』と、インナーが一言で表した。まぁそんな感じ。

魔王とレオンハルト兄上は親子だが、双子の兄弟かのように顔の造作がよく似ている。けれど魔王は粗野で、兄上は上品。兄上は色気を垂れ流していないので、印象がだいぶ違うのだ。

魔王の衣装は、黒いローブにトゲトゲした宝石がところどころに縫いつけられている、豪華絢爛《けんらん》なものだ。その上にマントを羽織っている。黒いズボンに膝まで隠れる黒いブーツを合わせて、とても黒々とした装いだった。

『さすが、魔王。悪さがにじみ出ていて、カッコイイぃぃっ』

はいはい。インナー、悲鳴を上げないで。でも、ぼくも魔王を間近で見たのは久しぶりなので、その艶《あで》やかさと秀麗なたたずまいに目を奪われてしまった。

「みなさま方、会場に移動をお願いいたします。まずシュナイツ様とシルビア妃からどうぞ」

従者にうながされ、ぼくらは部屋を出ることになったのだが、魔王……父上は子供たちに声掛けをしてこなかった。

赤ん坊のときに会ったきりでほぼ初対面だったこともあり、ぼくは父上と話すことを楽しみにしていたのだけど、その機会はなさそうだ。うーん、がっかり。

それで魔王の備考欄だけど。

『ラーディンとシュナイツの父、魔王。好色なので、息子の嫁にも手を出す。要注意』とある。

父上、それはなんでも許される魔王でもダメだと思いますっ！

パーティー会場は、縦長でとても広い、盛大な舞踏会も開ける大ホールだ。

ぼくらは名前を呼ばれてから入場するのだが、会場にはすでに大勢の招待客が集まっていた。

まずはシュナイツとシルビア様の名が呼ばれ、階段の中ほどで立ち止まって客席に顔を向ける。

その次にディエンヌとぼくとレオンハルト兄上が呼ばれ、入場した。

階段の途中に立つぼくは、フロアを見下ろす。そこには招かれた子供たちと、子供の家族である貴族の大人たちがいっぱいいいた。大勢の人の目がぼくらに突き刺さるようで、また緊張する。

「バカじゃない？　誰もあんたなんか見てないんだから、緊張とかムダよ。養子の三男さん」

ディエンヌが客に笑顔を振りまきながら、ぼそりとぼくに毒を吐く。

ううぅっ、本当のことが一番傷つくんだってばっ。

そうしたら手を繋いでいた兄上が、ギュッとしてくれた。

手からぬくもりを感じ、見上げると優しい顔で兄上がぼくに微笑みかけている。

だからぼくは安心して胸を張った。ブローチは暴言からはぼくを守ってくれない。でも兄上の力強い手と微笑みがあれば、ぼくの心は守られる。

誰もぼくを見てくれなくても、兄上がぼくを見ていてくれたら、それだけでいいと思えるのだ。

入場はさらに続き、ラーディンとマーシャ様がぼくらの背後に立った。入場の順番は、どうやらお披露目される子供の年の順のようだ。

そして、最後に魔王が悠々と歩いてきて、階段の頂点、壇上にある玉座に座った。

「皆、今日は、我の子供たちの誕生披露会に、よくぞ参られた。今年、我の息子と娘が全員六歳に相成ったので、ここで改めて皆にドラベチカ家の子供たちを紹介する。長男のレオンハルト。次男のラーディン。三男のサリエル。長女のディエンヌ。四男のシュナイツだ」

招待客を睥睨《へいげい》し、魔王が高らかに告げる。名を呼ばれたときに兄上が会釈したから、ぼくも自分の名を言われたときに頭を下げた。

とりあえず、名前を言ってもらえてホッとした。

「次代の魔王候補にもなりえる者たちだ、見知っておいてもらいたい。では、パーティーを存分に楽しんでいってくれ」

魔王の言葉に招待客はワッと拍手をした。

この階段で魔王家族の一員として紹介されたことに、ぼくはものすごく感動した。

ディエンヌに言われなくても、場違いなのは重々承知である。だって魔王も王妃様たちも、国一番の美男美女で、その子供たちも漏れなく美しかったり可愛かったりする。

きらびやかな面々が居並ぶ、そんな中にまぁるいニワトリがプヨッと混ざっている。それがぼく。

誰が見たって魔王の血族ではないとわかるだろう。

事実そうなのだから、それは仕方がないのだけど。兄上と並んでここに立っていると、魔王一族のひとりであることをひしひしと実感できる。だからぼくは、がんばらねばと思うのだ。

魔王の話のあと、会場に呼ばれていた楽団が音楽を奏で始め、パーティーは厳《おごそ》かに開始した。

ディエンヌと仲良くなりたい令嬢は、彼女の周りに集まっていき。シュナイツやラーディンと話がしたい子息は、彼らの周りに集まる。

もう大人の体つきをしているレオンハルト兄上や、養子だから取り入っても旨味のないぼくのところには、あまり人が集まらない。お子様ながら、みなさんよくおわかりで。

「サリュ、誰かと話をするかい？　私は離れていようか？」

兄上が気を遣ってそう言ってくれるけど、ぼくは首を横に振った。

「いいえ。この社交の場は子供たちにとっても大事なきっかけになる場ですから、ぼくはお邪魔をいたしません」

友達ができたらいいなぁ、とは思っていたが、無理に作る気はないのだ。それにぼくは、ツノなし魔力なしのもっちり丸鶏。魔族的に落ちこぼれの部類であるぼくは、友達にする価値がないのだろう。

本物の丸鶏のほうが出汁《だし》も旨味も出るというものだ……なんの話？

「それに今日のぼくは、とにかくディエンヌがやらかさなければ勝利なのです。監視に徹します」

拳を握ってムンと気合いを入れると、兄上とミケージャが苦笑した。

「ふむ、しかしまるで交流なしではつまらないだろう。なら、父上にご挨拶に行くか？」

「ま、魔王様に？　よ、よろしいのですか？　お話し、したいです」

驚きと嬉しさに、ぼくは思いっきりの笑顔で兄上を見上げる。兄上はうなずいて、ぼくの手を引き魔王の前に連れていってくれた。

ふわぁぁぁぁっ！　ドキドキである。

まずは魔王の長男である兄上が、声をかける。

「父上、サリエルです。今日はご挨拶させていただきますからね」

兄上はぼくを父上に会わせようとして、何度か面会の打診をしていたようなのだが、魔王業務が忙しいのか、会う機会になかなか恵まれなかった。

で、ぼくは別にはじめましてではないのだが。赤ん坊のときに会っているのを覚えていると言っても、嘘をつくなと言われそうだから。なんと挨拶をしたらいいものか、悩む。

「こんにちは、魔王様。サリエルです。兄上の……レオンハルト兄上の家でお世話になっています。ぼくを養っていただき、ありがとうございます。ぼくはとても幸せです」

とりあえず、無難にこんにちはから入ってみた。ほぼほぼ初対面で父上と言うのは気恥ずかしかったから、魔王様って言ってしまったぁ。父上って、いつか言えるようになるだろうか？　なんて、モジモジプヨプヨしていたら、魔王は玉座に座ったまままぼくを抱き上げ、膝に乗せた。

あまりないことなのか、周囲の大人がザワッとしている。

「ふむ、これがサリエルか。ははは、丸い、丸い」

そうしたら、魔王はぼくの頭をガシッと両手でつかみ、わしゃわしゃかき回す。

あぁあ、エリンがセットしてくれた髪型が乱れちゃうぅ。

「ふぅん、本当にツノなし、魔力なしなのだな？」

どうやら魔王は、ぼくの頭にツノが生えていないのを触って確かめたようだった。

「はい、ありませんっ。でも兄上の……ドラベチカ家のお役に立てるよう、がんばります」

元気に返事をすると、魔王はほがらかに笑った。

「ほう、そうか。いずれ魔王家に欠かせぬ存在になれると良いなぁ。ハハッ、ポヨポヨだ」

魔王の手で頬をグリグリと揉まれ、ぼくはそのスキンシップに戸惑ってしまうが、兄上と同じような顔つきで喜々として頬をプルプルされると、な、なんも言えねぇぇ。

「父上、サリエルで遊ばないでくださぃ」

冷静に兄上がツッコんでくれたので、魔王はぼくの頬から手を離した。ホッ。

「つか、おまえ。俺が怖くないのか？」

「んぅ？　いえ」

怖いって、何が？　というつもりで、きょとんとみつめた。

「本当に怖くないのか？」

なにやら魔王のツノの辺りがモヤッとしている。どうやらぼくに魔力を見せているみたい。でもそれは兄上の周りにもよく見えるやつだから、別に怖くない。

それに、ブローチの防御魔法も発動しないので、害意がないこともわかるのだ。

「父上、サリエルにそれは効かないのです。あと、サリエルはともかく。会場の子供のほうが失神しそうなので、今すぐ魔力をおさめてください。お披露目会が台無しになりますよ」

兄上に諫《いさ》められ、魔王は魔力を引っこめた。

ちょっと振り返ってみると、階段下のホールにいる子供たちが恐怖に満ちた顔つきで壇上を見上げている。あれ、そんなに怖かった？　大丈夫、魔王怖くなぁい。

「はぁ、めんどくさ。つか、コレ、変な子だな？」

興味が失せたようで魔王はぼくを床におろした。飽きるの、早いです。

「魔王様、またお話ししてくださいませ」

ぺこりと頭を下げると、魔王はひらりと手を振る。挨拶終了の合図のようだ。

ぼくは兄上に笑顔を向けて、階段をルンルンプヨプヨで下りていった。

「ありがとうございました。ぼくはずっと魔王様に、ぼくは幸せだってお伝えしたかったのです」

「そうか、良かったな。じゃあ、私がサリュをもっともっと、幸せにしてやるから。今度魔王に会ったときは、その報告をしてくれ」

「はいっ」

すでにもう、いっぱい幸せなのに。これ以上兄上に幸せにしてもらったら、それは絶対魔王に報告したい案件になるね。


お披露目会は粛々と進んでいき。ぼくのブローチが奪われそうになったり、ディエンヌが弟を叩こうとしたりと騒乱はポツポツあったものの、ぼくが予想した、令嬢の泣き声で阿鼻叫喚《あびきょうかん》になりパーティーが滅茶苦茶……なんてことにはならなかった。

もしかしたら、一年前に流行《はや》ったビリビリブームは、ディエンヌの中ではもう終了しているのかもしれない。今日に備えていろいろ準備はしてきたが、何も起きないならそのほうが良い。

というわけで、ぼくはパーティーを楽しむことにした。

会場にある、レモン色、オレンジ色、紫色のケーキや、ミートパイや、ローストビーフ。テーブルの上がキラキラと華やぐご馳走を取り分けてもらい、食べる。うんまぁいっ！

今日はさすがに、インナーも太るぞとは言ってこなかった。というか、インナーもパーティーの雰囲気を楽しんでいるみたいだ。

楽しんでいるというか……今インナーは、ぼくがよくわからない言葉を連発し続けている。

『魔王、パネェ、イケメン。エロエロで、ヤバっ。受け、やんちゃ魔王は受け！　なぁなぁ、下級悪魔のインキュバスに魔王が押し倒されて屈辱に苛《さいな》まれるも、愛してるから拒めなぁい……ってシチュはどうよ？　挑戦してみたらどうだ？　あぁん？』

嫌だよ。というかインナーの言葉の意味が半分以上わからないけど、なんか嫌。

まぁ、公衆の面前でぼくの口を使って妙なことを言い出さなかったことは、褒めてもいい。

そんなふうに、心の中でぼくとインナーが会話をしていると、そばにいたディエンヌが叫んだ。

「酢っぱぁい、このパイ全然おいしくないわぁ。全部作り直してちょうだいっ」

給仕の人にディエンヌが悪態をついているのを聞き、ぼくはすぐにふたりの間に割って入った。

「ディエンヌ、これはベリーパイなのだから、酸っぱいものなの」

「サリエル、うるさいわね。わたくしは本日の主役なの。ジャマしないでっ」

ぼくも一応主役で、さらには君の兄なのだが……。もう言うこと聞きゃあしない。

「わたくしは、酸っぱいのがきらいなの。わたくしの前に出さないでちょうだい」

「パーティーのお客様は、甘いのが好きな人ばかりじゃないんだから、我《わ》が儘《まま》言わないで」

説得を試みたが。ディエンヌは食べかけのベリーパイをぼくの顔に押しつけた。

「じゃあ、あなたが全部食べなさいよ。食いしん坊のおデブさん」

ぼくを物理的に傷つけるつもりはなくて、ただ食べ物を押しつけただけだから、防御魔法は作動しなかったようだ。でも顔がベリーの紫色で汚れちゃった。もぉうっ！

ミケージャと給仕さんがナプキンで頬や口周りを拭いてくれたけど。あまり落ちない。

「申し訳ありません、サリエル様。別室で、顔をお拭きいたしましょう」

給仕さんが綺麗にしてくれるみたいなので、ぼくはミケージャにディエンヌを見ていてくれと頼んで別室へ向かった。

ちなみにこれは、兄上が子供たちの家族と大人の会話をしていて、ちょっと席を外している間の出来事だった。ディエンヌは、兄上の目の届かないところでぼくに嫌がらせをするという、高等技術を覚えたようだ。あまり変な技を身につけないでほしい。

「サリエル様、本当に申し訳ありません。そして私をかばってくださり、ありがとうございます」

給仕さんはお湯につけた濡れタオルで、丁寧にぼくの顔を拭ってくれる。

「いえ、こちらこそディエンヌが我儘《わがまま》を言いまして、申し訳ないです。ケーキ、とても美味しいので作り直さなくてもいいですからね」

顔を綺麗にしてもらって部屋を出ると、給仕さんは扉の前で何度も頭を下げていた。魔王一族のお子様の顔に汚れがぁ？　首が飛んじゃうかも……とか思ったのかな？

大丈夫、ぼく血脈なし権力なし、養子の魔王の三男なので。

それにぼくは部屋で少し休めて良かった。インナーのイメージ映像で、大勢の人の中にいる状況がどういうものか承知していたものの、実際に大勢の人と会うのがはじめてだったから、ちょっと人酔いして疲れてしまったのだ。

「サリュ？　大丈夫か？」

招待客との話を終えた兄上が、ミケージャと一緒にぼくを迎えに来てくれた。顛末《てんまつ》をミケージャから聞いたみたいで、兄上のこめかみはピクピクしている。

「顔にベリーがついただけですよ。パイはとても美味しくて、ほっぺが落ちそうになりました」

「ほっぺが？　このほっぺが落ちてしまうのか？　それは一大事だ」

人のいない廊下で兄上は床に膝をつき、ぼくのほっぺを手でぷるぷる揺する。今日はシルビア様と魔王と兄上の、トリプルぷるぷるだぁ。

でも、こめかみピクピクだった兄上の怒りはおさまったようだ。雷大爆発でバリバリドッカーンの最悪シナリオは防げた模様。どうやらぼくのほっぺは世界を救うみたいだね、うむ。

なんて喜んでいたら、どこかで女の子の泣く声が聞こえてきた。

今ぼくたちがいるのは魔王城内にある幅の広い廊下なのだが、使用人が仕事用に使う幅の狭い通路に令嬢が隠れるように入りこんで、しくしくとすすり泣いていたのだ。

「どうしたの？　大丈夫ですか？」

たぶんお披露目会に呼ばれた子だろうから、ぼくと同じくらいの年齢かな。オレンジ色のドレスを身にまとうレディだ。

ぼくが声をかけると彼女は泣き濡れた顔を上げ。そして、おののいた。

「あ、あ、あなたは……魔王一族の？　レ、レオンハルト様も？」

がくがくと震えながらも淑女の礼を執ろうとするから、ぼくは彼女を気遣って手で制した。

「あぁ、かしこまらないで。挨拶はしなくていいからね。それよりも具合が悪そうだ。どこか部屋を用意してもらおうか？」

「も、もうしわけありません、サリエル様。わたくし、未熟で。魔王御一家の魔力に、た、耐えられなくて……」

今の兄上は魔力コントロールに長《た》けているが、膨大な魔力を体内に抱えているので、たとえ魔力をおさえてもそこにいるだけで威圧感が生まれる。敏感な者や下級悪魔など力の弱い者は強い魔力に当てられ、本能的に屈服してしまう。そうすると、具合が悪くなったり体が動かなくなったりと、体調に支障が出ることがあるのだ。

というか原因は、さっき魔王が強い魔力を垂れ流しちゃったからでしょ。

令嬢の言葉で兄上は察したのか、彼女から少し距離を取った。

「私はここにいないほうが良さそうだ。ミケージャ、サリュに付き添ってくれ。サリュは休憩室で御令嬢を休ませてあげなさい」

「あ、レオンハルト兄上。ディエンヌから目を離さないでください。お願いします」

「あぁ、任された」

兄上はぼくの頭をポンポンして、ホールのほうへ戻っていった。ふふぅ、兄上のポンポン好きぃ。

気を取り直して、ぼくと令嬢はミケージャに案内されて休憩室に向かう。先ほどの給仕さんと途中で行き会ったので、部屋を用意してもらった。

休憩室に着いて、ぼくらは椅子に座って落ち着いたけど、令嬢のしくしくは止まらなかった。

「もう大丈夫だよ。ぼく、魔力ないし。部屋の中には魔力を制御できる大人しかいないからね」

兄上や魔王ほどの強烈な魔力を持つ者はもうここにはいないのに、令嬢は泣き止まない。

「わ、わたくしは、ドーリー伯爵家の三女、メリンダと申します。魔力耐性が弱いわたくしですが、ディエンヌ様と年が近いのでお呼ばれしまして。綺麗なドレスが……着たかったの」

ぼくはうんとうなずく。魔力耐性のことは不安だったけど、めいっぱいおしゃれして可愛いドレスを着たかったから、パーティーに来てしまったんだね。

『女の子はそういうの、好きだもんなぁ。七五三とか結婚式のお呼ばれとか、ぼくもテンション上がったよぉ』なんてインナーは言っている。インナーが女の子かどうかは知らんけど。

「なのに、ディエンヌ様にドレスを破られてしまったの。わたくし、お母様になんて言ったらいいのか。破けたドレスのままでホールにいられないし。どうしたらいいのかわからなくなって……」

そしてまた、令嬢――メリンダ嬢のしくしくはぶり返す。

あああぁぁぁっ、ディエンヌのやつぅ、とうとうやりやがった！

もしかしたらビリビリブームは終了したのかと思っていたのに。そう願っていたのにぃ。

「そうですか。やりましたか」

ぼくは重いため息をつき、つぶやくのだった。そしてドレスの破けた箇所を見てみる。

彼女のドレスはフリフリのフリルが何枚も重ねてあるものだ。

「うむ、これならうまく誤魔化《ごまか》せそうです。メリンダ嬢、ぼくの妹が悪さをしたようで、ごめんね。

ドレスは兄のぼくがちゃんと直してあげるから、もう泣かないで」

そう言うと、メリンダ嬢は期待の眼差しでぼくを見た。たぶんぼくが、魔法か何かで直すのかと思ったみたい。その期待には応えられないけど、でもぼくには奥の手があるのだ。

床に座りこんだぼくは、懐から携帯用裁縫セットをババーンと取り出した。

ここからが腕の見せ所である。

ぼくは針をキラーンとさせると、すかさずチクチクとドレスを縫い合わせていく。

彼女を颯爽《さっそう》と救うヒーローにあるまじき地味さだけど、いいの。ぼくはこの一年で表面から縫い目が見えないような縫い方をちゃんとマスターしたのだ。派手な演出よりも、ドレスを綺麗にお直しできるかどうかが重要なのである。

ドレスは下から二十センチほど破かれていたが、メインの厚手の生地ではなく、ギャザーのいっぱい入った薄布部分だったから、表面でもビラビラの陰に隠れて目立たない。

よしっ、良い感じで直せたぞ！

「どうですか、メリンダ嬢。まだ気になってしまいますか？」

そうたずねると、メリンダ嬢は椅子から立ち上がってスカートをふわりと揺らす。縫い目が見えないことを確認したら、目を丸くして驚いていた。

「まぁ、全然縫ったところがわからないわ！　あ、ありがとうございました、サリエル様」

「元々ディエンヌの悪さのせいですから、お気になさらず。あ、そうだ」

ジャケットの内ポケットから、ぼくは一枚の紙を取り出した。

「これは魔王城御用達《ごようたし》の仕立屋で使える、一割引きクーポン券です」

「くーぽん？」

クーポン券を渡すと、はじめて見たのか、彼女は首を傾げた。

実は、破かれたドレスを縫うだけでは謝罪が足りないような気がしたのだ。

だって、破損したドレスは完全に綺麗な状態には戻せないからね。本来は魔王家で弁償しなきゃならないのだろうけど、ディエンヌは絶対しらばっくれるだろうし。貴族は魔王家に仕えている身だから、そうそう苦情を申し入れることもできない。

まぁ、そこまではぼくが考えなくてもいいのかもしれないが、泣き寝入りは可哀想だからね。

それで、ぼくのお披露目会用の衣装を仕立てたときに、魔王城御用達《ごようたし》の仕立屋が屋敷に来たから、ドレス職人と交渉してクーポンの使用を許可してもらったのだ。仕立屋は新規のお客が来ればありがたいし、ぼくは全額弁償できないが謝罪の気持ちを示せるので、ウィンウィンである。

あ、一割の店側の損失は、ディエンヌがドレスを作るときに上乗せしていいって言ってある。それくらいのペナルティーはディエンヌにも受けてもらわなきゃ。彼女のせいなのだからね。

「この紙をお店に持っていったら、このドレスのお直しにも、ドレスを新調するのにも、一回だけ一割引のお値段で対応してもらえますから、御母上にはこの券を見せて、ドレスを破かれてしまったことをちゃんとお話ししてください」

ドレスを破かれてしまった彼女は、母には顛末《てんまつ》を言わなければならないが、この券をきっかけにすればするする説明できるだろう。

「よろしいのですか？　何から何までありがとうございます」

「さぁ、ホールに戻ってパーティーを楽しんでくださいませ。今日は悲しいこともあったけど、できれば楽しい思い出をいっぱい持って帰っていただきたいのです。お友達をいっぱい作って、美味しいものをいっぱい食べて、お土産《みやげ》話をいっぱい持って、笑顔で帰ってくださいね」

「まぁ、サリエル様。お気遣い、ありがとうございます。今日は本当に助かりましたわ」

泣いていたメリンダ嬢は、ようやく笑顔になった。気の弱そうな令嬢だけど、微笑みは可憐で、清楚なスズランのよう。ちょこんと会釈をして、メリンダ嬢は元気に部屋を出ていった。

それを見送り、ぼくはほぉっと大きく息をつく。

「ちゃんと直せて良かった。ねぇミケージャ、ぼく、ちゃんとできたよね？」

胸を撫でおろしてミケージャに聞くと、彼は嬉しそうに笑顔でうなずいてくれた。

「はい、それはもう。サリエル様が一年前からがんばっていたその成果がしっかりと出せていました。とてもご立派でございましたよ」

ミケージャに手放しで褒められ、ぼくはドヤァっと胸ならぬ腹を張った。むふん。

「レオンハルト様が首を長くしてお待ちでしょうから、サリエル様もホールに戻りましょう」

「そうだ、ディエンヌの監視などで兄上の手をわずらわせてはいけませんね。急いで戻りましょう」

そうしてぼくとミケージャはホールに戻り、無事兄上と再会を果たした。

いろいろなことがあったけど、とりあえず滅茶苦茶になる前にお披露目会はお開きになり、ぼくはディエンヌの悪事を最小限におさえることができたのである。

つまり、あの悪魔な妹に勝利したのだ。やったね。

★★★★

ディエンヌ六歳のお披露目会という大災厄を乗り越えて、ぼくの日常に平和が戻った。

午前中は勉強の時間だ。瞬間記憶能力のおかげで読み書き暗記が得意だが、数学など原理をちゃんと理解しなきゃならないものがちょっと苦手。

なので、ミケージャに計算問題をいっぱい出してもらっていた。まぁインナーの知識があるので数学もそこそこできるけど、自分で計算できないとあとで大変だからね。

そして午後は、昼食を食べ終えてからお昼寝の時間まで自由。毎日そういうタイムスケジュールだ。

フリータイムはディエンヌのやらかしに備えて縫物の技術を磨いたり、本を読んだりする。でも本は一度見たら覚えちゃうから、新刊を常に探さなければならないのがつらいところだね。

それから獣人エリンによる本気の鬼ごっこなんかもする。ダイエットには最適だけど、目が光って爪がにょきっと出るから、マジのエリンは怖いのだ。

普通の貴族の子たちは、遊びの時間に魔法の勉強や剣術の鍛錬をするんだって、ラーディンが言っていた。

でも、剣術は危ないからダメだって、レオンハルト兄上に言われているからできないし。魔法はぼくがツノなし魔力なしだから、魔法の先生がサジを投げてしまった。むぅ。

剣も魔法もダメなぼくは、今日の自由時間、新たな試みをするべく単独行動をすることにした。いつもぼくのそばについてくれているエリンに人払いをお願いし、ひとりで森に向かう。

人払いをしたのには、理由がある。実は去年の夏、ぼくはトマトやキューリを庭に生やした。魔国にはトマトがなかったが、赤い実を食べるイメージ映像をインナーが見せてきて、それがあんまりにも美味しそうだったものだから。いいなぁ、美味しそうだなぁ、なんて思いながら庭の土をいじっていたら、なんか生えてきたのだ。らっきー。

しかしあれは、魔法ではない。ただ土を叩いて望んだだけだった。トマト食べたいってね。

それで、原理はわからないけど、土を叩いてお願いしたらまたなにか生えてくるのではないかと思って、これからその実験をします。

レオンハルト兄上の邸宅の敷地はとても広い。庭師さんが整えている庭園の他に、馬を走らせられるようなひろーい丘やひろーい芝生やひろーい草原があって、さらに敷地の境にはちょっとした森のような、木が鬱蒼《うっそう》としている場所がある。

その森の中のちょっと開けたところで、実験開始だ。

「作るのは、ももんもです」

丸い手で拳を握って宣言すると、ぼくの口を使ってインナーが言った。

『ももんもじゃない、桃だ、桃。果汁たっぷりの、甘くて口の中でとろける魅惑の果物だっ』

「そんなものは魔国にはありません。ベリーとか、レモンとか、果物は酸っぱいものばかりです」

『だから桃を作るんだろう？　食べてみたいんだろう？』

鼻息荒く、ぼくはうなずく。

そう、ぼくは昨日、唐突にインナーが言い出した『あぁ、桃が食べたいな。一口かじるごとに果汁がじゅわぁぁっと垂れるほどに染み出る、甘くて柔らかい桃ぉ……魔国の酸っぱい果物はもうごめんだっ』という言葉に、魅了されてしまったのだ。

目の裏に映る、大きくてまぁるくてピンク色の、なんとも不思議な形の果物のイメージ映像。

甘いの？　なにそれ。食べてみたぁい。

というわけで、ぼくはインナーに操られるかのごとく実験をしてみるのだった。

ぼくは地べたにしゃがんで、木が大きくなっても重ならないくらいに開けた場所に手をつけて、地べたをポンポンと叩いてお願いした。

「ももんも食べたい、ももんも食べたい。甘くて美味しくてピンクな、ももんも食べたーい」

そうしたら、土を突き上げるようにして芽がピョッコリ出てきた。緑色で、ちょっと蔓《つる》みたいに巻き巻きした茎っぽいものが、生えてきたよ。

「ふおぉぉぉっ、出たっ。インナー、ももんも、出たよっ」

備考欄を見てみると『ももんも、桃に似た植物。実はピンク色で甘くて美味しい』って書いてある。

「備考欄にも、ももんもって書いてある。やったぁ」

ぼくはしゃがんだまま横に移動して、ももんも、ももんも、と調子に乗ってもうふたつ芽を作り出した。三本の木があれば、いつでも『ももんも』を食べられるに違いない。

『桃栗三年、柿八年って言うから。食べられるのは三年後じゃね？』

「三年かぁ、長いけど、ぼくはその頃十歳になるね。うーん、待てますっ」

『でも、ももんもだから、ぼくが知っている桃ではないかもな。すぐ食べられるといいな』

「そうだね、楽しみだねぇ？」

イメージ映像は見ているものの、実物はいったいどんな果物なのだろう？　今から楽しみだ。

そうして、ぼくはホクホクとして屋敷に戻っていった。


短い足でテクテクと歩いて丘を越え、屋敷の玄関が見えるくらいのところまで戻ってくる。

玄関の前には円形の庭園があり、季節の花や綺麗に刈り込まれた低木が植えられているのだが、その周りに馬車道が舗装されている。いわゆるロータリーだ。

屋敷の玄関前には馬車を寄せて乗降する場である屋根付きの車寄せがあり、そこに豪華な装飾のついた馬車が停まっていた。

お客様かと思い、ぼくは玄関扉をそっと開ける。出し抜けにお客様と顔を合わせるのは不躾《ぶしつけ》なのだ。そうしたらエントランスにいた執事さんがぼくに気づいてくれた。

「あぁ、サリエル様。レオンハルト様とともにお客様がお見えですよ。こちらにどうぞ」

「兄上がお帰りですか？　ぼくも同席していいのですか？」

「はい。レオンハルト様がサリエル様をお待ちです。……少々お手々が汚れていますね、エリンに綺麗にしてもらいましょう」

執事さんはぼくをエリンに渡し、エリンはぼくを身綺麗にしてくれて、それから玄関脇にあるサロンに向かった。

日が燦燦《さんさん》と射しこむサロンに足を踏み入れると。執事さんが兄上に取り次いでくれる。

「レオンハルト様、サリエル様がお見えです」

「あぁ、サリエル。どこで遊んでいたのだ？　やんちゃっ子め。さぁ私の隣においで」

ソファの、兄上が座っている隣をポンポンと手で示されたので、ぼくはそこに座る。

「紹介するよ。彼はマルチェロ・ルーフェン。私の従兄弟《いとこ》だ。サリエルとは同い年だから、きっと良い友達になると思うな」

兄上に言われ、ぼくは対面の彼を見た。

ハニーイエローの髪を短く整え、ニコニコとしていて人当たりが良さそうな顔立ち。エメラルドグリーンの瞳が美しくて、見惚れてしまった。

兄上と従兄弟《いとこ》というだけあって、羊のような形状の立派なツノが生えている。ラーディンと同じ二重巻きだった。

そして、彼の備考欄は長かった。

『攻略対象その四、マルチェロ。やる気がなさそうだが、ラーディンの右腕的存在。仲良くなるとラーディンの橋渡しをしてくれる。デートを重ねることで好感度がアップする』

いや別に、ラーディンの橋渡しとかいらないけど。

あと、なんで四なの？　三が飛んだよ？　登場順じゃないの？　などなど疑問が浮かぶ。

というか、この備考欄はぼくに見えているけれど、ぼくにあてたメッセージではない。橋渡しとかデートとか、ぼくに言われても困るもん。

いったいこれは、誰にあてた、なんのためのメッセージなのだろう？　ホント、謎である。

あ、ぼんやりしちゃってた。自己紹介をしなければ。

「サリエル・ドラベチカ、七歳です。でも、兄上。ルーフェン家といえば三大公爵の御家柄では？　ぼくのお友達だなんて、恐れ多いというか身分不相応というか……」

挨拶の途中でヤバいことに気づいて、ぼくは兄上にうかがった。

だって三大公爵といったら、魔国で三本指に入る膨大な魔力量を誇る家系なのだ。

魔国では魔力の多い者が優遇されるので、ドラベチカ家にいるとはいえ魔力なしのぼくが友達になれるような相手ではない。

だけどぼくの質問には、兄上ではなくマルチェロが答えた。

「魔王一族の方が分不相応だなどと言わないでください。というか、どちらかといえば私は、身分などに関係なくサリエル様とお友達になりたいのです。家柄目当てで寄ってくる者には、すでに辟易《へき》《えき》としていましてね。サリエル様とは心を通わせられる真の友になりたいのです」

ニコニコ顔を引っこめて、マルチェロは真剣な目をぼくに向ける。彼の思慮深さを示しているような真摯《しんし》な眼差しだった。

「サリエルも聡明だが、彼もなかなかに賢い子だからね。話は合うのではないかな」

兄上が彼について補足をして、ぼくをうながす。

身分は抜きでと言われたのに、いつまでも気にしていたら申し訳ない。ぼくは彼に手を差し出し、握手を求めた。

「マルチェロ様、ぼくとお友達になってくださいませ。よろしくお願いします」

「こちらこそ。私のことはマルチェロと呼んでください。私はサリーと呼びますから」

ギュッと手を握り合って、彼とは友達になった。しかし兄上がムッとして言う。

「ダメだ。サリエルのことはサリエルと呼べ。愛称は兄である私だけの特権だ」

「心が狭いな、レオ。まぁ、君の逆鱗《げきりん》に触れたくはないから従いますけれども」

従兄弟《いとこ》だからか、マルチェロは兄上と年が離れていても気の置けない関係のように見えて、なんだかうらやましい。

家族以外で兄上がこのように、誰かに親しく接するのを見るのははじめてだ。

はじめてといえば、マルチェロはぼくのはじめてのお友達になる。今更ながら緊張してきた。と、と、友達って、何を話すの？

本から知識をいっぱい取りこんでいても、人付き合いについて書かれた本はそうない。はじめてのことが多くて戸惑ってしまう。

こういうところだよ、知識があっても活用できなきゃ意味がないってやつぅ。

「サリエル、彼を紹介したのは、実は深刻な理由があるからなのだ」

兄上はなにやら神妙な顔つきでぼくを見やる。

「六歳のお披露目会が終わると、子供たちは学園に入学するまでの間、月に一度、子供会で交流を深めることになっているのだ。貴族は魔王家との繋がりを持つために、魔王家は自分の味方となる人脈を作るために。そこで友達を作り、王子の学友、従者、婚約者候補などを選定するんだよ」

「……そうなのですか」

ぼくにはあまり関係ない話のように思え、ない首を傾げる。

だってぼくは養子なので、ご学友や婚約者の選定は必要なさそうだし。人脈作りと言っても、ぼくと友達になりたい子なんかいないと思う。

ピンときていないぼくに、兄上は説明を続ける。

「つまり……そこにはディエンヌも呼ばれていて、お披露目会の悪夢再び、なのだよ」

「っな、なんですってぇぇっ!?」

客人の前だということも忘れて叫んでしまった。それは確かに一大事だ。

お披露目会で全部終わったと思って、すっかり気を抜いていたけれど、まだまだディエンヌという名の修羅の道は続くのだ。

だってぼくは、ディエンヌの尻拭い人生なのだから。エンドレスなのだからぁぁっ。

「子供会は六歳から参加できる貴族の子供の集まりだ。それが学園に入学する十二歳になるまで続く。子供会では後見人をつけることはできる。しかし、公務があるので、この前のように私がサリュにずっとついていることはできないのだ」

それはそうだ。兄上がとても忙しい身であることは承知している。ぼくはコクリとうなずいた。

「サリエルにはミケージャをつけるつもりではあるが、子供たちの間のことは大人がなかなか口を出せないものだからな。それでマルチェロに頼んでサリエルをサポートしてもらおうと思ったのだよ」

「兄上、ぼくのことを考えてくださってありがとうございます。しかしそれでは、マルチェロが大変なのでは？」

ぼくは、ぼくの問題にマルチェロを巻きこめないと思った。ぼくの問題というか、正確にはディエンヌの問題だけど。彼女を阻止したいと思うのは、ぼくひとりの考えだ。

そう思い、申し訳ない思いで彼を見やったが……

「面白そうじゃないか。私はいつも守られる側なのでね、姫を守る騎士に憧れていたんだ」

さらりとした金髪を揺らし、きらりとしたエメラルドグリーンの瞳でみつめてくるマルチェロは、騎士というよりも絵本の中の王子様のようだった。

「ぼくは姫ではありませんし、それどころか、ぽっちゃりなんですけど……大丈夫ですか？」

それに、騎士ごっこするのはいいけれど、守護対象が男でぽっちゃりなぼくでは気持ちが萎《な》え萎《な》えじゃなかろうか？　ごっこ遊びもリアリティーと雰囲気が大事だもの。

「もちろん大丈夫だよ。君のナイトに、ぜひ抜擢してほしい」

「ナイトではなく、お友達でお願いします」

きっぱり告げると、マルチェロはふっと微笑んだ。

「……なんだろう、この、告白してもいないのにフラれた感じは」

はは、ふふ、うふふ？　と。サロンには三者三様の乾いた笑い声がいつまでも響いていた。

★★★★

月の最後の日曜日。それが子供会という名の、地獄の狂宴。

魔族のぼくが言うのもどうかと思うが、恐ろしいものは恐ろしいのだっ。

今日はその一日目。がんばれ、ぼく。負けるな、ぼくっ。

「サリュ。今日もはりきった顔をしているな？」

子供会会場に向かう馬車の中、兄上がぼくを心配して声をかけてくれた。

今日兄上は、ぼくの付き添いには来られない。公務が忙しいからだ。

十二歳という若い年齢ながら、すでに政務の中心として働いている兄上を、ぼくは尊敬している。

なので、職務の邪魔をするわけにはいかない。

「はい、張り切っています。今日はぼくがひとりでディエンヌをなんとかしなければならないのですからね。何が起きるのかは気になりますが。でも今は、兄上と一緒に馬車で登城できるのが嬉しくて、楽しんでもいます。だって、いつも屋敷の玄関で兄上をお見送りするのは、とても寂しかったので……」

「サリュっ、寂しい思いをさせてすまない」

兄上はガバッとぼくを抱きしめた。そしてぼくも、もちぃと引っつく。

ちなみに今日の兄上は、ぼくとおそろいの暗めの紫色の衣装だ。もっちりのぼくとは違い、手も足も長ーい兄上はスマートでエレガントな着こなしである。

十二歳とは思えない大人びた理知的な顔も、いつもながら素敵だ。

そして、兄上は潤んだアメジスト色の瞳で哀愁を漂わせ、ぼくをみつめた。

「いつも屋敷に置いていかれるのは寂しかったのだな。しかしな、私が政務に励んでいるのには理由があるのだ」

「お仕事の、理由？　もしやぼくを養うのに金銭的な？」

一番にそのことが思い浮かぶ。人ひとり養うにはそれなりの金銭がかかるもの。

だが、兄上はゆるりと首を横に振る。

「金銭的なことではなく、どちらかというと環境づくりなのだ。大人から見れば私もまだ子供で、そんな子供の私がさらに子供のサリュを育てていることを疑問視し、口出ししてくる大人が少なからずいる。でも私はサリュを手放したくないし、しっかり養えると自負してもいる」

ぼくはその言葉に大きくうなずく。兄上以上に愛情込めてぼくを育ててくれる人など、いないっ。

「だからな、サリュと長くともにいるために、私は誰にも文句を言わせないよう魔王城で欠かせぬ存在になりたいのだ。政務をこなすことで一人前と認められれば、私がサリュと暮らすことも認めてもらえると思う。仕事に赴くと留守がちで、サリュには寂しい思いをさせてしまうが、許してほしい」

「兄上はぼくのためにお仕事をがんばってくれるのですから、許してなどと言わないでくださいませ。兄上がいないのは寂しくないとは言えませんが、ぼくは大丈夫です。それに今日は兄上とご一緒できるのですから、ウッキウキですよぉ」

詳しいことはよくわからないけど、兄上がぼくとともに生活するために仕事をがんばっているのだということはわかった。だから、とにかくぼくは兄上と一緒にいられて嬉しいと伝えたいのだ。

「そうか。私もこうしてサリュと一緒に城へ行くのは嬉しいよ。しかしな、もしも子供会に行くのが嫌ならば行かなくてもいいのだぞ。ディエンヌなど放っておけばいいのだ。サリュは私の屋敷にずっといればいいのだからな」

「いいえ。ぼくは兄上のお役に立つ存在に早くなりたいのです。だから今日もがんばります」

「おぉ、なんて偉いのだ。サリュは可愛い弟だ！」

そう言って、兄上はぼくの頭を頬でグリグリする。

「ぐ、グリグリはぁ、グリはぁ、しないでぇ……」

兄上にグリグリされると、頬がぶるぶる波立つのですぅ。

「ディエンヌのことは心配が尽きないが、何かあったらすぐにミケージャに相談するのだぞ。困ったら、ひとりで解決しようとしてはいけないよ」

「はぁぁいぃぃ」

グリグリを解除されぬままに返事をしたから、声がぶるぶる震えた。

それはそうと、問題をこじらせて兄上の手をわずらわせてはいけない。ぼくのモットーは早期発見、早期修復なのだ。

だからこじれそうになったら、速攻ミケージャに報告、連絡、相談だと、兄上の言葉を肝に銘じた。

「あと、プロポーズされても受けてはならないぞ」

「は……」

またまた元気良く返事をしようとするが、よくよく考えて、言葉が途切れる。

だってそれ、絶対にないでしょ。

すると、グリグリをようやく解除した兄上が姿勢を正し、戸惑うぼくと視線を合わせた。

「私がプロポーズしているのだから、余所見《よそみ》は許さぬ」

「えぇぇっと……」

どこからツッコんだらいいのやら。確かに、ぼくが四歳のときに『花嫁になって…』と兄上に言われたけど、あれは本気のプロポーズだったの？

でも本気だったら大変だ。ぼくはお世継ぎを産めないのだと、説明したほうが良いのかな？

それともネタ？　冗談？

「サリエル様、会場に到着いたしました。レオンハルト様は公務へ、いってらっしゃいませ」

馬車が停まった途端、ミケージャは高速でぼくを馬車から降ろし、手を振るようにうながした。

「いってらっしゃいませぇぇぇっ」

なんか、最後は慌ただしくなってしまったが。とりあえずダカダカと駆けていく馬車が見えなくなるまで、手を振って兄上を見送る。

そして辺りが静かになったところで、ミケージャを見上げた。

「ミケージャ、兄上は、そのぉ……もちろん性教育などは？」

ぼくは七歳ではあるが、性の知識は人よりあると自負している。

ぼくはサキュバスの子だから、いずれ淫魔の男性体であるインキュバスになると思うのだけど、ツノも魔力もないぼくが本当にインキュバスになれるのか。そもそもぼくは何者なのか。そのルーツを探るためサキュバスの実態を調べるうちに、性知識もなんとなく身についてしまったのだ。

もちろん、本の知識だけで実践はなしだが。

あとインナーのエロ知識も少しあるけど、それはともかく。

基本的に、性知識の乏しい七歳男児でも男同士で子供をもうけられないことくらいは知っていると思う。

でももしかしたら兄上は、インキュバスは男でも子供を産めるという間違った知識を持っているのかもしれないでしょう？　そう考えてミケージャにたずねたのだ。

「そちらの件に関しましては、主様《あるじさま》のパーソナルな部分なのでお話しできかねます。しかしながら……大丈夫、とだけお伝えしておきます」

「大丈夫……」

「はい。大丈夫です。それより、レオンハルト様のことはともかく……」

最重要人物である兄上のことを、ぼくは『ともかく』で脇に置けないのだけどぉ……と思うが、にっこり笑顔のミケージャにこれ以上は食い下がれなかった。

「サリエル様は、ご婚約者様のことなどはどうお考えですか？　王家の者は年若いうちから婚約者を定めるのが一般的ですが」

ミケージャにたずねられ、ぼくは照れくさくなる。ぶっとい人差し指と人差し指の先同士を合わせてぷよぷよしつつ、もじもじした。

「ぼくは考えたこともありません。婚約とか結婚とか……ぼ、ぼくには早いと思うのですぅ。それにぼくは養子で魔力なしツノなしだし。いずれ魔王家から出る身ですので、ぼくの婚約者になりたい方などいるはずもなく……」

そうなのだ、ぼくは成人したら魔王城を出るという約束で、今魔王に養われている。それは義理の子供への一般的な待遇であった。

もちろん魔王の血族ではないので、王位継承権も発生しない。それでも養育期間中は魔王の息子として魔王城で生活しても良いというのだから、充分にありがたい話なのである。

だけど、そんな者と結婚したいなんて、誰も思わないだろう。

「では、サリエル様にお好きな方ができるまで、今しばらくレオンハルト様の愛情表現にお付き合いくださいませ」

なにやらミケージャの流れるようなトークに巻きこまれ、ぼくはうんとうなずくのだった。

そうか、あれは兄上の愛情表現なのだな？　それならば、理解できる。ぼくだって兄上への愛情は、いっぱい、たっぷり、たっぷたぷに、あるのだからね。

じゃあプロポーズのくだりはネタっていうことで、兄上が飽きるまで付き合うことにしよう。

話をいったん終え、ぼくは子供会会場の入り口を見やる。

月に一回開催される貴族子女たちの子供会は、後宮に近い位置にある魔王城のサロンとその庭で行われる。

ぼくは兄上が登城する馬車に便乗して、貴族の子供たちが進む正規のルートを使ってこちらへ来たのだが、実はちょっと遠回りなのだ。他の兄弟たちは後宮から魔王城の中を通って、会場に直接向かうらしい。

だけど、遠回りでも兄上と一緒にいたかったんだもの。

三十分もない兄上との馬車の旅は、短くてもぼくには最高に楽しいひとときなのだ。

そんな至福の時間が終わり、ぼくとミケージャは今、第五迎賓入り口前にいる。そこは兄上が向かった魔王城中央玄関のほぼ真裏にあたる入り口である。

魔王城には入り口がいっぱいあって、一般的に使われる中央玄関をはじめ、舞踏会会場の入り口や業者などが出入りする搬入口など、その他もろもろ大小合わせれば数えきれないほどある。

そんな中でも第五迎賓入り口は、中央玄関の真裏とはいえ迎賓と言うだけあって扉は大きく、装飾もきらびやかな立派な構えをしている。後宮にいる妃の家族が面会するときなど、高位の貴族方が出入りされることが多い入り口なので、警備する兵士の人数も多く厳重なのだ。

ぼくらは警備兵の前を通り、案内人に示されて子供会が行われる部屋へ足を踏み入れた。

そこは小さい規模のダンスパーティーやお茶会が開けるくらいの空間で、応接室という意味合いであるサロンとしては大きめの部屋だった。

テーブルには綺麗な形状のお菓子やティーポットが置かれている。給仕もいるので、好きなときに飲食できるようになっていて、おもてなしの準備が整っていた。

庭も自慢なのか、テラスの外には芝生が敷き詰められていて、子供たちが走り回れるようになっている。開け放した窓から色とりどりの花が咲いているのが見えるので、優雅に散策もできるね。

子供たちが心置きなく遊んだり楽しんだりできる空間がそこには広がっていた……のだが……

サロンはすでに、阿鼻叫喚《あびきょうかん》の地獄絵図になっていた。

部屋の中で何人かの令嬢が、な、泣いてるぅーーっ!?

そしてそのそばには、でしょうね、と言いたいくらいにもれなくディエンヌがいて、さらにはそのディエンヌと、怒った顔の令嬢が対峙《たいじ》していた。

どうやらバトルゴングはすでに鳴っていたようである。

それを見ていると、涙目の令嬢たちがぼくをみつけるなり駆け寄ってきた。

「サリエルさまぁぁぁあっ」

へぇぇぁぁああっ、な、なんですか？　モテ期？　七歳にしてモテ期なの？

プロポーズを受けるなと言った兄上の杞憂《きゆう》は、まさか杞憂《きゆう》ではなかったのぉぉ？

そう動揺するぼくに、泣きついてきた令嬢たちは口々に言い始めた。

「サリエル様、わたくしのドレスがディエンヌ様に破かれてしまいましたの」

「わたくしもですわぁ。先日メリンダ様のお召し物を直されたそうですわね？」

「お願いします、このドレスでは会場にいられませんわぁ」

あ、はい。モテ期ではなく、お針子でした。

ですよね。太ったニワトリにモテ期などありません。令嬢たちに囲まれて調子に乗りました。

そしてやはり、兄上の杞憂《きゆう》は杞憂《きゆう》だった。嬉しいような、悲しいような。

「そ、それでは別室をお借りいたしましょうか。ミケージャ……」

気を取り直して部屋の手配をミケージャに頼もうとしたが、そこで声をかけられた。

「ちょっとあんた、なにしようとしてんのよ？」

腰に手を当て、高飛車百点満点のディエンヌが、キレ気味で問いかけてきたのだ。

「何って、御令嬢たちのスカートを直して差し上げるんだ。ディエンヌが破いたのだから、兄として妹の不始末をなんとかしてあげなければならないだろう？」

「よけいなことしないでちょうだい。この子たちの泣き顔を見るのがおもしろいんだから」

キャハハハッと高笑いするディエンヌ。もう齢《よわい》六歳にして悪役令嬢が板についている。

「だから、私のスカートも破ってごらんなさいって申し上げているのよっ」

ディエンヌの前で怒っている令嬢が、フリルのついたスカートをディエンヌへ向ける。ちょっと、悪魔な妹を煽らないでよ。

「やだぁ、破けと言う人のスカートを破ったって、おもしろくないじゃなぁーい」

おぉう、ディエンヌが天邪鬼《あまのじゃく》だから、逆に反応したぞ。あのミルクティー色の髪をした令嬢、まさかディエンヌの性格を手玉に取っているのだろうか？　あ、頭、良いぃ。

「あら、残念。あなたがスカートを破くと、魔王城御用達《ごようたし》の仕立屋のクーポンがもらえるのよ」

「クーポン？　なにそれ」

ディエンヌは面白くなさそうに眉を跳ね上げる。

「まぁ、ご存じないの？　ドレスのお直し代でも新調でも、一割引きしてくれる券をサリエル様がくださるの。だから私、ドレスをディエンヌ様に破っていただきたかったのに」

「まぁ、あのお店のドレスが一割引き？」

「それならお母様も私にドレスを作ってくれるかもぉ」

聞きつけた他の令嬢たちが、どんどんディエンヌに破いて破いてと言いながら殺到し始めた。

「あなたたちが喜ぶことをしても、おもしろくなーい。もう、つまんなーい」

破けと言われると破きたくなくなるディエンヌは、そうしてビリビリ期を終えたのだった。

やった！　よくわかんないけど、ぼくは悪魔に打ち勝ったのだぁ。

思いがけずディエンヌの悪さをおさえこむことができて、ぼくはにっこにこになったが、まだ終わりじゃなかった。令嬢のスカートを直さなきゃ。

そうして、ドレスを破かれて泣いている令嬢たちと、ディエンヌと対峙《たいじ》していた令嬢と、さらに先日ドレスを直してあげたメリンダ嬢もなぜか一緒に、別室に向かうのだった。

用意してもらった部屋は小さめのサロンで、元々休憩室として用意されていたらしい。お茶や軽食などもすぐに準備されて、部屋に入ると令嬢の涙は落ち着いた。

ぼくがひとりの令嬢のお直しをしている間、他の令嬢たちは優雅にお茶会を開催している。

まぁ、いつまでも女の子に泣かれているのも困ってしまうけど、あまりの変わり身の早さに、ぼくは内心おののいていた。御令嬢、怖い。

そんなことを思いながら、椅子に座る令嬢のスカートの裾を持ち、ぼくは床にぺたりと座りこんでチクチクしている。

「サリエル様、わたくしサリエル様がいかに優しくしてくださったかご説明したくて、マリーベル様にクーポンの話をしてしまったのです。ご迷惑にならないと良いのですが」

メリンダ嬢がぼくにそう言って頭を下げる。あぁ、それを言いたくてついてきたんだね。

「いえ、大丈夫ですよ。それにディエンヌは『破って』とみなさまに言われて興ざめしたみたいで。結果的にビリビリフィーバーはなくなったと思うので、逆に良かったです」

メリンダ嬢に返事をし、ドレスを直し終えた令嬢にクーポンを渡した。

受け取った令嬢は笑みを浮かべ、嬉しそうにクーポンをみつめる。

「みなさん、とても裕福なご家庭だと思うのですが、割引券を喜ぶなんて不思議ですね」

貴族の令嬢なのに、というぼくの疑問に、彼女たちははにかみながらも素直に教えてくれた。

「お恥ずかしい話、うちは兄弟姉妹が多くて、高価なドレスは姉から譲り受けるのです。でもクーポンがあったら、私用に作ってもらえるかもしれませんわ」

「あら、うちも同じようなものよぉ。ただのお直しよりドレスを新調したほうが、割引率が高いでしょう？　だから断然ドレス新調を主張するの。リーズナブルなら母も喜ぶし」

「あのお店の商品はお高いから、お母様は子供にはまだ早いって言うの。でも、子供のうちから本物を身につけてこそ、淑女よ。クーポンがあったらお母様も一度くらいは買う気になってくれるかもしれないもの」

理由は三人三様だった。

というか、みなさん十歳以下のお子様のはずなのに、ずいぶんこまっしゃくれているね。金儲けに貪欲な魔族の気質だろうか、高いものをいかに安く買うか、いかに儲けを出すか、金銭感覚は意外にシビアなようだ。そして貴族とはいえ、財布の紐が堅い家が多いんだね。

「サリエル様？　私はスカートを破られていませんが、クーポンをいただけないかしらぁ？」

ビリビリされた令嬢のお直しをすべて終えると、ディエンヌと対峙《たいじ》していた令嬢がそう言ってきた。

しかし、ぼくは首を横に振る。

「いいえ、それはできません。一割の損失はディエンヌのドレス代に上乗せされる仕組みです。つまりこれは金券のようなもので、ばらまけるものではないのですよ」

そう説明をすると、その令嬢の横に備考欄が現れた。おぉう。

『マルチェロの妹、マリーベル。シュナイツの婚約者である悪役令嬢。聡明な殿方が好き』

へぇ、マルチェロの妹か。長く伸ばしているミルクティー色の髪色は彼と似ていないが、丸くて大きな目を微笑みでやんわりと細めている、その表情はマルチェロと似ているね。それにエメラルドグリーンの瞳と二重巻きのツノも同じだ。

しかし、ということは公爵令嬢では？　公爵令嬢がクーポンをご所望？

いや、そこはいいとして。シュナイツと婚約？　そしてディエンヌと同じ悪役令嬢？　ひえぇぇ、短い文章の中に情報量が多すぎ。

「ディエンヌ様に請求がいくのですか？　ならば余計にばらまいて、ディエンヌ様の養育費を困窮させたら、彼女も少しは反省するのではなぁい？」

嬉々とした可愛らしい笑顔でマリーベル嬢は言う。

え、ひどいっ。さすがにぼくもそこまでは考えなかったよ。魔族ならではの考え方だなぁと、ぼくは感心する。ぼくなどは彼女の尻拭いで精一杯だもの。

しかしマリーベル嬢、懲らしめ方の案がえげつない。さすが未来の悪役令嬢だ。

それにとても賢い。ぼくの話からすぐにこのようなことを思いつくのだもの。備考欄には聡明な殿方が好きなんて書いてあるが、マリーベル嬢よりも聡明な人なんてそういないと思うよ。

「でも子供の作ったクーポン券なんか、簡単に偽造できるのじゃないかしら？」

そう言って、彼女はお友達のクーポンを見せてもらっている。

ふっふっふっ。そこはちゃんと考えてあるのだ。

「なぁに？　この赤いインクの肉球マーク。これがなければ、似たようなもの作れそうなのに」

「それは、芋版です」

「「「いもばん？」」」

令嬢たちがそろって声を上げる。

いや、みなさんクーポン券を偽造する気満々だったの？　御令嬢、怖いっ。

「ジャガイモを彫って、スタンプを作ったのです。兄上が石化の魔法を施したので、腐ることもありません。さらに、この縁の部分はイモによって形が違いますから、同じものは作れない仕様です。お店側にもサンプルが渡っていて、ハンコの形の違うクーポンは偽造だから相手にしないようにと言ってありますからねっ、クーポンの偽造はできませんからねっっ」

ぼくは、念押しするように語尾を極めて強調しておいた。

ここは魔国。魔族は、騙したり横領したり、儲けのためにいろいろがんばっちゃう性質があるので、こういう金銭の絡むものはちゃんと対策を講じないと駄目なのである。

「そんなぁ。たかが子供の作った紙切れが、そこまで考えてあるなんて」

マリーベルはそう言うが、君も子供だからね。

「みなさま、魔族としてなんとか自分に利を出そうとする姿勢は大変素敵です。しかし、ここは貴族の子女が繋がりを持つために集う場です。御令嬢は綺麗なドレスをふわりとさせて微笑んでいるほうが、子息の方々に見初《みそ》められると思いますよ。クーポン偽造はあきらめて、子供会に戻ってくださぁい」

「まぁ、サリエル様にそのように言われたら、引き下がるしかありませんわね」

マリーベルがため息をついたところで、開け放されていた扉からマルチェロが入ってきた。

「あっ、サリー、こんなところにいたのか。探したよ」

爽やかな笑みを浮かべるマルチェロの登場で、途端に令嬢たちは、きゃぁとか素敵とか、色めいた声を上げる。

むむ、ぼくと一緒のときに喜びの声はいっさい上がらなかったのにぃ。

まぁマルチェロは、ぼくより背が高いし、細身だし、目元がくっきりのアーモンド形だし、ハニーイエローの髪はキラッキラだし、魔力莫大な公爵令息だし……あっ、何ひとつ敵《かな》わなかった。身の程知らずですみません。

そんなぼくの卑屈をよそに、マルチェロはぼくに近寄ってくると、ギュムッと抱きしめてきた。

「君が人知れずどこかで誰かにいじめられていたら、私はレオに殺されてしまうよ。私の命のためにも、サリーは私のそばにいてくれ」

大袈裟《おおげさ》だなぁと思いながらも、ぼくを心配してくれたことは嬉しかった。

「ごめんね、マルチェロ。来てすぐに、ディエンヌが御令嬢たちのドレスをビリビリしていて阿鼻《あび》叫喚《きょうかん》だったものだから」

「よくわからないけど、わかった。じゃあ私と庭に遊びに行こうか」

女の子たちには目もくれず、マルチェロはぼくを部屋の外に引っ張っていこうとした。

「お兄様、ダメですわ。サリエル様は私と遊ぶのですもの」

それを止めたのはマリーベルだった。なんでぼくはマリーベルと遊ぶことになっているの？　というか、遊んでもクーポンはあげないよ。

「それよりお兄様。私をちゃんと、サリエル様に紹介してくださいな？」

マリーベルにせっつかれたマルチェロは、渋々という感じでぼくに妹を紹介した。詳細は備考欄であらかたわかっているけど、ぼくは彼の言葉に耳を傾ける。

「サリエル、彼女はマリーベル。私の妹だよ。ディエンヌ様と同じ年だな」

「たとえが嫌ですわ。サリエル様のひとつ下とおっしゃって」

マリーベルはちょっと頬を膨らましたが、ふわりとスカートに空気を含ませ、とても優美な淑女の礼をした。

「サリエル様、自己紹介が遅れました。私、マリーベル・ルーフェン、六歳です。趣味はお人形さんと遊ぶこと。サリエル様はルーフェン家の婿養子になったらいいわぁ」

しっかりアピールして顔を上げたマリーベルだったが、兄のマルチェロが口をはさむ。

「マリーベル、サリーをお婿にする気か？　馬鹿か？　サリーが凶悪無慈悲な次代魔王候補レオンハルトの愛弟だと知らないのか？　レオに殺されるぞ。それに母上にも殺される。おまえは公爵令嬢としてラーディンかシュナイツか、どちらかの婚約者に……」

備考欄にはシュナイツの婚約者とあるが、それはまだ決まっていないみたいだ。これは備考欄が未来の指針となるのか、正しいのか、見定めるいい機会になりそうだね。

というか、凶悪無慈悲って誰のこと？　兄上は違うよ。兄上はとても優しいもの。

「いやぁよぉ。私は頭の良い殿方に嫁ぐの。サリエル様はすっごく頭が良いのよ、まだ子供のうちから偽造防止を思いつくなんてすばらしいわぁ。ルーフェン家に絶対にふさわしい御方よ」

「いや、サリーがルーフェン家に入るのはやぶさかではないが。とにかくレオが……」

「それにねっ、見てちょうだい、この背中。この丸くて肩が落ちている哀愁の後ろ姿。私のメジロパンクマのぬいぐるみにそっくりよ!!」

マリーベルはぼくの背中をマルチェロに見せて、そこにふかぁっと顔を埋めた。

「あぁ、至福の気持ち良さよぉ。私、パンちゃんを離さないんだからっ」

パンちゃんじゃなくて、サリエルである。

メジロパンクマは、インナーが知るところのパンダという生き物に似ている。配色逆バージョンだ。黒地の顔に、目の周りが白い模様だから、メジロと呼ばれている。結構凶暴なのだけど、ぬいぐるみがあるんだね、知らなかった。

というか、いろいろ盛り上がっているところ申し訳ないのだけど。

「求婚を受けてはいけませんと、レオンハルト兄上からきつく申しつけられております」

「ですよねぇ？」

ぼくの言葉に、マルチェロは納得のうなずきを返すのだった。

「わ、私っ、フラれましたのぉ？」

「大丈夫だ、妹よ。私も先日フラれたからな。気をしっかり持てっ」

そうして小さなサロンに、あはは、うふふ、ははは？　とそれぞれの乾いた笑い声が響いた。別にフッたつもりはないけれど、難儀な兄妹ですねぇ。

というか、六歳、七歳くらいで、みなさんもう婚約を視野に入れているようだ。ぼくはまだ全然考えていなかったのに。

ミケージャにも婚約について聞かれたし、そろそろ意識しなければならないのだろうか。でもぼくは全然ピンと来なかった。

★★★★

第一回、阿鼻叫喚《あびきょうかん》の子供会はいろいろとあったものの、なんとか無事に生還できた。ディエンヌのビリビリ期も終了し、尻拭いも良い感じにできて、なかなかの大収穫である。

恐れ多いことに、ルーフェン公爵家の兄妹、マルチェロとマリーベルとも友達になった。あのあと庭で遊んだりメジロパンクマごっこをしたり、仲良く過ごして、ぼくもいっぱい楽しんだ。

それでもやはり、何があるのかわからない子供会は疲労感マックスである。

しかし、第二回子供会は一ヶ月後。それまではいつもの平穏な日常だ。

屋敷での勉強は、学園で学ぶべき学業をほぼ修了したとのことで、ミケージャの家庭教師は終了した。彼は兄上の従者という正規の業務へ戻っていくのである。

ぼくはちょっと、寂しくて、つまらない。

だけど、兄上の補佐をする大事なミケージャを、いつまでもぼくが独占していてはいけないのだ。

それにぼくはミケージャのような、兄上のお役に立てる者になりたいから、ミケージャがいなくても日々精進しなくちゃね。がんばりますっ。

でも今日は子供会明けの日なので、疲労回復デーとしてゴロゴロしちゃおう。いいよね？

『いいわけないだろ⁉　そうやってゴロゴロデロデロしているから、全然やせねぇんだっ！』

兄上の登城を玄関口で見送ったあと、自室のベッドで寝ていたら、インナーに怒られた。

もぉう、すぐ怒るぅ。

「ぼくはやるべきことはやっています。ご飯は兄上と同じ量だし、間食もしないし、エリンと鬼ごっこもしている。それでもやせないのだから、きっと、もうやせないのです」

『開き直るんじゃねぇ、バカヤロメ。あきらめんのはまだ早いっ。麗しの兄上の隣に並び立つ美しいぼくに、きっとなれるはずだ。たぶん、おそらく』

「インナーだって半信半疑じゃないですかぁ。ぼくは、美しいぼくとか想像できません。だって生まれたときから、この顔ですから」

目は真ん丸だけど、もっちりとした肉づきのいい頬、口は小さい三角、赤髪のピヨ毛はトサカのよう。この丸鶏状態からどうやって美しくなれると？

『まぁ確かに、これ以上食事を抜いたら干からびちゃうな。なら、やっぱ運動しかないんじゃね？やっぱり、動かないとやせないんだ』

「ですよねぇ……」

真理だ。体を動かせばいいのはわかっている。

しかしぼくは、どちらかといえばインナーが言うところのインドア派だ。

ディエンヌのビリビリに対抗するため身につけた縫物も、やってみれば面白くて、部屋の中でいつまでもチクチクできちゃう。本も黙々と読んじゃう。

凝り性というか、やり始めたらとことんやりたいというか。そういう、のめりこめるものが好きなのだ。運動は……ちょっと違うカテゴリーだから黙々とはできないのだけど。

『気持ちはわかるよ。ぼくもポテチ片手にアニメ見て、漫画やゲーム三昧《ざんまい》が最高だった』

ポテチもアニメもゲームもわからないが、なにやら自堕落さは感じるね。

「そうだ、今日はももんもを見に行きましょう」

『えぇ？　芽が出てまだ二週間くらいじゃん。なんも変わってないんじゃね？』

「森に行くまでの道のりがいい運動になるのです。森に行ったら、やせるかも」

ぼくはベッドからコロリーンと転げ降りて、窓から外に出た。

お行儀は悪いけど、玄関から外に出たらエリンがついてきちゃうかもしれない。驚かせたいから、実がなるまでももんものことは内緒なのだ。

バラやシャクヤクが美しく咲く庭園。風のせいか、花がお辞儀をするように揺れるから、ぼくはそれに『こんにちは、こんにちは』と挨拶をしながら庭を抜けていく。

緑が覆うなだらかな丘を、足取り軽くタッタカ駆けて越えて森に入り、しばらく歩いていくと少し開けた場所に出る。そこは、ももんもを植えたところなのだが……

「うわぁぁぁ、なんじゃこりゃぁぁぁ？」

三つ芽を出したももんもは、まだ二週間くらいしか経っていないのに大きな木に成長していた。

地面にしっかりとぶっとい根が付き、二本の茎がくるりと絡まっていた芽は、その茎の部分がぼくの胴より太い立派な幹になって上に伸びている。三本の木の枝が握手をするように絡んで交差していた。

頭上に広がる、その網目状になった枝からピンクの実がたくさんぶら下がっている。

「これが、ももんも？　んぁぁぁ、たべたぁい」

手を伸ばしてその場でジャンプしてみるけど、大人が手を伸ばしてやっと届くような位置にある実に、七歳だがやや小さめのぼくの身長では、届くわけもない。

あの魅惑の、ピンクの果実がっ！　食べたい！

「ももんも、食べたい。あれ、あの実が食べたいのぉ」

指を差して言ったところで食べられるわけもなく、地団太を踏む。

これはエリンを呼んできて、もいでもらったほうがいいかなと考えたそのとき、手の中にポトリと実が落ちてきた。あれが欲しいと駄々をこねた、その実だった。

「いいのぉ？　ありがとう」

誰にともなくお礼を言って、ぼくはピカリと光る……ように見えたももんもをみつめ、かぶりついた。

「うえぇぇ、ハリハリするぅ」

皮に小さな毛みたいなものが生えていて、チクチクして、ベロが痛かった。つるりとしているように見えるのに、頬擦りしたら頬に毛が刺さるぅ。

『馬鹿。皮をむいて食べるんだよ。中は果汁たっぷりで、べとべとだからな、手に力を入れたらブジュって潰れるぞ』

インナーの助言を受け、ぼくはぶっとい指を慎重に動かして皮の端を切り、薄皮をペロリとむく。

中には輝かんばかりの薄黄色の果肉。

とろりと艶《つや》めく果汁が滴《したた》るそれに、思い切ってガブリ。

「あああああんまぁい」

口の中に入った実はすぐにとろけて、ジュースのようになった。今まで食べたことのない味だ。甘いだけではない、ほんのりと酸味があって、それでいて爽やかでじゅるじゅるでうまうまで。

「すごーい、インナーの言っていた通りの味だ。ももんも、おかわり」

手を上に伸ばして催促したら、また一個落としてくれた。ありがとうっ。

そうしてもう一個、ももんもを食す。

「あぁ、これは飲み物ですぅ。いくら食べても太らないはずです」

『いいや、糖分は結構あるから太るぞ。二個までだぞ』

インナーの駄目出しに、ぼくはムムッとなって。今ある一個を味わって食す。

『もう食べられるくらいに熟しているのなら、収穫したほうがいいかもな？』

「そうだね、これを食べたらエリンを呼んで、赤くなっている実を取ってもらおう。ももんもの大収穫祭だっ」

でもとりあえず、ぼくはこの手の中のももんもの味わいを、にっこにこで楽しんだ。

「あまぁあい、うんまぁあい」

果汁で手や頬はべっとべとで、口の中に果肉がウジュウジュ。だけど美味しいから、ぼくのもっちりほっぺがボトリと落っこちてしまいそうだ。

あぁ、なんて美味しいのだろう。美味しいものを食べると、自然に口元がゆるんで笑顔になる。

魅惑のももんもは、悪魔の食べ物に違いない。うむっ。


昼間、ぼくは喜び満載で、ももんもをエリンや他の使用人たちと収穫した。

そして昼寝から目覚めると、エリンから兄上が呼んでいると言われた。

変な果物作るなって怒られちゃうのかもと思って、ちょっと心配になる。でもとりあえず心配は横に置いて、兄上のいる書斎に行った。

兄上の書斎のうち、ぼくは兄上が普段仕事をしているほうの部屋に入り、エリンにうながされソファにプヨッと腰かけた。

執務机に向かっていた兄上はシャツにズボンという軽装に着替えていて、リラックスした様子だ。

テーブルの上には、ももんものタルトがある。表面がつやつやっと輝いているのは、ももんもを加熱すると甘みが倍増してとろけるからなのだ。

「おかえりなさいませ、兄上。今日はお帰りが早かったのですね？」

挨拶をして、笑みを向ける。ももんものタルトがここにあるということは、兄上はもう、ももんもを食べてくれたのかなぁ？　ぼくは兄上を期待の目でみつめた。

「ただいま、サリュ。早速ももんもをいただいたよ」

「本当ですか？　美味しかったですかぁ？」

「あぁ、とても美味しかったよ。甘くて、ジューシーで。実はハートの形をしていて可愛らしい」

兄上は執務机から離れてソファに移動し、ぼくの隣に座った。兄上がももんもを褒めてくれると、まるでぼくが褒められているみたいで、嬉しくなって頬が熱くなった。

「そうでしょう？　ぼくもいっぱい食べてしまいました。あっ、食べたけど、収穫でいっぱい動いたのでノーカロリーです、たぶん」

ももんもをいっぱい食べたからやせないのだと思われたくなくて、一生懸命言い訳をする。だけど兄上の懸念はそこではなかったようだ。

「そうか。いっぱい働いたサリュは偉いなぁ。しかしあれは、いったいどうやって生み出したのだ？　エリンによると、敷地内の森の中にももんもの木が三本あって、その木は、ふたつの幹がくねって絡んで、枝は互いの木が手を取り合うように交差していて、とても妙な形をしているというじゃないか。そして、大人が背伸びをすれば実をもげるような高さにたわわに実っている……と。それをサリュが作ったのか？　もしや魔法を使えるようになったのか？」

「違うのです。これは魔法ではなくて……トマトのときもですが、地面をポンポン叩いてお願いしたのです。ピンクで甘くて美味しいももんも食べたーいって。そうしたら芽が出て……」

ぼくは力説した。しかし説明をすればするほど怪しげな感じになって、困ってしまう。

「そうか。だとすると、どうやらサリュには大地の加護があるのかもしれないね」

すると、兄上はぼくの言葉を受け、推測を導き出した。

「大地の加護ですか？　魔力がないのに？」

「精霊と仲良くなるのに、魔力はあまり関係がないんだ。難しく考えなくてもいい。サリュは大地と仲良しってことなんだ」

ぼくにはよくわからないけど、博識の兄上がそう言うのなら、そうなのだろう。

「だけどね、サリュのこの能力はとても稀有《けう》なものなんだ。ももんもは、煮てよし、生でもよし、さらに見た目も愛らしく、収穫もしやすいという、果物として完璧な仕上がりだ。これが世に出回ったらひと財産築けてしまうだろう」

ももんも、売れるの？　そこまでは考えていなかった。ぼくはただ、インナーが美味しいと言うももんもを食べてみたかっただけだったから。

「そのような素晴らしいものをサリュが生み出したと誰かに知られたら、金儲けの道具にしようとする狡猾《こうかつ》な魔族が現れるかもしれない。私はサリュを、誰かにいいように扱われたくはないのだ。だから新しいものを生み出すときは、邸宅の敷地内だけにしてほしい」

「はい。わかりました」

張り切って、ぼくは返事をした。

ぼくは欲求のままにももんも欲しいって大地にお願いしちゃったけど、兄上は得体のしれないものが敷地に生えてしまって困ってしまったんだよね。

「屋敷の者たち以外の者にこの能力を見せてはいけないよ。父上にも内緒にしてくれ」

「魔王様にも？　わかりました。ぼくはもとより、ぼくと兄上が美味しいって思うものを食べられたらいいなって思っていただけなのです。だから内緒なのは承知いたしました。でも魔王様に言っちゃダメなら、ラーディン兄上もダメですよね？　美味しいももんもをみなさんにも食べていただきたいけど……」

ちょっとがっかりだ。ラーディンやマルチェロにも、ももんもを食べてもらいたかった。だって、すっごく美味しいんだもの。美味しいものはみんなにも食べてもらいたいでしょ。

でも兄上に迷惑はかけられない。兄上との約束事を、ぼくはしっかりと心に刻みつけた。

「いや、自分が作ったと言わなければいいのだ。ラーディンが屋敷に来たときに、ももんもを振舞うのは構わないよ。そのときは、庭にいつの間にか新種の植物が生えてきたと言いなさい」

「あぁ、そうですね。そうします」

兄上の言う通りにしていれば間違いないので、ぼくは信頼の眼差しで兄上をみつめた。

すると兄上も、ぼくの頭を手で優しく撫でてくれる。

「これは、サリュを守るためなのだ。大丈夫だよ、私の言葉を守ってくれたら、サリュには何も怖いことなど起きないから」

「はい。兄上のお言葉に従います。だって兄上は、ぼくのことをぼくよりもわかっていて、ぼくの不利になることなど決してしない、素敵な兄上なのだから。ぼくは兄上が大好きなのです」

そう言うと、兄上はちょっと申し訳なさそうな顔をする。だから、ももんもを生み出したことを内緒にすることなど大したことじゃないって、安心させるために、むふんとした笑みを向けた。

そんなことで兄上を嫌いになることはない。そういうつもりで言ったのだけど、兄上はぼくをムギュっと抱きしめて額にキスした。

「あぁ、私も大好きだよ、サリュ」

キス？　チュウ？　ひえぇぇ、と思って目が回る。

ぼくはお色気で人を惑わすインキュバスのはずなのに、このような親密な接触にワタワタしてしまう未熟インキュバスなのだぁぁ。

とはいえ、兄上は神妙な顔つきで注意してきたから、ももんもを生み出したことはやっぱり普通じゃないことなんだよね？

そのあと兄上はいつもの優しい兄上に戻ったから、ももんものタルトを食べさせ合いっこして仲直りした。あーん、ってね。

んー、でも仲直りというか、別に喧嘩ではなかったけれどね。

よくわからないけど、兄上はぼくのことをとっても心配しているみたいなんだ。だから新しいものを生み出すのはしばらく控えようと思った。

★★★★

今日は第二回目の子供会だ。

一回目はほぼお針子をしていたのと、ルーフェン兄妹と遊んでいたから、他の人とはあまり接点がなかった。ラーディンやシュナイツもいたはずなのだが、見当たらなかったな。

ディエンヌは気分を害したようで、あのあとすぐに退場したらしい。

被害は最小限で済んだけど、今日はどうなることやら。

その前に、今日も兄上とともに馬車移動である。

ところで今日もぼくの衣装は兄上とおそろいだ。

ジャケットとズボンの組み合わせの礼服は、深緑色で落ち着いた色合い。兄上はどんな色でも着こなせるが、ぼくは丸くて布面積が大きいから、明るい派手な色だと存在感が際立っちゃう。なので、ダークな色合いのほうがいいのである。

同じデザインの衣装を着る兄上は、言うまでもなくとても凛々しく美しく格好良い。

インナーは毎回、スタイル抜群の兄上に見惚れている……ぼくの目を使って。鏡越しのぼくには、絶対見惚れないけどねぇっ！

おそろいコーデながら、ぼくにはおまけがある。お尻が隠れるくらいのポンチョを同じ生地で作ってあって、その前を兄上からいただいた赤いブローチで留める仕様なのだ。

このところ兄上は、ぼくとおそろいの衣装を作るのがブームのようで、仕立屋にポンチョ付きの衣装をいっぱい注文している。

だがぼくは育ち盛りなので、あまり衣装を作らないほうがいいと思っている。大事なことなので二度言うが、育ち盛りなのでっ、まだ背も手足も伸びるからっ。

「あぁ、サリュは今日も可愛いなぁ。赤い髪と同じ色の宝石が良いアクセントになっている。ポンチョに留めておけば宝石が浮いて見えることもなく、ずっとつけていられるだろう？　防御のブローチは絶対に外してはいけないよ」

「はい。兄上に守っていただいているのですから、絶対に外しません」

ぼくはこの宝石が大好きなのだ。だって兄上からの贈り物だし、キラキラして綺麗だから。

いつもはペンダントにしていて服の下に隠れてしまうけど、こういうおしゃれ着のときは胸元にペカリとつけて前面に出せるので、得意げな、むふんとした笑みになるのだ。

そして今日もあっという間に会場について、ミケージャとともに馬車を降りて兄上の馬車を見送った。

あぁあ、もう会場についてしまった。馬車がもっとゆっくり、ずっとずっと走っていればいいのに。

兄上の隣に座ると距離が近くてすごく嬉しくなるし、いっぱい話をしたくなる。でも兄上はこれから仕事に行くのだから、寂しがって困らせてはいけないね。反省。

さぁ気を取り直して。いざ、子供会会場という名の戦場に向かうのだぁ！

ぼくは拳を一度は振り上げたが、すぐに手を合わせて祈る。何も起きませんように。


この前と同じ部屋に入っていくと、早速ルーフェン兄妹が近寄ってきた。

「おはよう、サリー」

「おはようございます、マルチェロ。サリーと呼んだらレオンハルト兄上に怒られるのでは？」

「レオがいないときだけ呼ぶから、大丈夫。大事なお友達なのだから、愛称で呼びたいじゃないか」

マルチェロはそう言って、今日もキラキラしいオーラを放って爽やかに笑う。

「おはよう、パンちゃん」

そしてマリーベルは、淑女の礼をしながら挨拶する。

「おはよう、マリーベル嬢。パンちゃんではありません。サリエルです」

「わかっていますわ、サリエル様。それよりルーフェン家にお婿に来てくださる気になったかしら？」

マリーベルがぼくの右腕につかまって聞いてくる。それに困って眉尻を下げると、マルチェロがぼくの左腕に腕を絡めながらマリーベルをたしなめた。板挟みですっ。

「マリーベル。そのことはお母様にこっぴどく叱られただろう。おまえの婚約者は二択なの。それにレオからもダメだとはっきり言われているんだからね」

そうなの？　兄上はその件については、何も言っていなかったけど。知らぬ間にお断りしていたのかな？　当事者なのに、とっても蚊帳《かや》の外感。かや……うん、インナー用語。

「貴族に生まれた宿命ですわね。好きになった方とは添い遂げられない悲劇なのですわぁ。じゃあ愛人でもいいわね。パンちゃんは私の愛人にしますわぁ」

「やめてくれ、私が殺される。おまえはどうあってもレオに兄を殺させるつもりなのだな？　そしてルーフェン家の女公爵となって、どっちかの王子とサリーを両手に花にして暮らす気なのだな？」

「あらぁ、それもいいわねぇ。お兄様、名案ですわぁ」

「私の屍《しかばね》の上に成り立つ案は、名案ではない。それにサリーは、私と一緒にレオを支える魔国の頭脳になる予定なんだ。これは決定事項だからな」

ぼくを間において兄妹喧嘩するふたり。困ります。

でもぼくは、マルチェロの案に賛成だ。だってぼくはずっと、兄上の役に立つ者になりたいって思っているのだもの。

「おいぃ、おまえら。シュナイツ見かけなかったか？」

友達以外に、ぼくらに気安く話しかけてくるのはラーディンしかいない。

マルチェロたちは三大公爵家の子息なので、子供会に来るほとんどの子たちより序列が上である。だがさらにその上の序列であるのが、ぼくやラーディンといった魔王家の子息になるのだ。

子供会ではまぁまぁ無礼講なのだけど、序列が一番上であるラーディンに、ルーフェン兄妹は頭を下げる。彼の質問には、序列が同等位である兄弟のぼくが返事をした。

「おはようございます、ラーディン兄上。シュナイツは見ておりませんが、どうかしましたか？」

「いや、シュナイツの従者が探しているんだ。ちょっと目を離した隙に見当たらなくなったって。たぶん庭で隠れているのだろうけど、魔王の息子がいつまでも行方知れずだと大事《おおごと》になるからな」

ラーディンはそう言いながら、ぼくの頭をぺけぺけと手のひらで叩く。やーめーてー。

「では、ぼくもお庭を探してきます」

ザっと見た感じ、サロンにディエンヌがいなかったので、まだ来ていないと思って請け負った。

ディエンヌ、ビリビリを強制終了させられて拗《す》ねちゃったからな。欠席だったらいいなぁ。

ぼくとマルチェロとマリーベルは、おのおの従者を引き連れて、分かれてシュナイツを探すことにした。

ここの庭は、兄上の屋敷の庭よりもだいぶ小さい。でも兄上の庭園にはないものがいろいろあって、なんだか面白いのだ。

大きな木に縄をかけて作られたブランコは、子供たちが順番待ちをするくらいに人気だし、ちょっと奥まったところには、真っ白な石膏の柱が立つガゼボがある。人気《ひとけ》がないので隠れるにはいい場所だが、シュナイツはいないみたいだな。

どこにいるのかと頭を巡らせ、ぼくは地べたにそっと膝をついて、庭を仕切る垣根の下のほうを見てみた。地べたは芝生で綺麗に整備されてあるから、膝や頬をつけても汚れないので大丈夫。

そうしたら、木の根元で膝を抱えて座るシュナイツを発見！

喜び勇んで声をかけようとしたが、シュナイツは頼りなげな顔をうつむけている。なんだか、近づかないでほしいというオーラを感じた。子供会に馴染《なじ》んでいないのかもしれないね。

前回の子供会では、ディエンヌのやらかしやらなんやらで、ぼくは他の人と交流を持たなかった。だからそのときのシュナイツの様子は見ていないのだ。

これは、子供たちの輪の中に放りこむのが良いのか悪いのか、判断がつかない案件だ。

「ミケージャ、シュナイツの従者さんを連れてきてくれる？　ぼくはここにいますから」

そう囁くと、ミケージャはうなずいてその場を離れた。

シュナイツの従者さんが、一番シュナイツのことをわかっていると思うのだ。

子供は、子供と遊ぶのが当たり前。それは大人がそうあってほしいと思うだけで、押し付けの場合もあると思う。ぼくも、ひとりで遊ぶのが苦にならないタイプだし、ちょっと大人の兄上と過ごすのも好きだからね。

シュナイツがぼくと同じだとは言わないし、わからないけど。

こうして子供たちから隠れているのを見ると、今はそっとしておくのがいいのかなって、思ったわけなのだ。判断はシュナイツの従者さんに任せよう。

「みぃつけたぁ。こんなところにいたのぉ？　シュナイツぅ」

そう思っていたら、肝の冷える声が聞こえてひえぇっとなった。ディエンヌゥウゥ⁉

「こ、こっちに、来ないで」

シュナイツが言うのに、ディエンヌは構わずシュナイツに近づいていくみたい。垣根が邪魔でよく見えないけど、そういうガサガサ音が聞こえる。

ぼくは地べたに頬をムニュっとくっつけて、下から垣根の向こうを見やった。ラベンダー色のドレスを着たディエンヌが、木の幹を背にして座るシュナイツの前に立っている。

「あら、ひとりぼっちの弟と遊んであげようと思ったのに。私の慈悲を無下にするつもり？」

半笑いで言うディエンヌ。いやいやいや、絶対に嫌な予感しかしないし。

シュナイツも、いやいやいやって首を横に振っているよっ。

「もう、子供会にそんな汚いぬいぐるみなんか持ってきて。そんなんだから友達が作れないのよ。魔王の息子が友達も作れないで、ぬいぐるみにしがみついているなんて、ホント情けなぁい。さぁそれをお姉様に寄越しなさい」

シュナイツはぬいぐるみをぎゅっと抱きしめて、いやいやする。それを無理に取ろうとする、自称お姉様のディエンヌ。

『ダメ、あのぬいぐるみを奪わせないでっ』

珍しく人がいるところでインナーがぼくに話しかけてきた。そしてインナーの記憶が、ぼくの中にはっきりと入ってくる。

子供の頃、インナーはひとりでいることが多かった。親はふたりとも働きに出ていたからだ。

ひとりでいるとき、毛布の端っこが友達だった。自分の匂いの染みついたその毛布がそばにあると安心して。二十センチ四方に切り取った毛布の端っこをいつも持って歩いていたのだ。

友達がいなかったわけではない。

でもその毛布は、自分が物心つく前から自分のそばにあって、自分の寂しさも、病気で苦しいときも、そばで自分を励ましてくれたもの。

毛布だけど友達で、毛布だけど親のようで、毛布だけど自分の命と同じくらいに大事な宝物だったのだ。

だけどある日、インナーは友達のお姉さんに毛布を奪われて、破かれて……

インナーは泣いた。お姉さんが悪いから、その友達が悪いわけではないが。その友達と縁を切るくらいに、深く傷ついた。

毛布が破かれたことは、自分の心が破かれたのと同じで。毛布の痛みまでも感じるようで、悲しくて、悲しくて……

そんなインナーの気持ちがワッと入ってきて、ぼくはいてもたってもいられなくなり。垣根の下に体を入れこんだ。

「ディエンヌ、やめろ。ぬいぐるみを離すんだっ」

にゅるりと垣根の下の狭いところを潜り抜け、ぼくはディエンヌとシュナイツの前に立つ！

でもディエンヌは、もうシュナイツからぬいぐるみを奪っていて。風魔法でシュナイツが手を伸ばしても届かない高い位置にぬいぐるみを飛ばしていた。

「なぁにぃ？　また邪魔する気なの、サリエル」

「そうだっ。そのぬいぐるみはシュナイツの大事なものなのだから、返しなさい」

ディエンヌは赤い瞳をギラギラさせて、ぼくのことを嘲笑《あざわら》った。

「きゃははははっ、魔力もツノもないあんたに何ができるっていうの？　っていうか、いい加減邪魔なのよね。あんたも、また風魔法で飛ばしてあげましょうかぁ？」

そうしてディエンヌがぼくを睨《にら》みつけたとき、ブローチからブビーと警報音が鳴った。その音で人が集まってくるのを嫌がったのか、ディエンヌはプイッと顔をそらす。

「ばっかじゃないの。男のくせにぬいぐるみなんかに熱くなっちゃって。こんな汚いぬいぐるみ、いらないわぁ」

ディエンヌは放り投げるように、風魔法をまとわせたままぬいぐるみを遠くに飛ばした。

「「あぁぁっ」」

ぼくとシュナイツは一緒に叫び、ぼくはぬいぐるみを追いかけて駆け出した。

放物線の先には池があって、あそこに落っこちたら、ぬいぐるみが濡れてダメになってしまう。

『絶対取ってぇ。あの子を助けてぇ』

インナーの悲痛な叫びがぼくの胸を締めつける。自分はあの毛布を救えなかったけど、この子は救ってあげたい。そういう気持ちを感じ取った。

ぼくはいっぱい走って走って、ぬいぐるみをぉ――

んんんぬぅぅぅっ、つっ、つかまえたっ！

ロングジャーンプで宙を跳び、ぬいぐるみを手でつかんだ。しかし足の下は、池だぁぁ。

ばっしゃーんんんん、と池に落ち、腰まで水に浸かってしまった。でも、ぬいぐるみは頭の上でキャッチしたから、無事であるぅ。

「サリー、何やってんだ。大丈夫か？」

池の反対のほうから、シュナイツを探していたマルチェロがやってきて、池に飛びこむぼくを目撃したようだ。ぼくはぬいぐるみを救ったヒーローなのだ。

でも出した声は、震えていてとても情けない。

「マルチェロぉぉぉ、ミケージャをぉ、呼んでくださぁいぃ」

あぁ、兄上とおそろいの衣装が台無しだぁ。

でもシュナイツのぬいぐるみを救えたので、兄上、怒らないでくださいね。

手を上げたままぬいぐるみを頭の上で持ち、池からじゃぶじゃぶと出る、ぼく。

シュナイツは池のほとりでおろおろしていたが、岸に上がったぼくを見るなり駆け寄ってきた。

「あああ、サリエル兄上ぇ、すみません、ぼく、すみませぇん」

シュナイツは赤い瞳を涙でウルウルさせている。あぁ、瞳は父上似だね？

「大丈夫だから、気にしないで。はい、ぬいぐるみは無事だよ」

ディエンヌに投げられたぬいぐるみを、一度も地に落とさずキャッチしたぼくは、意気揚々と彼に手渡した。のだが、それを見てシュナイツはひぃぃぃぃっと泣き始めた。

どうした？　と思って目を落とすと、顔や耳はウサギ（魔獣ではない普通の動物のほう）だけど体は人間のようにタキシードを着ているぬいぐるみの、腕がもげかけて中綿が飛び出ていた。

ひえぇぇぇぇっ、ディ、ディ、ディエンヌのやつぅぅぅ！

おそらくディエンヌとシュナイツがぬいぐるみを取り合ったときに、腕が傷ついてしまったのだろう。うぅ、これではぬいぐるみを無傷で救えたとは言えないな。

ディエンヌに謝らせる、と思って辺りを見回すが、もうディエンヌのディの字も見えないのだった。

あの悪役令嬢めっ、とんずらしやがったなぁ？

「うちの妹が、ごめんね。許せないだろうけど、このウサちゃんはぼくが治すからね」

シュナイツはウサギのぬいぐるみをヒシっと抱きしめて、大粒の涙をぽろぽろこぼす。

シュナイツは男の子だけど、どこか優美なたたずまいで、ピンクの髪や唇が可愛らしいし、その姿で泣かれると本当に可憐な女の子が泣いているように見えてしまう。あぁあ、可哀想だ。

「も、もう……アドラルのこと、痛くしたくない……」

「このウサちゃんが、アドラルって名前なのかい？」

聞くと、シュナイツはコクリと小さくうなずいた。

インナーも、自分が大事にしていた毛布が破られたとき痛みを感じたと言っていた。きっと自分の腕がもげちゃったみたいに、アドラルの痛みをシュナイツも感じているのだろう。

シュナイツの備考欄には、気が弱いから強気で押せば落ちるなんて書いてあった。きっと繊細な子なのだね。それこそ、お友達のぬいぐるみがそばにいないと、怖くて子供会にも出られないくらいに。

「あ、アドラルが。子供会に行けば、お友達ができるって言ったの。だから、がんばって来たのに。こんなことになっちゃうなんてぇ」

ひぇひぇと泣くシュナイツを、ぼくは頭をナデナデして慰めるしかなくて、歯がゆい。でもぼくは、アドラルを治してあげられる力は持っている。

「シュナイツ、このままではアドラルはずっと痛いと思うよ。必ず治してあげるから、ぼくを信じてアドラルを預けてくれませんか？」

「痛く、しない？」

「うん。ぼくに考えがあるからね、任せて」

そうしたらシュナイツは、戸惑いながらもうなずいてくれた。

そこにミケージャと、彼を呼びに行ってくれたマルチェロと、シュナイツの従者の人が来た。

「あぁっ！　サリエル様、びっちょりではありませんか。早くお着替えしないと風邪をひきます」

ミケージャも、泣いているシュナイツを見る彼の従者もおろおろし始める。

とりあえずみんなでサロンに戻ることにした。

「ミケージャ……着替えはありますか？」

着替えは、ありました。まったく同じ衣装ではないが、子供の集まりでは、張り切ったり調子に乗ったりして服を汚す子がいるので、着替えの持参は必須だって……ミケージャに言われた。

あああぁぁっ、魔王の三男なのに、そんな、調子こいて池ポチャする子供みたいなことをしちゃって、恥ずかしいっ。

でもまぁ、やっちゃったものは仕方がないか。むふん。

サロンに戻ったぼくは、先月同様またまた休憩室を借り、そこで身支度をし、衣装チェンジした。

そして、ディエンヌの悪事から人々を守るヒーローのぼくは、今日は令嬢のドレスではなく、シュナイツのぬいぐるみであるアドラルのお直しをするのだった。

マルチェロとマリーベルはぼくを見守りつつ、お茶会をしている。優雅な兄妹ですな。

ちなみにマリーベルは、シュナイツの捜索を早々にあきらめてサロンでお茶をしていたらしい。

くぅ、要領が良すぎますっ。

それはともかく、お茶会の円卓にみんなで座ると、ぼくは机の上にアドラルを置き、携帯用裁縫セットを懐から取り出して針をキラーンとさせた。

「それで刺したら、アドラルが痛がっちゃう」

針に糸を通していたぼくの隣で、シュナイツはアドラルの治療を見守りながらそう言う。

そうだった。アドラルが痛くないようにしないといけないんだったね。

「シュナイツ、これから治療の説明をいたしますので、よく聞いてください。腕を怪我したアドラルは手術をしなければなりません。でも麻酔をかけるので、寝ている間は針を刺しても痛くありません」

「ますい？」

「ふかーく眠れる魔法です。アドラルは麻酔が効いている間は痛くないし、ただ寝ているだけです。わかりましたか？」

シュナイツは、たぶんわかっていないだろうけれど、うなずいた。

インナーも『術前の説明は、のちのちのトラブル回避のためにも重要なのだ』と言い、心の中でうなずいている。いえ、あくまでイメージなので、本当にうなずいているかどうかはわからないけど。

「ではこれから、麻酔をかけて手術します。マルチェロ、アドラルに麻酔をかけてください」

「……私が、麻酔をするのかい？」

いぶかしげなマルチェロをぼくはギラリと睨《にら》んだ。乗り掛かった舟です。一蓮托生《いちれんたくしょう》ですぅっ。

「わ、わかった。これから麻酔をかけます」

ぼくの気迫がどうやら伝わったみたいだ。よしっ。

うなずいたマルチェロはアドラルに手をかざし、魔法をかける。少しひんやりするから氷系の魔法みたいだ。

魔王の息子であるシュナイツは、魔力量が膨大だと聞く。少しは魔法をかけないと納得しないだろう。魔力なしのぼくが魔法をかけるフリをしても、説得力がないのだ。だから、協力してくれてありがとう、マルチェロ。

アドラルを指で触っていたぼくは、ぬいぐるみをビルビルゥっと揺らして、ガクリと脱力させる。

シュナイツは、あぁと声を上げた。

「アドラルに麻酔がかかりました。では、手術を開始します」

そう言って、ぼくは早速ぬいぐるみのお直しをはじめた。

ディエンヌのビリビリ期によって、ぼくの裁縫スキルはメキメキ上がり、令嬢の破れたドレスを見映え良く縫い合わせることはもとより、今ではなんでも上手に縫えるようになっている。

この、ソーセージのようなぶっとい指は、使ってみれば案外器用で、逆にぶっとさを利用して一定の縫い幅でしっかりと縫うことも可能になった。

先日など、魔王城御用達《ごようたし》の仕立屋であるドレス職人にスカウトされたのだ。サリエル様は一流の仕立屋になれますよってね。ドレス職人は兄上に睨《にら》まれて、すぐに謝り倒していたが。

それはともかく、ぼくのプロ顔負けの手さばきを、シュナイツもマルチェロもマリーベルも目を丸くして見ている。手を進めながらそれを見て、ドヤ顔のぼく。

飛び出た綿を丁寧に中に入れこんで、腕のもげかけた部分を白糸で細かく縫い合わせた。ちょっと見る程度じゃ縫い跡がわからない。

うまく治せた。これならインナーも及第点《きゅうだいてん》をくれるだろう。

「手術、完了です。マルチェロ、麻酔を解いてください」

そう言うと、マルチェロはまた手をかざして魔法をかけた。ぼくもアドラルをビルビルゥっと動かして、ハッと頭を上げるように見せて、ぬいぐるみを覚醒させた。

「さぁ、アドラルはこれで元気になったよ」

今度こそ、ぼくは意気揚々とぬいぐるみをシュナイツに手渡した。

シュナイツは可愛らしい笑顔を見せて、アドラルをぼくからそっと受け取る。そして、むぎゅうっとぬいぐるみを抱きしめた。

良かった。今度は泣かないでくれた。インナーが受けたような悲しみを、シュナイツも感じてしまっただろうが、少しは和らげられていたらいいな。

「アドラル、まだ、ちょっと痛いって……」

悲しげにシュナイツはつぶやく。針を刺したところ見たものね。

「手術をしたばかりだから、傷口はちょっと痛むけれど。あとは治るだけだよ。時間が経ったら痛くなくなるからね」

そう言って、ぼくはアドラルの腕に手を当てて、痛いの痛いの飛んでけーと呪文を唱えた。

「それは、なぁに？」

「痛いのが早くなくなる、おまじないだよ」

「もっとやって。サリエル兄上、もっとしてあげて」

シュナイツがぼくにアドラルをぐいぐい押しつけるので、ぼくはシュナイツの気が済むまで、飛んでけーを繰り返すのだった。

「まぁ、シュナイツ様は私にもアドラルを触らせてくれないのに。サリエル様をお好きになったのですね？」

ひと息ついて、シュナイツの前に紅茶を差し出した従者がそう言うと、シュナイツははにかむようにポッと頬を赤く染めた。

「あぁ、ダメなんだからねぇ、サリエル様は私のパンちゃんなんだから」

マリーベルが、なにやらシュナイツに対抗してぼくの右手をつかんだ。

シュナイツはマリーベルの言葉から、ぼくにメジロパンクマの面影をみつけたらしく、パンちゃん……とつぶやいた。え？

「マリーベルのパンちゃんじゃないもん。サリエル兄上はぼくのパンちゃんだもん」

今度はシュナイツがぼくの左腕にしがみついた。

「ぼくはどちらのパンちゃんでもありません」

というか、ぼくはそもそもパンちゃんではなーーい。

まったく、これでは落ち着いてお茶も飲めないよ。

「あぁ、サリーは私のお友達なのに、サリーの両手が幼児に取られてしまった。でも、同級生の利点が私にはある。学園では絶対に、君らはサリーと同じ学年になれないもんな」

すると、なんでかマルチェロまで張り合い出して、マリーベルとシュナイツが『いっしょに学園に行くぅ』なんて泣き出しちゃった。これでは別の意味で阿鼻叫喚《あびきょうかん》ではないか。

あぁもうぅ、阿鼻叫喚《あびきょうかん》を引き起こすのはディエンヌだけで結構ですっ！

「マルチェロ、お子様を泣かせないでください。というか、ぼくらもまだ学園に行くのは先の話ではありませんか？」

ぼくらが通う予定の学校は、貴族子女が通う『ロンディウヌス学園』だ。

そこでは魔獣の生態を勉強したり、この世界で生活をする、魔族や妖精、精霊、獣人、人族の特徴や歴史を学んだり、魔法を極めたりする。

それだけでなく、貴族としての立ち振る舞いや礼儀作法、国の根幹を支える政治、経済、国の運営法、さらには騎士や兵士になるための訓練などなど、様々な事柄を学べるのだ。

でも入学年齢は、四月の時点で満十二歳になっているお子様が対象。なので、ぼくらはまだまだ先の話だ。

ちなみに、レオンハルト兄上は現在十二歳だが、すでに国の中枢にて公務や重要なお仕事を任されているので、学園に行くことは免除されている。兄上は本当にすごーい。

「はいはい、からかうのはナシだね」

マリーベルとシュナイツが泣きながらぼくの隣に椅子を近づけて、腕につかまったままギューッとして離れないから、マルチェロはぼくの対面に移動し、優雅に紅茶を口にした。

「でもさ、真面目な話。私たちほどの頭脳があれば、学園に行かないでレオの公務を手伝う選択もアリだと思うんだよね。サリーはどう思う？」

「それは、とても魅力的なお話です。ぼくは兄上のお役に立つ人材になることが夢なので。できれば、ぼくもそうしたいです。でも……学園でディエンヌを野放しにすることもできません」

そう言い、ぼくは眉をむにょむにょ動かして、ため息をついた。

ぼくの夢だけを願うなら、マルチェロが言うことは一番素敵な提案である。

だけどぼくは、兄としてディエンヌの尻拭いをする運命。

ぼくや兄上の目の届かない学園で、ディエンヌが心のままに振る舞ったら、どうなるのだ？　恐ろしくて考えたくないし、そのことで万が一にも兄上に迷惑がかかったらと思うと、ぼくの心臓は引き千切れそうなほどに痛む。

「サリーがレオと早く仕事をしたいという気持ちは伝わったよ。それが困難であることもね」

マルチェロが残念だというように、首を横に振る。

「ぼくは無理でも、マルチェロはぜひ兄上のお力になってくださいませ」

「そんな、水臭いことを言わないでくれ。君が学園に行くというのなら、私ももちろん、行くよ。だって私は君のお友達だからね。それにサリーのそばにいると、なんだか面白いし」

彼はにっこり、とても愉快げに笑った。それはサロンにいるみんなに向ける作られた笑顔ではなく、心底楽しそうな、面白そうな、飾らない素直な笑顔だった。

マルチェロがぼくといて楽しいと思ってくれているのなら、それは何よりだ。ぼくもマルチェロがそばにいたら楽しいし、心強いからね。

「私も、パンちゃんといっしょに行く」

「ぼくも、兄上と学園に行きます」

「君らは、一年遅れだからね」

マルチェロのツッコミに、ふたりがまた、わぁっと泣き出した。

もう、マルチェロぉぉっ!!

★★★★★

シュナイツのぬいぐるみ殺人未遂事件のあった子供会から、十日が経った。

今日はマルチェロが兄上の屋敷にやってくる。彼は兄上に会いに来るのではなく、ぼくと遊ぶために来るのだ。ここ、重要だからねっ。

子供会以外のところで誰かと遊ぶのは、ラーディンの他ははじめてだ。ぼくはどうしたらいいのかとか、何をして遊ぼうかとか、いろいろ考えてぇ……夜しかぐっすり眠れなかった。

そろそろ彼が来るという頃、ぼくは出迎えのため外に出る。玄関前で、今か今かと待っていると遠くで門が開く音がして、こちらにやってくる馬車が見えた。

きたぁぁぁっと思って、ぼくは短い腕をいっぱい伸ばして手を振る。

円形の庭を、彼の乗った馬車がぐるりと回り、屋敷の前でゆっくり停まった。

出迎えるぼくは興奮して鼻息がフンフンしてしまうが、馬車を降りるマルチェロは優雅に地に足をつける。降車のときでさえ、マルチェロは上品だ。

「いらっしゃいませ、マルチェロ」

「こんにちは。遠くから、サリーが手を振っているのが見えていたよ」

マルチェロに言われ、ぼくは丸い手を頬に当てて照れた。

「恥ずかしながら、ぼくのおうちに友達が遊びに来てくれるのがはじめてだから、嬉しくてつい手をいっぱい振ってしまいました」

「そうか、君はお披露目会まで公《おおやけ》の場に姿を現さなかったものね」

にこにことふたりで笑い合っていると、エリンにうながされる。

「サリエル様、まずはお客様をサロンにご案内してくださいませ」

「あっ、そうだ。マルチェロ、どうぞ、おあがりください」

お客様をもてなす言葉をたどたどしく言って、ぼくはマルチェロを屋敷の中に案内した。

サロンに着いて椅子に座ると、エリンがテーブルに紅茶とくし切りにしたももんもを出してくれた。

「これは、お庭に生えた新種の果物のももんもです。美味しいので、ぜひマルチェロにも食べていただきたくてぇ……」

「まずは君から。地位の高い者から手をつけないと、下の者は食べられない。それが礼儀だ。いつも私たちは立場を気にしていないけど、公《おおやけ》の場に出れば貴族としての振る舞いを求められるから、こういうお茶会やお呼ばれの席で礼節に慣れておくんだ。大きなパーティーに出ても恥をかかないようにね」

とにかくももんもを食べてもらいたくて、ぼくは勢いこんで言ったけど、マルチェロにそう言われて、なるほどと思う。遊びの時間も礼節の練習の場になるんだね？

「でもマルチェロは公爵令息でしょう？　ぼくは魔王の三男ですけど養子だから、マルチェロのほうが立場は上だと思うのですが」

「養子でも、魔王の息子である君は王子だから、私より地位は上だよ」

『くくく、丸い王子』なんて、インナーが笑っている。むっきぃぃ。

それはともかく、マルチェロがそう言うので、ぼくはフォークでももんもを刺し、食べた。

「んんっまぁあぁあい。さぁ、マルチェロもどうぞ」

あまりの美味しさにほっぺが落ちそうなので、ぼくは手でもちぃと支えた。そんなぼくを見てマルチェロはそっと微笑み、ももんもを口に入れる。その途端に目を丸くした。

「んっ、口の中でシュッとなくなった。果肉が柔らかくて甘みが上品、こんな果物食べたことがない。これはいったい、なんだ⁉」

「ももんもですよぉ。新種の果物なの」

説明している最中も、マルチェロは皿の上のももんもを次から次に口へ入れていく。聞いているのかいないのか。でも気に入ってもらえたみたいで、ぼくは満面の笑みを浮かべた。

「よろしかったらお土産《みやげ》に持って帰って、マリーベルにも食べさせてあげてくださいね」

「妹に食べさせるのはもったいないな。というか、ももんもはこれ以外にもあるのかい？」

「実がいっぱいなったから、食べきるのが大変なくらいいっぱいありますよ。あ、ももんもを加工したお菓子も作ったのです。エリン、ゼリーもお土産《みやげ》にしてあげて」

エリンはそっと頭を下げ、マルチェロは『絶対美味しいやつ』とつぶやいた。

「マルチェロ、今日は何して遊びましょうか？」

ひと息ついたところで、ぼくは指と指を合わせてプヨプヨさせながら聞いた。屋敷で友達と遊ぶのがはじめてだから、ソワソワもじもじしてしまう。

一方、マルチェロは紅茶を口にして、余裕の微笑みを見せた。エレガントだ。

「私は、町で買い物をするのが好きなのだが、サリーは屋敷から出られないのかい？」

彼のその質問にはエリンが答えた。

「申し訳ありません。城下の散策はレオンハルト様の許可がありませんと……」

「もう、レオは過保護なんだから。サリーは純粋培養の、深窓《しんそう》のお嬢様みたいだね。では仕方がない。城下はレオの許可をもらってから行くとして、今日はももんもの木を見せてよ」

「少し歩きますけど、いいですか？」

マルチェロがうなずいたから、ぼくは彼の手を引いて外に出た。

ももんもが生えている森は丘の向こうにあるので、ぼくらは草原をテクテク歩いていく。

「レオの屋敷の庭はとても広いな。っていうか、丘だよね。彼は乗馬が趣味だと聞いているが、敷地で馬を走らせているのかい？　うらやましいな」

マルチェロがそう言うので、ぼくはキラキラっと期待の眼差しを向けた。

「マルチェロはもう馬に乗れるのですか？　馬に乗れたら、ももんものところにすぐ行けます」

「あぁ、乗馬は得意だよ。サリーはまだ練習していないのか？」

「一年前に落馬して、それからラーディン兄上に乗っちゃダメって言われました。レオンハルト兄上がバリバリドッカーンになるから」

「え、一年前って……それは去年の天変地異のこと？　外で買い物をしていたら、麗らかに晴れた日だったのに、急に雷がいくつも落ちてきたあの日……？」

「たぶん、そうです。ぼくは二日間意識不明で、そのことは知らないのですが」

町の様子は聞いていたものの、マルチェロがそのような目にあっていたとはつゆ知らず、ぼくは申し訳ない気持ちになる。でも……乗馬はあきらめきれないのだぁ。

「でもね、足が。もう少し足が伸びたら、ぼくはスマートに馬に乗れると思うのです」

「……私は、ラーディンが正しいと思うな。サリーが落馬したのをレオは心配して雷を落としたのだろう？　サリーは馬に乗らないほうがいいよ。みんなの……いや、レオのために」

笑顔ながらもマルチェロに真剣に言われ、ぼくは納得できるようなできないような複雑な心境で、むぅとなる。

「やっぱり、そうですか。ぼく、乗馬できる自信あるのですけど」

ぼくは短い足をぴょーーっと伸ばして、つま先をピルピルぅっと震わせる。

あと少し足が長ければと思うぼくを、マルチェロは目を細くして見やった。

「その謎の自信はどこから来るんだい？」

「失礼な、謎ではありません。ぼくは育ち盛りなのですからね」

そんな話をしながら森に入っていくと、ももんもの木が生えているところに出た。

「これが、ももんもです」

ぼくはドヤ顔で木を紹介したが、マルチェロはなんでか苦笑する。

「なんというか、木の枝がくねくねで……魔が宿っているの？」

「ちょいちょい失礼ですよ、マルチェロ。魔は宿っていません」

「でも実の形はハート型で可愛い。しかも美味しいんだから、すごい木だね」

今度は褒められたので、ぼくはさらにドヤ顔し、胸を張るつもりで腹を出した。

「でしょう？　ももんもの種は大きいから、植えたら芽が出るかもしれませんね」

すると、マルチェロは笑みを引っこめて、真剣な顔をぼくに向けた。

「サリー、これはお金になるよ。とても美味しい果物だもの。マリーベルに渡したら、木をいっぱい生やしてひと財産築いちゃうかもしれないよ？　いや、私だって考えることだ。あの妹なら、やる。瞳をお金の形に光らせて、必ずやるだろう」

兄上が心配したように、マルチェロも心配してくれるんだね？　でも、いいんだ。

「ももんもがいっぱいになって、みんなが美味しいって食べてくれるのなら、ぼくはそれでいいのです。マルチェロがいつでも、美味しいももんもを食べられて幸せって思ってくれたら嬉しいです」

ニッコリ笑って言うと、マルチェロはまた苦笑するのだ。

「私は、というかルーフェン家の者は腹黒だからね、どうしても楽して儲けるとか、ひと財産築けるとか考えてしまうんだ。でもサリーは無欲で、みんなが美味しければそれでいいのだな」

「だって、美味しいと幸せですもん。それでぇ、マルチェロはももんも気に入った？　またぼくのうちにももんも食べに来てくれる？　そして……ぼくと遊んでくれますか？」

はじめてのお友達、はじめてのおもてなし。うまくできたか自信がない。

マルチェロは楽しんでくれたかな？　そしてぼくとまた遊びたいって思ってくれるかな？

そうだったらいいなって思い、恐る恐るたずねる。するとマルチェロは、屈託ない明るい笑みを見せた。

「もちろんだよ。私のほうこそ、またサリーのうちに遊びに来たいな。いい？」

彼の答えがものすっごく嬉しくて、ぼくは頬がブルブルするくらいいっぱいうなずいた。

「はいっ。ぜひ遊びに来てください、マルチェロ。それからもっともっと遊びましょう、マルチェロぉ」

そうして、ぼくはその日、マルチェロと森の中でいっぱい遊んだのだった。

★★★★★

その日の夜、夕食を食べたあとのこと。

ナプキンで小さな口を拭き拭きしているぼくに、レオンハルト兄上が言った。

「サリュ、マルチェロにももんもの木を見せたんだってね？　そういえば私もまだ、ももんもの木は見ていなかった。サリュに案内してほしいな」

「これからですか？」

今は日が落ちたばかりという頃合いだ。すでに夜の薄闇が広がっていて、森の中に入るのは危ないのではないかと思う。

「うん、今。これから。ランプを持っていけば大丈夫だよ」

けれど兄上に優美なお顔でにっこりとされたら、ぼくはっ、逆らえるはずもないのだぁ。

まぁ確かに兄上の魔力は強大なので、森で何か……たとえドラゴンが現れたとしても、大丈夫なのでしょうけど。

インナーも心の中で『デートだ、デートだ』と大騒ぎしだした。わかりました、行けばいいんでしょ？　でもデートじゃないので、インナー落ち着いてっ。

というわけで、兄上がランプを持って。ぼくは一生懸命大きな歩幅で夜の道を歩いた。だって、兄上の足は長ーいのだからね、文字通り足を引っ張るわけにはいきません。

ももんもの木がある森までは、何回も通った道だから間違えることはない。でも見知った景色であるのに、夜に歩くと気分が高揚するのはなぜなのだろう？

日の光を受けて緑が輝いている景色も美しいけれど、夜の景色も綺麗だ。

ただ、夜の闇にひっそりと浮かぶ三日月の淡い光が緑の丘をほんのり照らし、昼は鳴かない虫の声が響くのを耳にすると、なんだか見知ったところではない別の場所を歩いているようだ。

「サリュ、暗いから手を繋ごう。こうしていれば怖くないよ」

別にぼくだって怖くはないけど、でも兄上と手を繋ぎたい。嬉しくて笑ってしまいそうな口をむぎゅっと閉じて、兄上の手を握った。

大きな手のひらでぼくの丸い手を握ってもらうと、それだけで本当に安心感に包まれる。兄上のそばにいるだけで、何も恐れるものなどないと、当たり前のように思えるのだ。

それに心がうきうきして、ほわほわもするの。なんでかな？

そうして森に入っていく。森は月明かりが入らないから本当に暗くて、ランプの明かりまでも小さく感じて、ちょっと怖くなる。

でも、ももんもの木がある場所に近づくと、なぜか木々の向こうが明るく見えた。

「兄上、あそこなのですが。なにやら明るいですよ？」

ぶっとい指でその場所を示し、兄上の手を引っ張る。

ももんもの木がある、少し開けた場所に出ると、木の枝にランプがいっぱい吊り下げられていた。その明かりが、ももんものピンク色の実を照らしていて、不思議な形の木の陰影が浮かび上がる幻想的な光景が広がっている。

ぼくはライトアップされているももんもを、口をあんぐりと開けて見上げた。

「ふふ、驚いた？　私が、執事とエリンに言って用意させたんだよ。さぁ、こちらに座って夜のお茶会をしよう」

兄上に言われ、ぼくはももんもの木の陰にふたりがいるのをみつけた。

「もしかして、サプライズぅ？　もう、びっくりしたよ。もう」

笑って言ったぼくを、エリンは木の下にある二人掛けの籐《とう》の椅子に座らせる。

テーブルもあって、エリンがアイスティーを用意してくれた。ぼくは大きなグラスを両手で持って、冷たい紅茶をひと口飲む。いっぱい歩いたから、喉が渇いていたのだ。

「ここを案内してもらったのは、サリュに大事な話をしたかったからなんだ」

兄上はぼくの隣に腰かけて、そう言った。意味深だけど、嫌なお話じゃなければいいな。

ぼくはグラスをテーブルに戻して背筋を伸ばす。

「子供会を何度か体験して、サリュにもお友達がいっぱい増えたようだね。サリュはツノが生えていないから、いじめられるのではないかと心配したけど、サリュはいい子だから子供たちにもそれが通じたのだろう。杞憂《きゆう》に終わって良かったよ」

「いっぱいというわけでは。でもみなさん、とても優しいです」

ディエンヌのやらかしに気を配るのが大変で、あまり遊びらしい遊びもできていないのが現状だけど、今のところいじめられてはいないかな。たまにラーディンが意地悪だけど。

「マルチェロの妹は、彼に似てとても賢い娘のようだ。サリュの聡明さに気づいて、ルーフェン家に取りこもうと進言したようだよ。サリュをお婿に欲しいんだって？」

「いえ、あれはそのようなものでは……ぼくがメジロパンクマに似ているから、マリーベルはぬいぐるみが欲しいくらいの気持ちで言っているのですよ」

確かにマリーベルは、お婿に来てとか愛人にするとか会うたびに言うけど。マリーベルのような幼い子が、本気でぼくと結婚したいと思っているなんて、さすがに思わないよ。

子供のうちは親しく遊べる子が一番で、視野がまだとっても狭い。思春期になったら、ぼくのようなぽっちゃりはすぐにポイだよ。それが現実だ。

マリーベルもいつか、マルチェロのようなスレンダーな美男子を好きになるに決まっている。

「ふふ、サリュは純粋だからなぁ」

でも兄上は、艶《つや》やかな唇をゆがめて笑うのだった。

「あれはルーフェン家の娘だよ。あの年でも、したたかで狡猾《こうかつ》なのだ。サリュにメジロパンクマと言ったのは、子供っぽさというオブラートにくるんで、無邪気さを演出したにすぎない。サリュを手中におさめるための演技だな」

「そ、そうだったのですかぁ？」

まぁ確かに、マリーベルがしたたかなのはクーポンの件でもわかっていたことだが、そう言われてみれば、あのあと子供っぽい言動が増えたような気もする。

ひえぇぇぇっ、演技なの⁉　魔族、いや、御令嬢は……やっぱり怖い。

「あとね、シュナイツもサリュをお嫁に欲しいんだって」

「へぇあ？　シュナイツが？　確かにぬいぐるみ殺人未遂事件のあと、彼はぼくにべったりでしたけど。でも弟ですし、男同士だし。第一、シルビア義母《はは》上が許さないでしょう？」

「いや、シュナイツのぬいぐるみを大事にしてくれる優しい子だと、シルビア義母《はは》上は言っていたよ。それに血縁はないから、成人して魔王の養子から抜けたら、ぜひ嫁に来てほしいと……」

「いえいえ、血縁はないですけど、同性ですし。シュナイツはお世継ぎとか……」

「魔国では同性婚が許されているし、シュナイツは四男だから世継ぎに固執しなくても良い立場だ。しかしどうしてもというのなら、側妃や養子を迎えれば解決する」

兄上はそのことは大した問題ではないと言う。

まぁ、そうですけど。でも、あの可愛いおかっぱの女の子みたいなシュナイツとぼくが結婚だなんて、考えられないよ。

「困ったことに、シルビア義母上《はは》が乗り気なのが驚きだ。あの丸くて愛らしいサリエルが嫁になるのは大歓迎とも言っていたぞ」

ぼくはシルビア様にほっぺをプルプルされたときのことを思い出す。そういえば、シルビア様の備考欄には『可愛いものが好き』って二回出てきたな。ぼくは思わず遠い目をしてしまった。

だけど兄上はなんで、このような話をしているのだろう。まさか――

「兄上、それはどちらかと婚約しなさい、というお話でしょうか？」

そうだったら、困る。ぼくはふたりを婚約者候補という目で見たことはないのだ。だって、みなさんそもそも幼すぎでしょ。子供同士で恋愛模様は、ぼくには無理無理無理無理ぃ！

そう思っていたのだけど、兄上はそれを聞くなり首を横に振った。

「いや、どちらもすでに断っている」

あ、兄上が断ったんだ。そうなんだ、はいはい。

そういえばマルチェロがマリーベルを、兄上に断られたからぼくをお婿に勧誘するのはダメって、たしなめていたっけ。つまりシュナイツのほうも同じく断ったと？

「……不満か？」

「いえ、それでいいのです」

ただぼくが、その断った話を兄上から聞いてなくて、疎外感を覚えていただけなのだ。むぅ。

「そのような話を耳にして、私は考えたのだ。サリュが誰かに奪われる前に手立てを講じなければならないとね」

そして兄上は籐《とう》の椅子から立ち上がり、ぼくの前で片膝を地につけた。オレンジ色のランプの明かりが兄上を照らし、アメジスト色の瞳をさらに赤く輝かせている。

「サリエル。どうか、私と婚約してくれないか？」

「……は、はぁぁあぅぁぁあっ⁉」

ぼくは思いがけないことを告げられ、心のままに叫びを上げてしまった。

「聡明なサリュはもちろん、サリュが四歳のときに私がプロポーズした日のことを覚えているだろう。あのときは宣言をしただけだった。いつかそれが叶えば良いと。だが今回は、私の婚約者として正式に手続きをしてもらいたいのだ」

「あう、しかし、兄上ぇ……」

戸惑いのあまり、ぼくはあうあうと口ごもってしまう。

あ、兄上と婚約っ、だ、なんて。

「サリュはまだ幼いから、結婚や婚約などは考えていないようだとミケージャから聞いている。でもマリーベルやシュナイツのように、サリュの良いところに気づいた者がまた求婚してくるかもしれないだろう？　もちろん私が断るがな」

兄上、断っちゃうんだ。しっかり言い切っちゃいましたね。婚約打診の話は断るけどいいかな？

的な話も、ぼくは聞いたことないんだけど。

「私はサリュを手放す気はないのだ。だが難しく考えずに、こういうことだと思ってもらいたい。サリュが大人になったとき、私以上に好きな者が現れなかったら、私と結婚する。そういう約束だよ」

なにやら兄上の畳みかける圧が強くて、背筋が冷え冷えするね。眉間もうにゅうにゅするね。

「兄上、それは普通に婚約ですよね？」

「……では、こういうのはどうだ？　私はいずれ、私の補佐官としてサリュを指名するつもりだ。サリュの、一度見たら忘れない能力というのはとても有用なものだよ。なので、今回の私との約束は、いずれ一緒に仕事をしますよという意味の、パートナー契約みたいなものだ」

「なるほど。それなら理解できますし、ぼくもそうなりたいと思っております」

「そして一緒に仕事をしつつ、プライベートでも一緒にいる……ということだ」

ぼくの夢は兄上のお役に立てる者になることだから。兄上がぼくを有用だと思って、ぼくの力を必要としてくれるのは、願ってもないことだ。

ぼくはそうなりたいのだから、退ける理由はありません。でも……

「兄上、それはやはり、普通に婚約ですよね？」

「そうだ、その通りだ!!」

あ、あ、兄上が開き直ったぁ!?

「いつか私に恋をしてくれたら、なお、良い」

「へぇあぁ⁉」

またもや兄上の口からとんでもない言葉を聞いて、驚いてしまった。

「何も驚くことはない。王族の婚約とはそういうものだ。サリュを仕事で利用するだけとは思ってほしくないからね。もちろん私はサリュを愛している。将来私の伴侶にすると決めているのだ」

兄上の『愛している』を聞いて、槍で胸を串刺しにされた感覚になった。

というか、いつもこういうときに一番ぎゃぁぁっとなるインナーが、なんでか黙っているけど。

あれ、もしかしてインナー、気絶してない？

ズルいぃ、こんなときばかりぼくに丸投げするなんてぇ。

「あ、あああ、兄上は、ぼくのような、男の子でぽっちゃりで魔力ツノなしのへちゃむくれが婚約者でも良いのですか？　し、仕事の契約はウェルカムですが。もしも婚約者として大々的に発表してしまったら、兄上の美的感覚が疑われてしまうのでは？」

ぼくはほっぺを手でむぎゅっと押して、揉んで揉んで、この焦燥の気持ちを紛らわせる。

「あぁ、サリュの自虐が加速している。難しく考えなくて良いと言ったのに」

兄上は立ち上がると再び椅子に座り直し、ぼくの説得に本腰を入れ始めた。

そう、この気迫はまさしく説得であるっ。ぼくを丸めこみにかかっていますよぉぉ。

「いいかい、今私が一番愛しているのは、サリュなのだ。そして私がサリュに婚約してくださいとお願いをしている。私はずっとサリュだけを求めている。望んでいるのだ」

「ふぇ……兄上は、変わり者です」

このような、へちゃむくれをお求めとは。

あ、そうだ。シュナイツの話のときに、跡継ぎは側妃を迎えれば解決すると言っていた。ぼくは兄上の仕事を手伝っていればいいのかもしれない。

でもそう思い至ったら、なんか胸の奥がモヤッとして嫌な気持ちになってしまった。ぼくは兄上とお仕事ができたらそれで幸せなはずなのに、なんでそんなふうに感じてしまうのだろう。

兄上の『愛している』を素直に受け止められたら、もっと幸せになれるのかもしれない。

けれど、ぼくには人並みの美的感覚があって、このもっちりが一般的に受け入れがたい感じなのはわかっている。だから兄上の言葉を、素直に受け取れない……

「変わり者？　そんなことないよ。自分ではわからないのだろうけど、サリュは魅力的だよ」

そう言う兄上の声がとても優しかったから、胸のモヤッは、いつの間にかなくなっていた。

ぼくはちょろいのだ。

「だが、私が次期魔王と目《もく》されているのは事実。魔国では同性の結婚を許されてはいるが、世継ぎのことで外野は何かしらサリュに言ってくるかもしれない。それでも、そういうことや難しいことは全部、サリュは考えなくていい。すべて私にゆだねて信じてほしい。サリュが悲しむようなことは決してしないと約束する」

兄上はとても柔らかい眼差しでぼくをみつめ、真摯《しんし》にぼくを説得し続ける。

「まぁ色恋関係の話はサリュにはまだ早いだろうから、私は急がないよ。恋の部分は大人になってから考えればいい。そもそも貴族の婚約というものは、家同士の契約なのだ。それゆえ簡単に破棄などはできないが、どうしても合わない相手というものはいるだろう。みんな子供のうちからラブラブなわけではないからね」

そこで兄上は小さく息をつくと、眉尻を下げて、話を続けた。

「気持ちはあとからついてくればいい。だが、どうしても私と結婚したくない、受け入れられない正当な理由があるのなら……婚約を破棄してもいいんだよ。そうなったら、私は悲しいだろうけどね」

寂しげな雰囲気でそう言い、兄上はうつむく。ぼくは兄上のそんな悲しそうな顔は見たくない。だからぼくから婚約破棄は絶対にできないなって、そう思った。

『思う壺……』

ハッ、インナー起きた？　不穏な言葉だけつぶやいて、また気絶しないでぇ。

「それでサリュは、今の話をどう思う？　もしも嫌でなかったら、私の手を取ってくれないか？」

顔を上げた兄上が手を差し伸べてきたから、ぼくはその手にぼくの丸い両手をぷよっと乗せる。

「わかりました。兄上にすべてお任せいたします。ぼ、ぼっ……ぼくは。兄上と、こ、こここ……婚約いたしますっ」

大きな声で返事をすると、兄上はとってもほがらかな笑顔になった。

「そうか。良かった。うまく丸めこ……理解してもらえて」

今、丸めこめたって言いかけた？

もしかしてぼくは、兄上の手のひらで転がされているのかもしれない。

兄上もしっかりと魔族なのだなぁ。欲しい者を必ず手中におさめたい欲が強いのだろう。まぁ次期魔王と言われているくらいだから、魔族的な暗黒部分も色濃くあるのだろう。そういう面は、ぼくにはあまり見せないけど。

そんな、ぼくを恐れさせたり怖がらせたりしない思いやりが兄上の愛情なのであり、その振る舞いが兄上のぼくへの愛の形なのだ。

そんなことを思い、ひとり照れ照れしていたら。

兄上はぼくが乗っけていた左手をそっと外し、右の薬指に幅広の金の指輪をはめた。

こ、こここ、婚約指輪、わ、わぁぁぁ？

用意周到!!　というか、今日のことは全部、事前に準備されていたことなの？　エリンったら、ぼくのそばにずっといたのに、それを悟らせないとはっ。パーフェクト侍女だねっ。

そうしたら陰に潜んでいた執事とエリンが出てきて、無表情でぱちぱちと拍手してくれる。そしてかごに入れた色とりどりの花びらを、辺りにまき始めた。

「エリーン、は、恥ずかしいから、やーめーてー」

ぼくは照れくさすぎて顔から火が出そうだった。スキップしながら花びらをまくエリンをなんとか止めたくて、情けない声を上げる。

「あぁ、ホッとした。断られたらどうしようって思っていたぞ」

狂喜乱舞のエリンたちを兄上はスルーし、握っているぼくの右手の甲を反対の手でぽむぽむ叩いた。ぼくはエリンたちを意識して、心臓がドキドキバクバク暴れているというのに。

「そのようなことを兄上が思うことはありません。ぼくが兄上の提案を受けないなんてことは、ありませんから」

「そうはいっても、婚約だ。私とはそんな気にはなれないとか、すでに好きな人がいるとか、バッサリ断られることもあるだろう？」

「どんな人が相手でも、兄上がフラれるなんてあるわけないではありませんか？」

兄上ほど素敵な人を袖にするなんて人がいたら、それはよっぽど見る目がない人だ。

「そうだといいけどな、サリュ」

兄上がぼくの髪を撫でるから、あ、ぼくのことかと、改めて思ってしまった。

なんだか他人事でした。すみませぇん。

「兄上は難しいことは考えなくていいと言うので、細かいことはお任せしますが。でも父上やマーシャ義母上《はは》はお許しにならないのではありませんか？　魔力なしツノなしのぼくは、優秀な兄上の婚約者にはふさわしくないってぇ……あぁそれに、ぼくの本当の父上は誰かもいまだにわかりませんし。家柄とかお世継ぎとか、いろいろいろいろ……」

数えきれないほどの心配事が出てきて、ぼくは目が回るのだった。

「難しいことはすべて私にゆだねろと言っただろう。あと、自虐も禁止だ。それから父上や母上のことは、なんとしてでも丸めこむので、心配するな」

はあぁ、とうとう丸めこむって言ったぁ。やっぱり兄上は、舌論で打ち負かす気なのですね？　やれるのですねぇ？　そしてぼくは、やはり丸めこまれていたのですねぇ？

「あともうひとつだけ、お聞きしたいことがあるのですが」

「なんだい？　今日はなんでも答えてあげるよ。サリュが納得して私の婚約者になれるようにね」

兄上がそう言ってくれたので、ぼくは腿《もも》の上に手を置いて居住まいを正し、思い切って聞いた。

「では。今までぼくはこのことをたずねませんでしたが、子供会に来ている子は、みなさんぼくの年くらいで婚約を意識するみたいなのです。それで現在十二歳の兄上には、すでにご婚約者様が、い、い、いらっしゃるのではないか、と」

子供会に来る子たちは、みんなまだまだお子様の域を出ないけど、でも婚約者候補とか普通に会話の中に出てくる。

兄上は十二歳でまだ子供だと言われる年齢だけど、体つきはもう大人と変わりなく大きい。さらにはすれ違った令嬢が失神するほどの美貌の持ち主で、魔力は国で一、二を争うほど多い。魔王に代わって政務も執り行っているほど優秀で聡明な、みなさまご存じの逸材なのだ。

ぼくはこうして婚約の話を振られるまで、兄上自身の婚約話を聞いたことがなかった。居候《いそうろう》の身でプライベートに踏みこみすぎてはいけないと思っていたのだ。

だからぼくが知らないだけで、実はすでに婚約者がいるんじゃないかなって思っていた。だって、何もかもパーフェクトな兄上に婚約者がいないなんて、そっちのほうがおかしいでしょ？

「うーん、サリュは私が他の御令嬢と婚約していてもいいのかい？」

『嫌ですっ』

即答した。インナーが。ぼくの口を使って。

はぁ？　インナー、気絶していたんじゃないの？　というか、ぼくの口を勝手に使うのはルール違反だよっ。なんで今、出るかなぁ。今まで他人と話しているときに出てくることはなかったのに。

まぁぼくも、嫌だけど。考えるだけで眉間がむにょむにょするけど。

「ふふ、即答してくれて嬉しいよ。嫉妬してくれたら将来に希望が持てるからね」

良い笑顔で兄上が言うから、恥ずかしいけど嬉しくもなって、むふんと鼻で息をついてしまう。

インナー、ここはグッジョブということにしてあげよう。でももう、他の人の前でぼくの口を使っちゃダメだからねっ。

「答えを言うと、私は誰とも婚約をしていない。私がサリュの年の頃は、まだ魔力コントロールができていなくて同年代の子供とは会えなかったし、そのあとは育児で忙しかったからな」

そうだ。ぼくが兄上と会ったのは、兄上が六歳のとき。ぼくは今七歳だけど、今のぼくが赤ん坊を育てるなんて普通に無理だと思っちゃう。

そう考えると、この年で赤ん坊のぼくを保護した兄上は本当にすごい人なのだ。

「それは、お手数をおかけいたしまして……」

子供だった兄上に子育てさせてしまうなんて、もう、母上がアレで本当にすみませぇぇん。

「サリュが謝ることはない。私はサリュと暮らした日々が最高に幸せだったのだから。サリュを赤ん坊の頃から育てられて、私は本当に幸運な男だと思っているんだよ」

兄上と出会った日からこれまでのことを、ぼくはいろいろと思い出す。

ぼくの面倒を見る兄上から、嫌そうとか面倒くさいとか、そういう空気をぼくは一度も感じたことがなかった。遊びを断るときもあったけど、それはどうしても外せない仕事のときで、どちらかというと、とっても苦しそうに、それこそ苦汁を飲んだみたいな顔つきになって、赤ん坊のぼくに謝っていた。

ぼくは逆に申し訳なく感じて、滑舌は悪かったけど行って行ってと兄上をうながしたものだ。するとと兄上は、それはそれでショックだったようで、なんか眉間に深い皺を作って、泣きそうな、怒りそうな、イライラのような、複雑な色の魔力を垂れ流していた。

ともあれ、ぼくと過ごした日々を最高に幸せだと言ってもらえて、それこそがぼくの最高の幸せなのだ。

「婚約の打診が私になかったわけではない。しかし、私はその話があった頃には、サリュを立派に育てることが私の使命だと決意していた。そして九歳の頃には、サリュを嫁にすると決めていた。だから私に婚約者はいないんだよ」

兄上はそっと微笑んで、ぼくの手を両手でしっかり握った。

「私の婚約者は、サリエルただひとりだ」

「う、え、お世継ぎ……は……」

「大丈夫。細かいことは考えない」

「むぅ……」

男のぼくがただひとりの婚約者では、お世継ぎとか魔王の系譜とか、どうしても考えてしまうけど。兄上が大丈夫と言うのなら、ぼくはただ兄上についていくだけだ。

「はい、わかりました。よろしくお願いします、兄上」

「よろしくね、私の婚約者様」

チュッと額にキスをされて、ぼくはまたひえぇぇぇっとなった……けど。

「そこまででございますよ、レオンハルト様。サリエル様はまだお子様でございます」

と、いつの間にかここに来ていたミケージャにたしなめられ、兄上は渋々唇を離した。

ちょっとムッとした表情の兄上は、なんだか普通の少年みたいで可愛くて、ぼくは笑ってしまい。

兄上も、そこにいたエリンや執事、ミケージャも、みんなで楽しげに笑い合ったのだ。

そうしてぼくと兄上は、ももんもの木の下で婚約した。

★★★★

レオンハルト兄上と婚約をしたぼくだけれど、その後、特に変わったことはなかった。

兄上は次期魔王と目《もく》されている方なので、本来は婚約の儀を盛大に行うものなのだが、ぼくが魔王の息子であり、兄上とは血の繋がりがないものの一応兄弟という立場なので、公《おおやけ》に発表するのは控えようということになったのである。

異母兄弟や従兄弟《いとこ》という、血脈が近しい者との婚約はインナー的にはダメらしいが、この世界では禁止ではない。しかし奨励はされないので、そういう対応をするみたい。

反対されたわけではないよ。ぼくはちゃんと兄上の婚約者として認められました。

でも、たとえばぼくが父上の籍を抜けて兄上と大々的に婚約するというのはアリなのだけど、そうすると、誰がぼくの後ろ盾になるのかって揉める要因になるんだって。

次期魔王の有力候補である兄上の婚約者、いわゆるぼくが他家の養子になったら、魔王妃（仮）の実家としてその家は魔王家から優遇されるのでは……と皆は想像するらしい。というわけで、養子縁組立候補でぼくは引っ張りだこになってしまう可能性が高いのだ。

さらに貴族間の力関係とか、微妙な政治のあれこれも絡んできて、魔王は一言『めんどくさっ』と言い放った。気持ちはわかりますけど、言い方。

では、養子にならずに籍を抜けるとなると、ぼくが未成年すぎるので、それも難しいみたい。

それで一番無難なのが、婚約はするけど、魔国では大人の仲間入りとされる十六歳の社交界デビューまでは公《おおやけ》にしないという方策なのだった。

とにもかくにも、受け入れていただきありがとうございます。魔王、マーシャ義母《はは》上。

本当にね、ツノなし魔力なしの落ちこぼれ魔族が優秀な兄上の隣に並ぶことを許すのは、魔王も苦渋の決断だっただろう。同性で、兄弟で、見た目もアレだしね。能力もなく家柄的メリットもないぼくとなんで婚約したのだろうと、十人いたら十人全員が疑問に思う縁談だもの。

でもそこは、兄上がうまく丸めこんだみたいだ。

しかしながら、魔王もマーシャ義母《はは》上も、エレオノラ母上も、国中にぼくらの婚約をお披露目するのはためらいがあった模様。

その気持ち、わかります。兄上が正気に戻るのを待っているのでしょう？

でも兄上は、ぼくとの縁談が嬉しいみたいで、仕事仲間やぼくの友達などに婚約したと言いふらしているのだ。大人は内緒のうちに兄上が正気に戻るのを待つ作戦だったかもしれないが、もう全然内緒ではない。だけど一応公表はしていないから、ぼくたちの婚約は知る人ぞ知る感じになっていた。

あとね、婚約の件ではエレオノラ母上が斜め上な感じでごねちゃって大変だった。ぼくのような醜いおデブと婚約するなら、ディエンヌと婚約してとか言い出したんだよ。

それを聞いた兄上が怒って、部屋の中で雷を落として絨毯《じゅうたん》焦がすし、ヤバい魔力を垂れ流して母上を失神させちゃうしで、てんやわんやだった。

まぁ、そんなこんなでいろいろあったことはあったのだけど、マーシャ義母《はは》上のとりなしもあって、つつがなく……ではないか、無難に婚約は成立したのだ。

めでたしめでたし。むふん。

でも、婚約披露パーティーはなしだったし、元々ぼくは兄上のお屋敷で生活をしていたので引っ越しなどもなかったし。というわけで、暮らし向きは変わらなかったということなのだ。

婚約といったら恋人的なあれこれがあるかもってドキドキしていたけど、そういうのも一切ありませんからぁ。

ミケージャが、ぼくがお子様のうちは濃厚な接触はいけませんと言うので、一緒に暮らしていても、今まで通り寝室も別だし、兄上もぼくにはしたなく触れてくることはない。

兄上は紳士だから、ミケージャが言わなくても、そういうことはしないけどね。

でもいつか、兄上と仲睦まじいアレコレをするのかなぁ？　今はまだ、そういうことは無理ぃって思うけど。恋をすると考えられるようになるものなのかなぁ？

なんて、そんな恋を夢見るお年頃のぼくは、先日、十歳になりました！

インナーがぼくの中に住むようになって、早四年である。

やせろ、やせろ、ダイエットしろと今日まで言われ続け――

………やせませんでした。てへ。

もっちりむっちり我《わ》が儘《まま》ボディは相変わらず。身長は伸びているよ。でも、まぁるいフォルムはそのまま。身長が伸びた分、大きな卵型になった、みたいな？

ひぇぇん、婚約者である兄上に申し訳ない気持ちでいっぱいである。兄上だって、どうせなら婚約者は美少年であってほしいんじゃない？

しかしこのていたらく。すみませぇぇん！

でもなぁ、やせたとして美少年になるかどうかもわからないもん。このまま魅惑のむっちりボディで押すというのも、アリかもしれないね？

『アリなわけねぇだろ、給食のおばちゃんっ！』

またインナーが、ぼくの口を使って悪口を言うぅ。ぼくの寝間着姿をからかっているのだということはわかるんだからねっ。

あ、今着ている寝間着は、誕生日に兄上がプレゼントしてくれたものなのだ。

ぼくは股がすれるのが嫌で、ズボンなしで寸胴《ずんどう》のネグリジェタイプの寝間着を好んで着ていた。

兄上が贈ってくれたのもそういう形で、同じ生地でふちにフリルがついた帽子もある。

胸元にもフリルがついているから、男の子のぼくにはちょっと可愛すぎるかなって思うけど、兄上が似合うと言ってくれたので、ぼくは嬉しくなった。

でも、可愛い可愛いと兄上がぼくを褒めそやしてから部屋を出ていった直後、インナーが『ぷっはぁぁははは、給食のおばちゃんだ。白い割烹着《かっぽうぎ》で、頭は三角巾』と笑ったのだ。むっきぃっ。

意味はよくわからなかったけど、脳裏に浮かぶインナーのイメージ映像は、恰幅のいいおばちゃんが白い服着て、お玉持って笑っている福々しい姿。

お、おばちゃんじゃないもーん。まだ十歳だもーん。

結局、給食のおばちゃんが何者なのかはいまだによくわからない。だがしかし、給食のおばちゃんが兄上の花嫁になるのは、さすがにいただけません。それくらいの美意識はぼくにもあるのだ。

兄上には、細身で、華奢で、腕も足もながーくて、色白で、お目めぱっちりの可愛らしい人が似合う。

あ、もはやそれはぼくではない。

でも、この我《わ》が儘《まま》ボディはどうにも改善できないのだ。

ぼくは兄上と婚約したけど、たぶん将来一緒に仕事をするという約束がメインだと思う。だから、もしも兄上にぼくより大好きな人ができて、その方と結婚したいと思うようになったなら。

……なった、なら。

ぼくは潔く身を引こうと思っている。

当然だ。こんなもっちりぽっちゃりなぼくでは兄上にふさわしくないもの。

なんて、惰眠《だみん》をむさぼりながらしんみりしていたら。ギュン、と聞いたことのある声が、ぼくを眠りから覚醒させるのだった。いや、もう少し寝たい。

ヂュン、ヂュン、ヂュン。

「ううううぅぅぅうるさぁぁいいぃ」

そこにいるのは、わかっているのだっ。

ぼくはコロリーンとベッドから出ると、カーテンと窓をガバリと開け、相変わらずのぶっとい指をスズメガズスに突きつけて叫ぶ。

「こらーっ、スズメガズスーっ！　毎年毎年ぼくの誕生日前後に迎えに来やがってぇぇ」

目の前には、大きなスズメ。白い布を持参し、赤ん坊を拉致《らち》する迷惑魔鳥だ。

「ぼくは十歳になったのです。もう子供じゃないのですっ！　なのに、いつまでも君がぼくを迎えに来たら、ぼくはいつまでたっても赤ん坊みたいじゃないですかぁあ！」

真剣にスズメガズスに説教をかます。この子は第三の目を持っていて、言葉も交わせる頭の良い魔獣なので、ぼくの話はちゃんと伝わるはずだ。

「見てください、身長も伸びましたし。足はきゅーーっと……長くなったわけではありませんが」

若干背伸びをして話を盛ったが、ちょっとだけだけど伸びているのだ。ぼくはつま先を伸ばし、足をきゅーーっとさせた。長く……長くなる予定である。

というか、なぜぼくはこうしてスズメガズスに言い訳をしなければならないのだ？　はぁ？

「き、君は、なんなのですか？　ただのもっちり好きなのでしょう？　そうなのでしょう？」

清い魂とか関係ないでしょ？　この子はきっともっちり好きに違いないのだ。

「いいや、我は清らかな魂を持つ赤子が好きなのだ」

しゃべった。いや、しゃべるのは知っているけど、スズメはチュンというインナーの先入観が凝り固まっていた。

「だーかーらー、ぼくは赤子じゃないの。魔族なの。心は真っ黒黒に決まっているのぉぉ」

そうして強く否定すると、スズメガズスは涙目になる。

えぇえぇぇぇ？　そんな悲しそうな顔をしたら、ぼくが悪いみたいじゃないか。

「……まぁね、間違いは誰にでもありますよ、スズメガズスぅ。だってね、ぼくはこんなに大きいのだし、スズメガズスが持って運べるわけがないじゃないですか。もう無理でしょう、ね？」

なんでかスズメガズスを慰める、ぼく。

「そうかぁ？　いや、そんなことはあるまい。我は力持ちだからなっ」

胸を張る、スズメ。まぁ確かにその胸筋は素晴らしい。

「いやいや力持ちだって、いくらなんでも十歳のもっちりを運べるわけないよ、無理無理ぃ」

「では試してみるか？　おまえを運べなかったらあきらめよう」

えっ、あきらめるの？　だったらやってみようじゃないか。

いそいそと白い布を広げるスズメガズスにうながされ、ぼくはそこに腰かける。するとスズメガズスがバサリと羽ばたいて、ぼくはふわりと浮き上がった。

おおぉ？　まぁ意外とやるじゃないか。力持ちなのは認めてやろう……なんて思っていたら一気に上昇して、あああぁぁっ、さらわれるーーっ。

「サリエル様、危なーい」

ぼくの寝室に入ってきたエリンが気づいてくれて、白い布に炎の玉を投げつけた。

スズメガズスの持っているところが燃えて、ぼくは再びボトリと地面に落ちたのだった。

「貴様ぁーっ、一度ならず二度までもぉ!!」

「はいはい、シーツ持っていってください。それではごきげんよう」

エリンはぼくのシーツをスズメガズスに渡すと、ぼくを寝室に引き入れ、窓をぴしゃりと閉じた。

スズメガズスは怒って、しばらくガラスをゴンゴンとくちばしで叩いていたが。ぼくとエリンが笑顔で手を振っていると、やがて飽きてどこかへ飛び去っていった。

「エーリーンンンっ」

泣きはしなかったがちょっと怖かったので、ぼくはエリンの腰に抱きつく。

「もう、サリエル様ったら。どうしてスズメガズスの口車に乗ってしまうのですかぁ？」

「だってぇ、ぼくはもう十歳なのです。それにもっちりだし、だからさすがにもう運べないと思ったからぁ……」

「二メートルくらい浮いておりました。スズメのブランコに乗る少年のようなファンシーさでございました」

「ひょえぇー、魔獣って本当に力持ちなんだね？　ドラゴンは大きいから、ぼくが乗っても大丈夫だと思えるけど、スズメガズスはぼくと同じくらいの大きさだから、そんなに重いものは持てないんじゃないかと思っていたよぉ」

「いいえ、サリエル様はもっちりでも、お軽いのです。だからスズメガズスでも持てるのです」

エリンの言葉に、ぼくは短い首を傾げる。

「ねぇ、エリン。ぼくは軽いの？　軽いのに、なんでもっちりなのかなぁ？」

ぼくの質問に、エリンは固まった。たっぷり二分くらい冷や汗を流しながら目をおどおどさせ、耳もイカ耳になっていたのだけど、やがてニッコリ笑顔で答えた。

「サリエル様、難しいことはレオンハルト様にお聞きになってくださいませ」

「それは、丸投――」

「レオンハルト様に、お聞きになってください」

二度言われたので、ぼくは兄上に聞くことにした。


身支度を整えたぼくは朝食の席につくが、そのダイニングにて兄上の爆笑する声が響き渡った。

「ハハハッ、今年もまたスズメガズスにさらわれそうになった？　サリュ、魔獣の口車に乗るうちは、赤ちゃんと言われても仕方がないな」

十五歳になった兄上は、すでに大人の貫禄がある。

藍色の波打つ髪は肩甲骨を覆うほどに伸びていて、祭事のときに結わえられるようにしてあるのだ。人前に出るときの綺麗に整髪した兄上は、魔王のごとき神々しさで、それはそれは美麗なのである。

声もしっかりと低くなり、それでいてまろやかで、聞いていて心地よい声になった。しかし耳をくすぐる艶《つや》やかな声音で爆笑するのは、ひどいと思います。

「兄上、ぼくは赤ちゃんではありません。今日はちょっと油断したのです。スズメガズスは小さな赤ちゃんを運ぶ魔獣です。まさかこんなもっちりな、もうすぐ大人の仲間入りをするぼくを運べるなんて思わないではないですかぁ？」

「スズメガズスには悪意や敵意がない。純粋に、自分が一番子育てを上手にできると思いこんでいるから、子育てをさせろと言うのだ。しかし、だからこそ私の防御魔法は通じない。まぁ万が一さらわれても、場所を特定できる機能がついているから、ちゃんと迎えに行ってやるがな」

ぼくはペンダントにしている赤い宝石を指で撫でた。ぼくを守るために兄上が防御魔法をかけてくれたこの宝石は、心強い味方なのである。

「ぼくがどこで何をしているのか、兄上にはお見通しなのですね？」

「……まぁな」

ブローチの効能をマルチェロに言ったら、過保護でモンペでストーカーとつぶやいていたが、ぼくはそれでいいと思っている。スズメガズスの件でもご存じの通り、ぼくはおっちょこちょいなところがあるからね。それに、なんでかディエンヌの悪事に巻きこまれがちだし。

この前もかくれんぼの最中に、隠れていた倉庫の扉に鍵をかけられてしまったのだ。そのとき悪意の警報音は鳴らなかった。最終的に、日が落ち始めた頃、マルチェロがぼくをみつけてくれて、彼はぼくの救出を自分のことのように喜んでくれた。

「無事で良かったよぉ。私の命も風前の灯火だった」なんて言ってね。ぼくの友達は本当に優しいな。

それでぼくが閉じこめられたのは、やはりディエンヌの仕業だった。

戸締りをしたのは、ぼくが隠れていたことを知らなかった使用人なのだけど、ディエンヌが鍵をかけるよう指示したんだって。使用人にはぼくへの悪意がなかったから、警報音が鳴らなかったというわけ。

ディエンヌは、ぼくへの間接攻撃を身につけたっ！

なんて言っている場合ではなく。つまり、安全対策はあるだけあったほうが良いってことだ。天邪鬼《あまのじゃく》で気の向くままに悪事を働くディエンヌは、何をやらかすのかまったく想像がつかないからね。

マルチェロがぼくをみつけられなくても、兄上はきっとぼくを探し出してくれる。でもなるべく兄上に迷惑をかけたくないから、それには自分が安全であることが大切なのだ。

以前ラーディンも、ぼくが傷つくことが兄上は一番嫌なんだって言っていたもんね。

「そうだ。スズメガズスはぼくを持ち去れるくらいに力持ちなのですよ、兄上。あのスズメはあなどれません。でもエリンは、ぼくが軽いからだと言うのです。兄上、ぼくはこんなにもっちりぽっちゃりなのに、なんで軽いのですか？」

ぼくは先ほどエリンに質問して、兄上に聞けと言われたことを聞いてみた。

これは、ぼくの長年の悩みなのだ。だって何をしても、食べなくても、運動しても、ぼくはスレンダーにならないのだからね。このもっちりに理由があるなら、ぼくはその答えが知りたーい。

兄上はぼくの体の不思議の答えを知っているのだろうか？　と期待をこめてみつめる。

すると、兄上は魅惑の微笑みを浮かべて、ぼくに説明してくれた。

「そうだな……魔族は見ためと重さが比例しないということを、サリュは知っているね？」

「はい。動物や人族などは見た目と重さが比例しますが、魔族や妖精は、変容したり空を飛んだりするので質量が異なり、必ずしも比例しないと一年生の教科書の十六ページに書いてあります」

「そう。だからサリュも。見た目と重さが違うんだ」

「ですが、魔族は翼を格納したりするから重くなりがちなのに、ぼくは逆に軽いのでしょう？　それって……あーーーーっ」

ぼくは、思いついてしまった。これは大発見かもっ。

「もしかしたら、ぼくの本当の父上は妖精だったのかもしれませんね？　だからぼくは軽いのでは？　そしたら、ぼくもいつか羽が生えて、空を飛べるかも？」

ぼくは自分の背中に妖精の薄く透けるような羽が生えて、空を飛びつつお花と戯れるところを想像してみた。うーん、ファンシー。

しかしっ、もっちりなぼくが妖精の薄い羽で宙に浮くとは思えない。

いくら軽くても、それなりの重量はあるはずだ。ブブブって羽音が鳴るほど羽ばたかせても……浮き上がるイメージが湧かないねっ。

ぼくは頬を手でモミモミしながら、悩ましげに眉間に皺を寄せる。

「でも、もっちりの妖精なんか見たことも聞いたこともありません。それに妖精さんは手のひらサイズですしね。これから羽が生えるなんてことも、あるわけないですもんねぇ？」

ひとしきり、自分の中で質問と答えを繰り返してから兄上に目を向けると、兄上は顔色を青くして席を立った。

「サリュ。サリュの父親が誰かわからなくても、魔族でも、妖精でも、人族でも、私はこのまんまのサリュが大好きだよ。だからね、羽が生えてもどこかに飛んでいったらダメだからな。サリュは私の婚約者なのだから」

そう言って、兄上はぼくの額にチュッとした。

ああっ、婚約してから何も変わっていないと思っていたけど、これだけは変わったのだ。

おはようとおやすみの挨拶の他、新たに、いってらっしゃいとただいまのときの額にチュが追加されたのである。むふん。

「もちろんです。ぼくが兄上のそばを離れるわけないではありませんかぁ。もし空を飛べたなら、兄上の周りをくるくる飛んで、ウザいくらいになりますよ」

「ははっ、サリュがウザいくらいまとわりついてくれるなら、私は嬉しいよ」

一瞬顔色を悪くした兄上だったが、すぐにいつもの優しい顔つきになって、ぼくの髪を手で撫でた。

「今日は少し早く出なければならなかった。サリュ、見送りはいいから、ゆっくりご飯を食べなさい。いいかい、ダイエットなどしなくていいのだ。サリュは軽いのだから、食べないとエネルギー不足で力尽きてしまうからね」

そう言いおいて、兄上は大股で歩いて食堂を出ていってしまった。

「……いってらっしゃいませぇぇ」

『あぁ、行ってしまった。でも今日も、黒色詰襟衣装がスタイリッシュで、クールで、最高に格好いいですぅ……』と、インナーが言っている。

ぼくもそれは同意です。この頃、兄上は黒を好んで着ている。それが似合っていて、とっても素敵なのだ。どんどん黒いイメージの魔王に近づいているね。

なんて、笑顔で兄上を見送ったけど……あれ？　ぼくのスレンダー計画はどうしたら？

兄上、どうしたらぼくはスレンダーになれるの？　それを教えてくださぁい！

後日、ぽっちゃりからスレンダーになるにはどうしたらいいのかと兄上にたずねたら、わからないと言われた。体重が軽い理由も、わからないけど病気じゃないから大丈夫だって言うぅぅ。

結局、ぼくの体の不思議は解明されなかった。もうっ、期待させてぇ。

★★★★

月の終わりの日曜日になった。貴族の子女が集まる子供会も四年目に突入している。

本日も兄上と同じ馬車に乗って、会場に向かった。兄上はお忙しい方だから、子供会へ向かうこの道中が小さじ一杯分くらいにささやかな、ぼくと兄上のイチャイチャタイムなのである。

そして今日のぼくの装いは、兄上とおそろいの黒だ。シック、イズ、ベスト。

ここ三年ほど、ポンチョに赤いブローチを合わせる服装が多いので、子供会ではなにやらポンチョがぼくのトレードマークのようになってしまった。

そこじゃないのに。キモは赤い魔石なのにぃ。

しかし本日は、ポンチョと呼ばずにマントと言おう。

そして胸の真ん中に、血の色のように赤々としたブローチ。キモです。

『この衣装は、ドラキュラのコスプレみたいじゃね？』とインナーがはしゃいだ。

この世界にも吸血種族はいるから、インナーの言うドラキュラというものは想像できる。ただドラキュラは人の名前みたいだし、昼も普通に活動できるこの世界の吸血種族とは厳密には違うのだろう。

ともかく、そんなドラキュラのぼくは、兄上の膝の上に兄上と向かい合って座っております。

なんでぇ？　お子ちゃまみたいで恥ずかしいのだけど。

「あ、兄上、重くないのですか？　足が痛くなってしまいませんか？」

「いいや、サリュは軽いのだ。全然重くないぞ」

そう言って、兄上はぼくの両脇に手を入れると、ぽよんぽよんとぼくを浮かせて弾ませる。あぁ、頬肉がブルブルして、腹肉もだよんだよんしちゃう。

「あ、あ、あにうぇぇぇ、馬車に、よいますぅぅぅ……」

震える声で訴えたら、兄上はぼくの恥ずかしいやら気持ち悪いやらの様子に気づいてくれて、隣の座面に座らせてくれた。

「おぉ、それはいけない。ちゃんと進行方向を向きなさい」

「兄上がやったのでございます」

「そうだった。悪かったな、サリュ」

謝罪のつもりか、兄上はぼくをキューと抱き寄せた。うーん、ぼくたちラブラブ。少しは婚約者っぽい？

そんなイチャイチャもっちゃもっちゃしているぼくたちを、ミケージャが対面の席で見守っている。だが、ぼくは知っているのだ。あれは砂を吐きそうなときの顔だって。

よくマルチェロも、屋敷に来たときにぼくらを見て同じ顔をしている。知っているんだからねっ。

そんなこんなで会場に着き馬車を降りたぼくは、短い腕を一生懸命伸ばして振り、遠ざかっていく兄上の乗った馬車を見送った。

あぁ、楽しい時間はあっという間で、別れるときはいつも悲しい気持ちになってしまう。こればかりは何度経験しても、そう思ってしまうのだ。

しかし、すぐに気を取り直し、ぼくはミケージャと一緒に会場に入っていった。

子供会も四年目にもなると、見知った子供たち、見知った使用人たちばかりで、もうだいぶこなれた感じだ。仲良しグループも固定というか、大雑把に四つほどに分かれている。

ラーディン率いる年長グループと、ディエンヌのお取り巻きグループと、その他派閥に加わらないグループ。そして僭越《せんえつ》ながら、ぼくらのグループだ。

子供会のサロンにぼくが顔を出すと、すぐにルーフェン兄妹が寄ってくる。薄紫色の上品なドレスを身にまとったマリーベルは、満面の笑みでぼくに言った。

「サリエル様、うちのももんもちゃんが、ようやく花を咲かせましたのぉ。きっと今年は美味しいももんもが食べられますわぁ」

三年程前にマルチェロがうちに遊びに来たとき、お土産《みやげ》にももんもを持たせた。マルチェロは、マリーベルがももんもを育てて売り出して一儲けしてしまうって心配していたけど、そこは別に構わなかった。

ももんもは美味しいのだから、世の中に広く出回って、みんながももんもを食べて幸せになったら最高ではないか。だってあの美味しさは幸せの味だものね。

マルチェロの予想通り、マリーベルはももんもの味に魅入られて、すぐに種を植えたみたい。芽が出て良かったね。

「ももんも三年と言いまして、芽生えから実がなるまでそのくらい時間がかかるのです」

これはインナー情報だけど、特に誰もツッコんでこなかった。

「そうなのですね？　うちのももんもちゃんが全然実をつけないから、お兄様がサリエル様のおうちに遊びに行くときくらいしか、あの魅惑の味を楽しめないのですもの。あぁ私、サリエル様のお屋敷に住んじゃおうかしら。そうしたらももんも食べ放題ですわぁ」

「令嬢が男性のお宅に住んだり、遊びに行ったりするものじゃない。はしたないと、母上にいつも怒られているだろう、マリーベル」

きらりと輝く金髪に、エメラルドグリーンの瞳の王子様と名高いマルチェロが、妹をたしなめる。

子供会に参加する令嬢は、もれなくマルチェロの麗しい美貌に夢中だ。

細かいことを言うようだが、マルチェロは王子様ではない。でも魔王の妹とマーシャ様の兄がマルチェロたちの両親だから、遺伝子レベルは極めてレオンハルト王子に近いのだ。だから王子様みたいなものだね。体組成は、ほぼ兄上と同じに違いない。

『つか、レオンハルト王子だって。兄上を王子と呼ぶことなんかないじゃん？』

インナーにツッコまれ、確かにこそばゆく感じる。そんな折、マリーベルが言った。

「だってぇ、お兄様ばかりサリエル様のお屋敷に行くのはズルいのですわぁ。私もサリエル様と遊びたいのにぃ。そういえばサリエル様は、どうしてお誕生日会をなさらないの？　ご招待されたらサリエル様も、ももんもも、私が独り占めでしたのにぃ」

マリーベルの矛先がマルチェロからこちらに向いてビビる。

「ごめんね、マリーベル。ぼくのお誕生日はふたりで過ごしたいって、兄上が言うものですから」

「まぁ、相変わらずラブラブですのね？」

マリーベルの言葉に、ぼくはドヤ顔になる。まぁ、ラブラブですよぉ。今朝も馬車の中でラブラブしてきたところだ。むふん。

「レオンハルトお兄様ったら、早くサリエル様に飽きてくださらないかしらぁ」

でもマリーベルは、小鳥がさえずるような可愛い声で、春の小花のような可憐さで、恐ろしいことを口にする。ぼくはつい、ジト目になってしまった。

「マリーベル。それは、ぼくの前で言ってはいけません。それに君には、ちゃんと婚約者がいるでしょう。マリーベルこそ、早くぼくに飽きてくださいませ」

「いやぁよぉ。サリエル様は私の本命なのだから」

マリーベルがいやいやいやと愚図っているところに、シュナイツが現れた。

「なんの話をしているんだ？」

わぁぁっ、修羅場の予感しかしない。だって備考欄の通り、やはりシュナイツとマリーベルは婚約したのだ。婚約者の前でぼくが本命などと言わないでーっ。

九歳になったシュナイツは、三年前はおかっぱだった髪を、今は長く伸ばしている。だけどもう、全然女の子には見えない。キリリとした目元に、意志の強そうな引き結ばれた唇、とても凛々しい顔貌《がんぼう》だ。背も伸びてマルチェロと同じくらいの背丈になった。

つまり、ぼくより身長の高い、しっかりした体躯《たいく》の立派な男の子に育ったのだ。

あれ？　なんでぼくは立派に育っていないのかな。まぁいいか。

とにかくシュナイツとマリーベルは、最高の美男美女カップルなのだ。

「シュナイツ様は怒らないわよ。だってレオンハルトお兄様がサリエル様との婚約を破棄したら、すぐさま私たちふたりでサリエル様を愛人に迎えましょうって協定を結んでいるのですもの」

マリーベルが、ねぇとシュナイツに同意を求めると、彼はうんとうなずいた。

うん、じゃないでしょう？

「ぼくは婚約破棄などいたしません。当の本人の許しもなく、妙な協定を結ばないでください」

ぼくは呆れてため息をついた。

三年前、ぼくと兄上の婚約を知った当時六歳のマリーベルとシュナイツは、それはそれはギャン泣きした。でもしばらくしてから、ふたりはあっけらかんと婚約を発表したのだった。

そのときは、あまりごねられなくて良かったと思ったのだけど。その婚約の裏に今の話があったということ……なのかな？　親御さんは承知しているのかな？

ちらりとマルチェロを見ると、やんわり笑った。

「サリー、私はこの件に関してはノータッチだ。レオに殺されたくないのでね」

ぼくはまたもやため息をつく。この先、波乱の展開しか見えません。

マリーベルがぼくの右腕につかまって、左側はシュナイツが手を握る。そしてマルチェロはぼくの背後に立つ。これがいつもの組み合わせ、ぼくらのグループだった。

のだけど、一年前に新たな人物が加わり、グループは五人になっていた。

ぼくたちの前に、眼鏡をかけた少年が立っている。ツノはすごく目立っていて、サイのツノのように太くて立派なものが額の真ん中から前に、グワッと突き出ていた。そのツノをさけるように、真ん中分けで頬の辺りまで前髪が伸びている。後ろ髪は首元までの、紫色の短髪だ。

「久しぶりだね？　エドガー・メイベル伯爵子息」

貴族は、地位が高い者から声をかけるのが基本である。まぁマリーベルなんかはもう、そこら辺の常識はどこかに行ってしまったのだけど。エドガーは真面目さんだから、律儀にぼくが声をかけるのを、目の前に立ちはだかって待っているのだ。

「おはようございます、サリエル様、シュナイツ様、マルチェロ様、マリーベル様」

ぺこりと頭を下げて挨拶をすると、眼鏡の向こうの瞳をギラッとさせてぼくを睨《にら》んだ。

「早く声をかけてくださいよ。サリエル様が挨拶しないと、ぼくは何も話せないのですから。第一、ぼくはシュナイツ様のご学友候補なので、サリエル様はぶっちゃけ無関係なんです。なので、儀礼的なことはちゃっちゃと済ませていただきたい、ちゃっちゃとぉっ」

礼儀正しい子ではあるのだけど、真っ正直でもあるんだよね。ぼくは引きつった笑いを返すしかない。

「何よ、エドガー。新参者のくせに生意気よ。そんなことを言うと、お勉強教えてあげないから……サリエル様が」

「まぁまぁ落ち着いて。しかし勉強を教えるのは、ぼくなんだね？　はい、わかりましたぁ」

マリーベルがエドガーに噛みつく隣で、ぼくは苦笑する。

子供会は魔王城がある王都に住まう、貴族のお子様たちが集う会である。

でも当然、地方領主にも王子たちと年の近いお子様がいるのだ。彼らも学園に入れば、王子のご学友候補になりうるので、親が王都に出向くときはそのお子様も子供会に顔を出す。

エドガーと知り合ったのは、一年前の子供会だった。

はじめて子供会に参加したエドガーは、同じ年のシュナイツのご学友になる気満々だった。しかし、そのときのシュナイツはぼくにべったりで、その周りはルーフェン兄妹が囲っている。どうにもグループに入る隙がなく、彼はイライラしていたようなのだ。

「魔力もツノもないサリエル様より、ぼくと一緒にいたほうがお勉強も遊びも楽しくできます」

エドガーが前髪の隙間からのぞく目をギラギラさせながら、挑発めいたことを口にすると、ぼくよりも先に、ルーフェン兄妹が怒りをあらわにした。

「サリエル兄上を侮辱する人と友達になんかならない」

そしてシュナイツにもとどめを刺され、エドガーは意気消沈したのだった。

「まぁまぁ、お勉強も遊びもみんなでしたほうが楽しいですよ。今日はパズルをしましょう」

「ふん、パズルなんか。お子様の遊びで無駄な時間を――」

彼はそう言いかけて、止まった。パズルはピースが魔国の領地の形になっている、ぼくのお手製だ。シュナイツが、領地の名前は覚えられたのだが、その領地が国のどの位置にあるのか、なかなか覚えられないと言うので作成したものだった。

「な、なんですか、これは？」

見たこともないパズルを、エドガーは目を丸くして見る。

「魔国のジグソーパズルです。領地の場所を間違えないで組むと、魔国になりますよ」

「面白そう。この領地は、ここでしょ？」

「マリー。ベルブーブ領は、もっと西だよ」

パズルをのぞきこみ笑顔になるマリーベルは、シュナイツとふたりであれこれ言いながらパズルを組んでいく。隣でエドガーはびっくり顔でつぶやいた。

「どうして？　お勉強は教科書でするものでしょう？」

「教科書のお勉強も大事ですが、地理など規模が大きくなると想像しにくいものもあります。それに、なんでも楽しいほうが身につくでしょう？」

ぼくが笑顔で言うと、マルチェロはぼくの肩を抱いて、得意げな顔で言った。

「まぁ私たちはこのくらいのことはすでに履修済みだけどね。サリーは確かに、ツノなし魔力なしだけど、このパズルの地図を何も見ずに描けるくらい頭脳は誰よりズバ抜けている。私の有能なお友達をあなどらないでくれ」

瞬間記憶能力があるので、地図を見たらそれを写すくらいは簡単にできるのだ。

『地図の写真を脳内に保存、必要なときに取り出せる、パソコンが搭載されているみたいなものじゃん。便利機能、チート、超うらやましぃ』とインナーは言う。

この世界には写真もパソコンもないが、インナーの脳内イメージでぼくはそれらがどういうものかは理解している。実際にあったら便利だけど、原理がわからないので作り出すことはできそうにない。たぶん、こういうものは大地にお願いしても出してくれないだろうしね。

それにぼくは、こういう能力がないのにちゃんと地図を把握しているマルチェロのほうが断然すごいと思っている。

だけどぼくには魔力がない。魔力がないと生きにくいこの世界で、瞬間記憶能力はぼくが生きていくために必要な能力なんじゃないかと思っている。

だからズルっぽいけど、ご容赦いただきたい。

というか、マルチェロは静かにエドガーのことを怒っていたみたい。まぁまぁ。

ぼくのことをからかう子供は、マルチェロに怒られると違う子供の輪の中に行ってしまう。グループはひとつではないから、居づらいところには居つかないものなのだ。

でもエドガーは、ムッとしつつもシュナイツたちと一緒になってパズルをやり始めた。負けず嫌いなのかな？

それに、彼は魔国の宰相の息子さんで、頭脳面では誰にも負けたくない、王子のご学友として認められたい、という意識が強いみたい。なぜそれがわかるのかというと、お馴染《なじ》みのエドガーの備考欄が長文だったからなのだ。

『攻略対象その五、エドガー。魔国宰相の息子。ちょっと暗そうに見えるが、眼鏡を取ったらお約束のイケメン。図書館で一緒に勉強すると好感度がアップする。逆ハーするなら絶対落として』

出たよ。久々に出たよ。攻略対象その五。

は？　なんで五？　三はいずこへ？

あと、最後の文の意味がわかりません。逆ハーってなんですか？

しかし備考欄でわかるのは、エドガーはお勉強が好きということだけ。なら勉強を教えたら、ぼくとも仲良くしてくれるかもしれない……

そう一年前は思ったのだけど、エドガーは会うたびに、なんでかツンデレが加速していくのだった。

ぼくに噛みついて、マリーベルに怒られて、勉強のときだけぼくに引っつくという、謎のルーティーン。でもマルチェロはエドガーを無害判定しているし、ブローチも反応しないので、ツンは敵意ではないみたい。それに友達が増えるのはいいことである。

ぼくがそう言ったら、ツンのエドガーは『ぼくはシュナイツ様のご学友であって、あなたのお友達ではありませんから』とか言いそうだけど。

「あ、シュナイツ様。ぼく、王都に引っ越してきたのです。父上が、学園に入るまでの三年間、子供会で人脈をしっかり作りなさいって。だからこれからは毎月遊べます」

エドガーは、塩なのはぼくだけで、シュナイツにはデレで甘々なのだ。

「え、毎月？　サリエル兄上に迷惑かけないでよね」

しかし。シュナイツはエドガーに塩だった。みなさん、仲良くしてくださいね？

ちなみに、マリーベルはぼくのグループだけど、彼女独自のお取り巻きも持っていて、令嬢の情報網をがっちりつかんでいる。

「貴族の御令嬢はほとんどが私の味方ですわぁ」だって。御令嬢、怖い。久々。

子供会では、ほぼ仲良しグループで固まっている。ラーディンのグループなんかは外で騎士ごっこをして体を動かしていることが多かった。

そしてぼくのグループにいるのは、ちょっとおとなしめのインドア派。お勉強や読書が好きなタイプが集まっているため、サロンの中でお茶を飲みながら静かに過ごすことが多かった。

ディエンヌはお取り巻きが数人いるのだが、友達には意地悪していないみたい。それにこの頃は婚約者候補の選別をすることになったようで、ちょっとおとなしめだ。

このままずっと、おとなしい子になってもらいたい。ディエンヌもお年頃だし、きっと婚約者ができたら妙な悪事も企まなくなるんじゃないかな？　という希望的観測。

「きゃーっ、ファイアドラゴンよぉ」

なんて思っていた矢先に、ディエンヌが叫んだ。そしてなにかがぼくらのほうへ飛んでくる。

ディエンヌはきゃーとか言っているけど、ぼくはしっかり見ていた。ディエンヌがなにかの箱に手を突っこんで、嬉々とした顔でぼくに向かって中身を投げつけたところを。

そばにいた男の子が、慌ててそれに手を伸ばしている。

ここら辺からはスローモーションのように見えた。

こちらに飛んでくる物体、それの横に備考欄が現れる。

『ファイアドラゴン、トカゲに似た魔獣。体長二十センチと小さいが、火を噴く。家屋を焼くほどの火力があるので、みつけたら駆除対象』

駆除対象!?　こんな小さなトカゲなのに？

というか、駆除対象魔獣のファイアドラゴンを投げるディエンヌ、ありえなーい。

そう思っていたら、ファイアドラゴンが口を開けてグワッと火炎玉を吐いた——その瞬間、ぼくのブローチが反応してビカッと輝く。

マルチェロはぼくをかばうように前に立ち、マリーベルとシュナイツがぼくの両脇にくっついてきて、エドガーはぼくの後ろに立つ。後ろ？　まぁいいか。

そして、みんなを囲うドーム型の結界がブローチの宝石から発動された。

ファイアドラゴンが放った火のかたまりはその結界にすべて弾かれ、火炎が部屋の四方にブワッと飛び散る。ディエンヌに投げられて飛んできたトカゲも、結界にぶち当たってベショっと床に落ちた。

トカゲが宙を跳んでいたこの間、わずか二秒である。

ぼくはいっさい、なんにもしていない。ただ突っ立っていただけだけど、兄上の防御魔法のおかげでみなさんは無事だ。

結界に弾かれた火が天井や壁に当たって燃え移っちゃったけど、水魔法を持つ大人が何人かいて素早く消火したから、大騒ぎにならずに済んで良かった。

「おまえ、私たちにファイアドラゴンを投げるなんて、敵対行為とみなすぞっ」

マルチェロが駆け寄ってくる少年に怒り、ファイアドラゴンに手を向けた。何か魔法を放とうとしていたから、ぼくはとっさに叫んだ。

「殺さないでっ、マルチェロぉぉ」

あれだけの火力を放つトカゲだから、駆除しなければいけないのはわかるよ。もしも外に逃げたら、どこで火を噴くかわからないし、被害にあう人もいるかもしれない。

でもこのトカゲ、ディエンヌの取り巻きの男の子が飼っているものだと思ったのだ。あの子、トカゲに向かって一直線に駆け寄ってきていたからね。

「もう、サリー。防御魔法がなかったら丸焦げになっていたかもしれないのに」

マルチェロは呆れた声を出した。でもトカゲを殺さないで、氷の檻で囲うだけにしてくれたよ。

男の子は氷の檻の中でぐったりしているトカゲをみつめ、涙をこぼした。

「泣いてもダメだぞ、私たち高位貴族の子息にこのようなことをして、ただで済むと思うな。どうしてこんなことになったのか、ちゃんと説明しろ」

「……それは」

男の子が説明しようとした、そのとき。庭にバリバリドッカーンと、大きな雷が落ちた。

サロン全体がビリビリと震えるような轟音と振動で、子供たちはみんな身をすくませる。庭の芝生の焦げた部分から立ちのぼる煙がフワッと霧散すると、その姿を現した。

あわわ、レオンハルト兄上が庭に立っているぅぅ。

仕事中だったのか、藍色の髪を無造作にゆるく後ろで結んでいて……

『はらりと落ちかかる前髪がゆらりとなびいて、とっても色っぽいぃ。好きぃぃ。でもアメジストの瞳がギラついていて、痛みを感じるほどに熱い憤怒《ふんぬ》の視線だぁ。鬼気迫る感じの兄上、それも良いっ。普段は小さい額のツノも、ガっと上に伸びあがり、色赤く燃えている。漆黒の衣装を身にまとい庭に降り立つそのたたずまいは、さながら魔王降臨。カーッ、カッケーっ』

途中で大興奮のインナーに意識を取られた。もう、落ち着いてっ。

とにかく、兄上のツノは痛そうで、まだ魔王ではないって、ツッコんでおく。

「ディィイエェエンヌゥウウウッ！　私のサリエルに、何をしたのだぁぁぁあっ⁉」

誰もが震える雄叫びを上げる、兄上。あぁ、騒ぎにはならずに済んだと思っていたのに、これはもう大事《おおごと》になってしまった。

「レオ、来ちゃったか……。だよね、物理攻撃無効化が発動したもの。私の命も風前の灯火だ」

マルチェロも遠い目でなにやらつぶやいている。気をしっかり持ってぇ。

「大丈夫ですよ、マルチェロはぼくを助けてくれたのだから。ちゃんと説明します」

「頼んだよ。私の命はサリーにかかっているからね」

大袈裟《おおげさ》だなぁと思いながらも、ぼくは小さくうなずくのだった。

「いったい今度は、私のサリエルに、なぁぁにぃをしたのだぁっ、ディエンヌゥッ。おまえのすさまじい悪意がサリエルの宝石を通して私に伝わってきたぞぉっ！」

兄上は開け放してある庭に面した窓からサロンに入り、ディエンヌを睨《にら》み下ろす。

「兄上、ぼくは大丈夫です」

ぼくは兄上に駆け寄り、まずは無事を伝えた。すると兄上は屈んでぼくをむぎゅっと抱きしめると、そのままふわりと抱き上げ、右腕にぼくをプヨリと座らせた。不安定なので、ぼくは兄上の首周りのシャツにしがみつく。ひえぇぇ、これはちょっと恥ずかしいやつだ。

いたいけな幼児ではないのだ。ぽっちゃりな十歳の抱っこは見るに堪えない……

「あら、お兄様、ご機嫌よう」

「ご機嫌に見えるのか？」

ディエンヌったら、兄上がこんなに怒っているのに、優雅な微笑みをたたえてシャナリと淑女の礼を執るなんて。もう、マジで強心臓だな。

兄上の低い低い、地獄の大魔王もびっくりするほどに地を這うような声の返事に、ぼくのほうがビビる。

でもディエンヌは、兄上をからかうみたいにそっと笑った。

「ちょっとしたお遊びに飛んでくるなんて、お兄様ったら大袈裟《おおげさ》ですわぁ」

「サロンがなにやら焦げくさいが、おまえはお遊びで部屋を焼くのか？」

「それは私のせいではありませんわぁ。この子が持ってきたファイアドラゴンのせいですもの」

そう言って、マルチェロのそばにいる子をディエンヌは指さした。兄上はちらりとその子とトカゲを見やるが、本質はディエンヌのやらかしだとわかっているので無言だった。

「そんなことより、お兄様。いつまでサリエルと婚約ごっこをなさっているの？　こんな太りすぎで肉も脂肪まみれで食べられやしないニワトリと、本当に結婚なさるおつもりぃ？　サリエルなんか、どうせ愛せやしないのだから。早く婚約破棄して私と結婚しましょうよ」

ひどいっ。脂肪まみれとか言わないでくれる？　傷ついて、ぼくは兄上のシャツをギュムと握った。

「おまえまで、あの女と同じ戯言《ざれごと》を言うとは呆れるな」

あの女というのは、エレオノラ母上のことだ。兄上はあの女呼ばわりするほどに、ぼくの母上を嫌っている。さもありなん。だって、まだ六歳の兄上が赤ん坊のぼくを育てたのだから、子育て丸投げの母上を好意的に見られるわけはないのである。

「それにおまえは、私などに興味はないだろう」

「そんなことありませんわぁ。次期魔王と結婚できたら一生贅沢できますもの」

ディエンヌの主張は、母上が魔王の子《ディエンヌ》を懐妊したときに言ったセリフとまるで同じだった。

母上もディエンヌも、どうして目先のことだけに囚われるのだろう。兄上自身のことをまったく見ていないじゃないか。兄上はとても素敵な方なのに、どうして次期魔王ってところや贅沢できるなんて表面的なことしか言えないの？

兄上の愛情深いところや優しさを知らず、見ようともしないディエンヌに、兄上と結婚なんて話を軽々しくしてほしくない。絶対に嫌だ。

「……私は血縁の者と結婚する気はない」

兄上がぴしゃりと撥ねつけてくれたから、ぼくはホッとした。けれど何がおかしいのか、ディエンヌはにやりと片頬をゆがめて笑う。悪役令嬢、ここに極まれりな顔だった。

「あ、そうだったぁ。サリエルはお兄様とは血の繋がりのない、赤の他人でしたわね。サリエル、今あなた、お兄様に赤の他人って言われたのよぉ。可哀想にね。あなたとお兄様の間に、絆《きずな》なんかないのねぇ？　それはそうよねぇ」

いかにも鬼の首を取ったみたいな顔で、ディエンヌは高笑いした。兄上は鬼ではなく魔族だよ。いや、この場合はぼくの首なのかも。ひぇぇ。

いや、問題はそこではなく。ぼくは今のやり取りで、なんでディエンヌが笑うのかわからない。

「馬鹿な。私とサリエルの間には、誰にも切れぬ太い絆《きずな》があるに決まっているではないか」

そう言うと、兄上はすぐそばにあるぼくのほっぺに頬を擦りつけ、ディエンヌに挑発的な笑みを返した。サロンにいる令嬢からその家族の女性陣まで、きゃぁと華やかな歓声が上がる。

「十年近く同じ屋根の下で暮らし、サリエルには愛情をたっぷりと注いできたのだ。おまえやおまえの母のように、血の繋がりがあってもサリエルを顧みようとしない情のない者たちが、崇高な絆《きずな》のなんたるかを語るなど、千年早いわ」

「あらぁ残念なことだわぁ、レオンハルトお兄様は魔王になる素質はあっても、美的センスは皆無みたいね。美しいツノも生えていない、魔力もない、役立たずの醜い脂肪の塊を魔王妃にするつもりなのかしらぁ？　天下の魔王が周辺諸国の笑いものになってしまうわね」

自分のツノを誇らしげに指先で触れながら、ディエンヌはまだまだ憎まれ口を叩いてくる。どんだけストレス溜まってんの？

「いらぬ忠告だ。サリエルはおまえなんかと比べ物にならないほど美しいからな。それに魔力など私が腐るほど持っているから必要ない。私は人を見る目はあるからな、母親同様、表面的な美だけを誇り、中身が空っぽのおまえなど眼中にないのだ」

「母上のことを私に言わないでちょうだい。あぁあ、つまらないわぁ。子供の遊びに大人が口出しするなんて無粋だわよ。気分悪い。私、帰る」

そう言って、ディエンヌはドレスの裾をひるがえし、従者を引き連れサロンを出ていった。

サロンの中の者たちは、ようやく息をつけたかのように肩を落とす。しかし兄上が『……殺してぇな』と不穏な言葉をつぶやいたから、また肩がひえっと上がった。

「マルチェロ、何があったか報告しろ」

「今、当事者のこの子に話を聞くところだったのです」

兄上に鋭い目で見られ、マルチェロは肩をすくめた。

というわけで、一部が焼けてしまったサロンから出て、別室でトカゲの子に詳細を聞くことになった。

部屋を移動中、ぼくはこっそり兄上に言う。

「それはそれとして兄上、そろそろ降ろしてくださいませ。十歳にもなってみなさんの前で抱っこは恥ずかしいのです」

「……移動したらな」

そう言って、兄上はわざと揺らしてぼくをしがみつかせるのだった。意地悪ぅ。

休憩用の小さなサロンに場所を変え、ぼくと兄上、そしてルーフェン兄妹、シュナイツとエドガー、さらにトカゲの子が、円卓に座って先ほどの話をすることになった。

ぼくは兄上の腕から降ろしてはもらえたのだが、ミケージャが調達してきたふたり用のカウチに座らされ、ぴったりもっちり体をくっつけて兄上と並んでいる。

なんか、マリーベルの視線が痛い。それは嫉妬の目ではなく、ぼくと兄上をセットでみつめてくるハート形のお目目だ。その表情はいったい、どのような心境？

「ディエンヌったら、メジロパンクマ的凶悪な可愛さ全開のサリエル様と、男の色気大爆発なレオお兄様という、魅惑のコラボ展開が見えていなかったのかしら？　美女と野獣ならぬ、ファンシーと美丈夫《びじょうふ》。決して相容れない組み合わせだからこその、この破壊力よ。このギャップがたまらないというのに、彼女の目は節穴でしかないわね、考えられないわっ」

マリーベルは心境を全部駄々漏らした。

なるほど、ギャップ萌えぇってやつだね？　ぎゃっぷもえ……は、インナーの管轄だ。

「それで、なんで君はファイアドラゴンなどという危険な生物を持ち歩いているのだ？」

兄上に聞かれ、彼はそこで挨拶した。

「レオンハルト様、みなさま。このたびはご迷惑をおかけして申し訳ありませんでした。ぼくはハスミン子爵子息の、ナイリと申します。子供会ではディエンヌ様のグループに入っております。だけどぼくは身分が低く、ディエンヌ様と懇意になれません。でもどうしてもお話がしたくて、ファイアドラゴンを飼っている話をしたのです。そうしたら興味を持ってくださって」

あぁ、なんとなく話が見えてきたよ。ディエンヌはこの頃ぼくに間接攻撃を仕掛けてくるので、きっとナイリくんは利用されてしまったのだね。

「もちろん、ファイアドラゴンは駆除対象になっているほどの危険な魔獣です。でもちゃんと世話をすれば、人懐こくて可愛らしいのです。ピィちゃんはぼくの大切な友人で、だからディエンヌ様がピィちゃんを見たいと言ってくれて嬉しかった」

そっと、ナイリくんは微笑んだけど、すぐに眉間に皺を寄せた。

「だけど危険であることに変わりないので、防火ボックスの中から出してはいけませんよって……注意をしておいたのです。でも……ディ、ディエンヌ様は、ピィちゃんをつかんでサリエル様に投げたのです」

ディエンヌは、かくれんぼのときにぼくを部屋に閉じこめたのに味を占め、他人を介せばぼくをいじめられると思ったようだ。でも確かに悪意がなければ警報音は鳴らないけど、ファイアドラゴンの炎は物理攻撃だから、攻撃防御が反応して結界が張られた。

兄上からいただいたブローチの性能は本当にすごいねっ。

ナイリくんはピィちゃんが入っている氷の檻を胸の前で持っているけど、ピィちゃんが動かないから、べそっと泣いた。

「ぴ、ピィちゃん、死んじゃうの？」

涙する彼に、マルチェロは詳しく説明する。

「サリエルが殺すなと言ったから、死んだりしない。爬虫類《はちゅうるい》は低い温度では活動を抑制するから、今は眠っているだけだ。私だけなら氷の槍で串刺しにして駆除していた。サリエルに感謝しろ」

そうか、爬虫類《はちゅうるい》の特性を知っていたからマルチェロは氷の檻に入れたんだね？

ぼくは知識ばかり知っているけど、それを応用はできない。でもマルチェロはそういうことを思いついて実践できるんだ。頭が良くて、尊敬しちゃうなぁ。

ぼくが感心していると、今度はシュナイツが言う。

「壊され傷つけられたら泣いてしまうほど大事な宝物は、子供会に持ってきてはダメだよ。私もディエンヌに宝物を傷つけられてしまったのだ。サリエル兄上が直してくれて難は逃れたが、もう絶対に大事なものを人前に持ってこないようにしようと、そのときに思ったものだ」

するとぼくは、ナイリくんにキラキラした目で見られてしまった。

いえ、ぼくは今回なにもしていないので。

「ナイリ。ファイアドラゴンでサロンを燃やしてしまったことは、なかったことにはできない。従者と家族にも報告の上、処分が下されるだろうし、ナイリ自身も処罰を覚悟しなければならない」

厳しい視線で兄上が彼に言い渡し、ナイリくんはすがるような目を兄上に向けた。

「ピィちゃんは処分されてしまうのですか？　駆除を？」

ぼくも兄上に、それだけはどうかご容赦を……という目を向ける。

すると、兄上は引き結んでいた唇をゆるめて、ぼくに言った。

「駆除はしないよう働きかけてみよう。だが危険な魔獣に違いはない。世話や管理は徹底すること。今後、魔王城へ持ってきてはならぬ」

兄上の恩情に、ナイリくんは涙ぐみながら頭を下げた。

「はい。レオンハルト様のお言葉通りにいたします」

そうしてナイリくんは、氷の檻に入っているピィちゃんを防火ボックスにしまい、いっぱい頭を下げながら部屋を出ていったのだった。

「一件落着ですね、兄上」

ぼくはホッと息をついて、目の前の紅茶をひと口飲んだ。他のみんなも円卓で、思い思いになごむお茶会のような雰囲気になって、良かったと思ったのだけど……

「本当に一件落着かな。マルチェロ、防御魔法が発動するようでは、サリエルの護衛が果たされているとは言えないと思うのだが？」

兄上に視線を向けられ、マルチェロは身を小さくした。

「いけません、兄上。マルチェロはちゃんとぼくを助けてくれたのですよ。それに、マルチェロはぼくのお友達なのです。お友達に護衛をさせるというのは、ちゃんとお友達になれないような気がします」

ぼくは兄上を見上げて訴えた。

だって、友達とは気兼ねなく遊びたいのだ。それに任務だから仕方がなく遊んでくれたのかと思うと、なんだか悲しいし、そんな気持ちがあったら本当の友達とは言えない気がする。

でも兄上は小さく首を横に振った。

「マルチェロは、ちゃんとサリエルのお友達だよ。だが私にとって彼は、従兄弟《いとこ》で、任務を与えた仕事仲間でもあるのだ。マルチェロにとって、サリエルの護衛は私から与えられた仕事で、果たさなければならない責務でもあるんだよ」

ぼくのそばには、何かとやらかすディエンヌがいる。兄上はいつもぼくを心配していて、だからマルチェロにそういう任務を与えたのだろう。

それは、ちゃんとわかっているのだけど。お腹の脇のほうがモヤモヤして、すぐにうなずけなかった。

するとｿ眉間をむにゅむにゅさせるぼくに、マルチェロが言い添えた。

「サリエルは私の大切なお友達だ。そして君を守るのは、私がレオから任された大事な仕事でもある。でもね、私は任務だからサリエルを守っているのではなくて、私の大事なお友達だから、サリエルのことを何者からも守りたいと思っているんだよ」

「でもお友達は対等なものではないのですか？　守ったり、守られたりするのはお友達ではないんじゃないの？」

「そんなことはない。年長の者が下の子をかばうことはよくあることだし、それにサリエルは私がピンチのときには助けてくれるだろう？　それと同じことだよ」

「うん。もしマルチェロのことをぼくが助けられるのだとしたら、ぼく、助けますっ」

「だろう？　私はサリエルよりも魔力を持っているから、私が助ける場面のほうがちょっと多いかもね。あとね、自分より弱い者を守るのは騎士として当然のことだよ」

騎士という言葉を聞いて、ぼくの脳裏に、マルチェロと初対面のときの場面が浮かんだ。

『いつも守られる側なのでね、姫を守る騎士にあこがれていたんだ』

そう彼が言っていたことを、思い出した。

え？　まさか騎士ごっこを三年も続行していたの？　すごーい……いや、ぼくは姫ではないのだけど。

「だからね、私に、もう少し騎士の真似事をさせてくれないか？　レオンハルト、もう一度チャンスをください」

マルチェロは、ぼくと兄上に交互に頭を下げた。

「うぇえ？　そんなことしなくても、ぼくは大丈夫だし。騎士ごっこがしたいなら何度でも付き合いますからぁ」

ぼくは彼にそう言ったが、でも兄上は渋った声で唸るのだった。もう、意地悪はいけません。

「兄上、マルチェロを怒らないでください。ほらぁ、そんな御《お》ツノはしまってぇ」

ぼくはカウチの上で膝立ちをすると、兄上の額に突き出ているツノをナデナデする。

すると、兄上は豪快に笑い出した。

「ハハハハッ、サリュ、そこはダメだって。待て待て、ハハハッ」

「いつまでも怒っているから御《お》ツノが引っこまないのです。あぁ、赤くて腫れていて痛そう」

「ハハハッ、サ、サリュ……ちょっと、はしたないから、やめなさい。わかった、マルチェロは許すから、ハハハッ」

兄上のお許しが出たので、ぼくはマルチェロを振り返った。

「良かったですね、マルチェロ。兄上が許してくださるって……」

「う、うん。ありがとう、サリエル」

そう返事をするマルチェロはちょっと顔を赤くしていて、視線が合わない。

彼だけではなく、マリーベルは口元を手で覆って目を丸くしているし、シュナイツもエドガーも、見てはいけないものを見てしまったとばかりに、顔を赤くして視線をそらしている。

ん？　もしかして、いつも威厳アリアリの兄上の爆笑を見て驚いたのかな？

でも、まぁとりあえず、これですべてはまぁるくおさまったね。

ディエンヌのやらかしも……サロンは焦げてしまったが、最小限の被害で済みました。

今回も、ぼくの尻拭いは無事に完了したのである。むふん。

その日、屋敷に帰ったあと。ぼくは兄上に、コチョコチョの刑に処されていた。そこでぼくは、衝撃的な事実を言われたのだった。

「サリュ、魔族のツノに触れる行為は、魔国ではちょーーっと恥ずかしくてはしたない行いだから、人前でしてはいけないよ」

なんですとっ？　そんなことは文献にはひとつも書いてありません。

でもぼくは、知らぬ間に、は、は、恥ずかしいことをしていたようなのだ。

だからみなさん、顔を赤らめていたんだね。

さらにこのコチョコチョの刑は、兄上を人前で爆笑させた罰ではなく、そのせいなんだね？

しかし、知らなかったゆえの恥ずかしい行為なので、どうかお許しを、兄上。

そしてコチョコチョも、そろそろお許しを、兄上。

やーめーてー！

★★★★★

子供会での事件から数日後。

今日ぼくは、魔王城の外にはじめて出る。マルチェロと町へ買い物に行くのだ。

十歳で外へ遊びに行くのがはじめてというのは遅いかもしれないけど、兄上は忙しい方だから

『外に連れてって』なんて我儘《わがまま》は言えないのだ。

それに、あまり必要性も感じなかった。欲しいものや衣装などは、魔王城御用達《ごようたし》の業者が持ってきてくれるからね。

インナーがイメージ映像でどこかの景色を見せてくれるから、魔王城の外の様子をまったく知らないわけでもない。その景色は文明が進んでいて、高いビル、大勢の人々、交通も盛んでゴミゴミしている。

でも文献を見る限り、たぶん魔国の町並みはそこまで進んでいないと思う。魔国には機械も車も、電気もない。けれど、インナーの見せる世界と魔国がどのように違うのかは興味があるかな。

というわけで、マルチェロが乗ってきた馬車にぼくと付き添いのエリンが乗りこみ、お買い物にレッツゴー。

マルチェロはショッピングが大好きで、いつも誘われていた。普段はぼくに合わせて、レオンハルト兄上のお屋敷で遊ぶことが多かったから、今日は彼の遊びに付き合えて嬉しい。

「ようやくレオが外出を許してくれたよ。最初にサリーと町に行くのは自分だなんて言っていたけど、だったら早くサリーを連れていってあげればいいのにね。デートもしてあげないなんて、婚約者怠慢。レオは朴念仁《ぼくねんじん》だよ」

馬車に揺られて町へと向かう道中、ぼくの隣に座るマルチェロがそう言った。

「で、でぇと？　朴念仁《ぼくねんじん》などと……兄上をそのように言うのは、マルチェロくらいですよ」

外へ遊びに行くのをデートと言うなんて、マルチェロはませていますねぇ。

そういえば、備考欄にも『デートを重ねることで好感度がアップする』って書いてあった。マルチェロは町でショッピングするのが本当に好きみたいだ。

「兄上のお仕事が忙しいのはわかっていますから、我が儘《わがまま》は言えません」

「じゃあ今日は、私がサリーをいっぱい楽しませてあげるね。どこに行きたい？　サリーは何か欲しいものはある？」

エメラルドグリーンの瞳をキラキラさせて聞いてくるマルチェロに、ぼくは言った。

「ぼくは手持ちがないので、今日はマルチェロが町でどのようなことを楽しんでいるのか、お付き添いして見ていようかと思ったのです」

「そんなぁ。町に行ったら好きなものを買って、好きなものを食べて、思いっきりお金を使って楽しむものだよ。サリーはレオからお小遣いをもらっていないのかい？」

「とんでもない」

ぼくはマルチェロに聞かれ、首も手もブルブルと横に振った。

「ぼくは、兄上のお屋敷にご厄介になっている居候《いそうろう》です。衣食住を提供してもらえるだけでもありがたいのに、お小遣いなどもらえません」

ぼくは魔王の三男で、魔王城に住んではいるけれど、他の兄弟とは境遇が違うのだ。

魔王の系譜ではないぼくは、魔王の三男だとふんぞり返る資格などないから、贅沢なんか考えてはいけないのである。なのに、兄上はぼくを気遣って衣装も食事も最上級のものを用意してくれる。ありがたすぎて、感謝しきりだ。

子供会に出て貴族のお子様を見れば、その視線の冷たさから、ぼくの境遇がみなさんに受け入れられないものだとわかる。下級悪魔の連れ子、魔王の血など一切受け継がない子が、魔王の三男を名乗るのは分不相応なことなのだ。

「マルチェロは知っているでしょう。ぼくはエレオノラ母上の連れ子です。でも母上は、ぼくが醜いから育てたくないって。母が捨てるほどに醜くて、魔力もツノもない、なんの役にも立たないぼくを、兄上は育ててくれたのです。これ以上ご迷惑をおかけするわけにはまいりません」

自分で言っていて、自分で傷ついてしまう。

ぼくは、いけない子だ。マルチェロは楽しくお買い物したかっただろうに、こんなことを言い出してしまって。でもぼくは、なんだかあの日のことを思い出してしまった。

遠い、遠い、あの日のことを……

★★★★

「あぁあ、なんで妊娠なんかしちゃったのかしらぁ。子供の世話とか、マジ面倒くさい」

薄暗い部屋の中で、女性が赤ん坊のぼくをのぞきこんでいる。この情のない言葉を口にしているのは、エレオノラ母上だ。

「でも、この重たい子を腹から出したら、なんだか気分がいいわぁ。今ならなんでもできそう」

母上はなんの感情もない目でぼくを見たあと、どこかへ行ってしまった。

家の中には何人かの女性がいて、たぶん貧しいサキュバスたちがひとつの部屋で共同で暮らしていたみたいだった。母上がいなくなったあと、その女性たちがぼくの世話をしてくれたけど、話しかけられることもなく、死なないように面倒を見てくれたというだけ。

やがて、母上が帰ってきた。

「やったわぁ、私、魔王の子を懐妊したのよ。これで、魔王城で一生贅沢に暮らせるわぁ」

「そう、良かったわね。じゃあその子も持っていってよ。子供の世話なんかしている暇ないの」

「え、生きてるの？　やだぁ、あんたたち律儀ねぇ」

「同じ部屋で子供が死んだら、大事《おおごと》になっちゃうでしょ。面倒ごとはご免なの」

「その子、醜いから育てたくないの。見ていて不快になるのよね。でも、まぁいいわ。魔王の側妃だもの、たぶん誰かが世話をしてくれるわよね」

そう言って母上はぼくを乱暴に抱えると、コウモリのような形の羽を出して飛んだ。

ちょっと肌寒い日で、薄い白布を体に巻きつけていただけのぼくは『寒い』と思った。寒いがどんなものか、経験した。

そのあと、ちょっと寝て。気づいたら暖かい部屋にいた。のちのち、ここが魔王城だと知ったが、母上はそこで男の人と話をしていた。

「我の魔力が強大すぎて今までサキュバスには会えなかったが、我と関係を持ったおまえは特別なサキュバスだな。あぁ今日も美しいぞ、エレオノラ。サキュバスを見たのはおまえがはじめてであったが、あまりの美しさに我は魅入られてしまった」

「まぁ、魔王様ったら」

　この男性はマオウサマというらしい。当時は意味など何もわからず、名前だと思っていた。マオウが魔王だと認識するのは、もう少しあとのこと。

　この段階では、とにかく情報がまったく足りていなかった。ただ会話を脳に詰めこむだけ。あとから、あれはそういう意味だったのかと理解するのだ。

「それどころか、おまえは確かに我の子を宿しているではないか。我の特殊な魔力が腹にあるのがわかるぞ。これは奇跡だ。これからは我だけのサキュバスを愛《め》でることができそうだな」

「はい、魔王様。私はあなた様だけの、特別なサキュバスでございます」

　ぼくには見せたことのない、とても美しく柔らかい笑みを母上は魔王に見せていた。

　なんでか、胸がチクチクした。

「褒美を取らせよう。後宮で暮らすが良い。おまえが今抱いている子も、我の三男として養ってやる。エレオノラ、腹にいる我の子を立派に生み育ててくれ」

「魔王様の御心の広さにエレオノラは感激いたしました。ご恩情に感謝しますわ」

　そうして母上は、魔王城の後宮にある屋敷に住むことになった。

　ぼくはどこかの部屋のベッドに寝かせられている。ときどき見知らぬ人が現れて、ミルクを飲ませたり着替えをさせたりと世話をしてくれたけど、母上は来なかった。

　部屋の中は暖かかったけど、なんとなく寒いと思った。

「サリエル様は魔王様の三男として正式に手続きされたみたいなんだけど、エレオノラ様は適当に面倒見てちょうだいなんて言うのよぉ。ちょっと無責任よね？」

「こんなに可愛い、丸々とした赤ちゃんなのにね。でもエレオノラ様は、醜いって言うの。ちょっと変わった方みたいね」

「サキュバスだから美醜にうるさいんじゃない？　美貌が彼女のウリだもの」

「でも、赤ちゃんは丸いものでしょう？　このぽっちゃりが可愛いんじゃない」

「それよりも、私たちにまでサリエル様に極力触るなって言うのよ。なんだか怖いわぁ、あの人。まさかサリエル様を……」

「しっ、馬鹿なこと言わないの。誰かに聞かれたら屋敷に置いてもらえなくなるわよ」

世話をしながら不穏な言葉を置いていく使用人。

かわいい、まるい、みにくい、こわい。

醜いは、母上が眉間に皺を寄せてぼくに言う言葉だから、たぶん嫌な言葉。悪い言葉。

こわい、も。使用人が不安そうな顔つきで言うから、嫌な言葉。

かわいいとまるい、ぽっちゃりは、にこにこしていたから、良い言葉。

そうしてぼくは言葉と意味をすり合わせていき、立ち上がった。

文字通り、足ですっくと立った。だって、早く大きくならなくちゃ、こわいになりそう。のほほんと寝ていられないよ。

立って、コロン。立って、コロン。立って、歩いて、コロン。それを繰り返し、日々がいっぱい過ぎたあとに、ぼくは部屋の中を歩けるようになった。

転ばないで歩けるようになったら、なんだか楽しくなってきたよ。調子に乗って、ふんふんと鼻を鳴らしながら歩いて、使用人が部屋の扉を開けた隙に外へ出た。

そこは、長ぁーい道。今思うと屋敷の廊下なのだけど、とっても長い道をよちよち歩いた。

「まぁ、サリエル様、あんよが上手ですわぁ」

女性の世話係が笑顔で言うから、あんよが上手は良い言葉。ゆえにぼくは得意げによっちよっち歩くのだった。

でもそこに赤ちゃんを抱いた母上が現れて、きゃーっと叫んだ。

「キモっ。なんでこんなところにこの子がいるのぉ？　気持ち悪いわ。早くどこかに捨ててきて」

「エレオノラ様、サリエル様はあなたのお子様ですよ。魔王様の三男なのです。捨てるなんて、そのような愚かなことは……」

「馬鹿なことを言わないで。美しい私からそんな醜いものが生まれるわけないでしょ。私の目にこの子を触れさせないでって言ったでしょ。どうして女主人である私の言うことが聞けないの？　こんな目だけギョロッとしたデブ、いらないのよ。私の子は魔王様の子であるディエンヌだけでいいの。早く屋敷の外に捨ててきてっ」

あんよが上手と言ってくれた使用人は、ぼくを抱っこして外に出ると。そっと地べたに置いた。涙ウルウルで、しばらくぼくを見ていたけど。

「早く入りなさい。あなたも屋敷から追い出してもいいんだからねっ」

母上にそう言われ、彼女は渋々屋敷の中に入っていった。

こういう言葉ではなかったが、胸の中で『なんか、ヤバい』と思った。本能で、生命の危機を感じたのだ。

この頃は、言葉の意味がなんとなくわかるくらい。ただ、言葉と景色や人の表情とかは、くっきりはっきり覚えていた。いや、忘れられないのだ。なぜか鮮明に、ぼくの中にいつまでも光景が残り続けている。

母上の冷たい眼差し。醜い、気持ち悪いという言葉。ぼくを見て叫びを上げたこと。

すべて忘れられなくて、胸が……いや、心がチクチクしたのだ。あの女性の前からいなくなりたい。そう思ったとき、母上はぼくの母上ではなくなった。チクチクは嫌いだ。

そしてぼくは旅に出た。歩き始めたばかりのよちよちで。

おそらく何も考えてはいなかった。ただ願ったのは、ここにいたくないということだけ。

母上の前にいたくない。この屋敷を見たくない。

だから見えなくなるまで、遠く、遠くに行きたかったのだ。足が動かなくなるまで、まっすぐに、ただただまっすぐに歩いた。何度も何度も転んだけど。野原が多かったから痛くはなかった。

でも、お腹はすいていた。丸いから母上に醜いって言われるのだろうと、世話係は気を利かせたみたいで、お腹いっぱい食べさせてもらえなくて。まぁるいのに、げっそりである。

でも立ち止まったら、こわいになる。

何回目かもわからないくらいに、転んで。転んで。まだ歩こうと思って、立ち上がろうと思って、短い手足でウゴウゴしていたら——

「ミケージャ、なぜ私の庭にニワトリがいるのだ？」

という声が聞こえて、ぼくは持ち上げられた。

六歳のレオンハルト兄上に。

★★★★

あのとき、レオンハルト兄上がぼくをみつけてくれなかったら、ぼくの命はなかった。

だから、ぼくを拾い育ててくれた優しい兄上をぼくは尊敬しているし、敬愛しているし、兄上の負担にもなりたくないのだ。

「サリー、君は醜くなんかないよ。私の友人をそのようなひどい言葉で、傷つけないでおくれ」

声をかけられ、ぼくは顔を上げてマルチェロを見た。なんだか、脳内に過去の映像がバーッと流れたみたいになっていた。そうだ、ぼくはマルチェロと町にショッピングに行く途中だったっけ。

「サリーは確かに、ちょっと丸いし」

丸いのは事実ですけど、マルチェロが何を言い出すのかと思い、首を傾げる。

「丸いし、丸いし、丸いけど……」

「ん？　まぁ……はい」

「でも頬肉たっぷりなところが可愛らしいいし、肉のついた手も握るとぷりっぷりで触り心地いいし、三角の口は小さくて可憐だし」

「無理して褒めないでください。逆に悲しくなります」

マルチェロが一生懸命慰めようとしているのはわかっている。でもマルチェロは、いつもはほがらかに笑っているのに、今はちょっと怒っている空気感で言ってくるのだ。真剣モード。

「無理してないよ。本気で褒めている。私は本気でサリーを可愛いと思っているんだ。それに君の魅力はね、容姿も性格もひっくるめて愛らしいところなんだっ。可愛くて、気が優しくて、頭が良い、そんなサリーを、サリーとして、そのままの君がみんな大好きなんだ」

隣に座っているマルチェロは、ぼくの手をギュッと力強く握った。

「サリーのことをよく知りもしない、ただ親という肩書だけを持っている女に、サリーをけなされたくない。そんな女の言うことを真に受けてはいけないよ」

ぼくに笑みを向けるけど、口の端が引きつっている。

そしてなんでか……ドシャーンと、いきなり大雨が降ってきた。マルチェロの頭の後ろが魔力でモヤモヤしているので、もしかしたらこの大雨はマルチェロの魔力のせい？

「マルチェロ、ものすごい雨です」

「気にしないで、すぐにやむよ」

「そうですか。はい。マルチェロがそう言うのなら、そうなのでしょう」

「それはともかく、君はご厄介とか居候《いそうろう》とか言うけれど、レオがそんなことを聞いたら悲しくなってしまうよ。レオは、君を大事に大事に、家族のように宝物のように育ててきたというのに、サリーが自分のことを、醜くてなんの役にも立たないなんて思っていると知ったら、バリバリドッカーンだよ？」

ぼくはマルチェロの言葉に、ハウッとなった。バ、バリバリドッカーンはいけません。

「サリーがどれだけあの人の癒しになっているか、知らないの？　サリーがいなければ、レオは史上最悪の暴君になった可能性だってある。サリーはレオの良心で、それがなくなったら魔国は滅亡する」

「いやいや、さすがにそれは大袈裟《おおげさ》では？」

ははは、と笑うけど。マルチェロもエリンも笑わなかった。

「……怖がらせるつもりも、ヤバい激情を胸に内包するレオをサリーだけに押しつけるつもりもない。つまり私が何を言いたいのかというと、サリーはこの世界になくてはならない人だってことだ。そして、私の大事なお友達だってこと。サリーを貶める誰かの言葉ではなく、君を愛する、私やレオの言葉を深く刻みこんでおくれよ」

ぼくは過去を思い出したことで心が冷えてしまっていたが、マルチェロの優しい言葉を聞いて、ほんわかと胸が温かくなるのを感じた。

そうだね。ぼくは決して母上の言葉を忘れることはできないけれど。心の奥底に沈めることはできる。そして、マルチェロの優しくて温かい言葉や、兄上がぼくに示してくれる愛情の数々を、心の一番上のところに置いておこう。

そうしたらぼくの心は、もうチクチクしないはずだ。

「ありがとう、ぼくのために怒ってくれて。マルチェロもぼくの大切な、愛するお友達です」

ぼくはマルチェロに、にっこりと笑いかけた。

そういえば、兄上にも自虐禁止と言われていたね。これからは楽しいことだけ考える、新しいぼくに生まれ変わろう。

気を取り直して、このあとはぼくの大切なお友達とショッピングにレッツゴーなのだっ。

「サリー、町に着いたら何をしようか？　手持ちがないなら私が出すよ。デートに誘った側が支払いをするのは貴族のたしなみだしね」

「……そ、そんなぁ、マルチェロのご迷惑になります」

ぼくは遠慮がちに手を横に振る。すると今まで黙っていたエリンが声を出した。

「サリエル様、お金のことは気になさらないように。こちら、ももんもを販売して得た代金でございます」

そう言って、お金の入った布袋を渡してきた。なにやらずっしりだよ。恐る恐る中を見てみると金貨がぎっしりで、ぼくは引いた。

「エリン、こんなに？　いいのぉ？」

しかし、マルチェロに支払わせるわけにはいかないし。これ、使っていいのかな？

「ももんもを発見したサリエル様が受け取るべき、正当な対価でございます。まだお小さいサリエル様に大金を持たせたくないとレオンハルト様が申しまして、今までエリンが預かっていました」

「そういうことは早く言ってくれよ、エリン。お小遣い話から回り回って、なんでかサリーが悪逆な母の仕打ちまで思い出してしまったじゃないか」

「申し訳ございません。おふたりの話に割って入れず、大事な話を言いあぐねてしまいました。しかしただのお友達とのショッピングで、マルチェロ様にお金を出してもらうわけにはまいりませんので」

「ほうほう、エリン。レオの部下である君としては、サリーの初デートの相手を私にしたくないと、そういうことなのだね？」

ふたりとも笑顔だけど、なにやら視線がバチバチで、エリンは尻尾《しっぽ》をブンブン振っている。なんでこうなったのかはわからないけど、ここはぼくが仲裁しなければ。

「エリン、マルチェロはただのお友達じゃないよ。大事なお友達なの」

するとマルチェロはまた頬を引きつらせて、つぶやいた。

「うん。お友達は、お友達だよね。デートの相手ではないよね。わかっているとも、サリー。しかしなんだろう、この告白していないのにフラれた感じは」

その言葉を皮切りに、馬車の中ではしばらく、ははは、うふふ？　と乾いた笑い声が響いた。

「ねぇエリン、じゃあこのお金で、何か兄上に買ってもいい？」

気を取り直して聞くと、エリンはニッコリする。

「もちろんでございます。これはサリエル様の稼ぎなのです。何も気遣うことなく、サリエル様が買いたいものを、サリエル様の心ゆくまま、存分にお使いくださいませ」

「やったぁ。マルチェロ、町には何があるの？　兄上が気に入ってくれるものはあるかな」

ぼくはショッピングが楽しみになって、マルチェロに笑みを向ける。それで彼もようやく、いつも浮かべている王子様スマイルを見せてくれた。

「あぁ、なんだってあるよ。レオへのプレゼントなら普段使いできるものがいい。レオはサリーからのプレゼントなら、常に身につけていたいと思うんじゃないかな？」

「普段使い？　兄上はいつも何を身につけているかなぁ？　こうして改めて考えてみると、兄上の私物をよく見てみたことがなかった」

「この頃、髪を結って仕事をしているから髪留めとかどうかな？　万年筆やカフス、そこら辺もいいんじゃない？　でももったいなくて使えないって言うかもね」

「うわぁ、みんな町で買えるのですか？　どうしよう。悩みますねぇ」

そして馬車は町に着いた。雨もすっかりやんで、空には青空が広がっている。

ぼくらは元気いっぱいに馬車から降りた。

町の案内はマルチェロがしてくれる。ショッピングが趣味なだけあって、マルチェロはオシャレな雑貨屋や流行《はや》りのお菓子屋をいっぱい知っていた。

その中ではじめにぼくの目に留まったのは、イカの串焼きの屋台だった。

『お祭りの屋台で高い系のイカ焼き？　うーん、磯の香りぃ。食べたぁい』

いや、目に留まったのはぼくではなくインナーのようだ。とはいえ、ジューっと焼かれたイカの香りが鼻孔をくすぐり、ぼくの食欲をそそります。

「マルチェロ、ぼくはアレを食べます」

そうして屋台のおじちゃんにひと串頼んだ。イカの串焼きは、正確にはイカではなくビッグイカキングという十本の足が生えた魔獣だ。串に刺さっているのは足の先の部分なのだが、それでもぶっとくて食べごたえがある。

「マルチェロは食べないのですか？」

モッキュモッキュ食べるぼくを、マルチェロは頬を引きつらせて見ていた。

「え、だって、ビッグイカキングだよ？　魔獣の足だよ？　グロテスクなのはちょっと……」

「そう？　美味しいのに。うーん、磯の香りぃ」

「サリーは屋敷から出たことがないのに、磯の香りがわかるの？　それに食べ歩きもはじめてなのに抵抗なさそうだね」

マルチェロの鋭い指摘に、思わずインナー語をつぶやいたぼくはギョッとした。

「いいい、磯の香りは雰囲気ですよ。海の生き物からは海の香りがするものです。食べ歩きは品がないかもしれませんが、露店のものは食べ歩きをするためのものです。うむ」

自分で言って自分でうなずく、ぼく。うまく誤魔化《ごまか》せたかな。

イカの串焼きはともかく。そのあとマルチェロが案内してくれたお店で、ぼくは兄上へのプレゼントを選んだ。雑貨店ではオルゴールとか小物入れとかいろいろ見たけど、楕円形の黒漆《くろうるし》に花模様が描かれた髪留めを買い、高級文具店では万年筆を買った。兄上に似合いそうだなって一番ピンときたんだ。

「ぼく、プレゼントははじめて買うので、どういう品が良いのかよくわからないし。兄上は高級なものを身につけているのだろうけど、宝石なんかは目利きできないから。センスのいいマルチェロのアドバイスに乗っちゃった」

てへっと笑うと、マルチェロは優しい顔で微笑んだ。

そして町のレストランで昼食をとったあと、腹ごなしに公園に行った。

公園には大きな噴水がある。噴水がどういうものか知ってはいたけど、実際に見たのははじめてだ。まぁぼくは、はじめて見るものばかりなのだけどね。インナーも実物を見たことはなかったみたいだから、興味津々、噴水にかぶりつくように見る。

そのうち、自分が手を上げると水が出てくることに、ぼくは気づいてしまった。すごーい、なんでぼくの動きに合わせてくれるのぉ？　と思って。ぼくは何度も手を上げ下げした。

ぼくはオーケストラの指揮者のごとく、噴水の水の調整をして遊んだ。右は高くしてぇ、左は低くぅ。だけど、あまりにも自分の思う通りに水が出るので、ぼくはちょっと意地悪してしまった。上げると見せかけて手を上げない、とかやったのだ。

そうしたら噴水が怒って、お水をいっぱい出しはじめてしまった。

落ち着いて、落ち着いてってって、手で制するけど、水がドバドバで止まらない。どうしよう、ぼくが噴水を壊してしまったぁ。

「エリーン、マルチェローーっ、こ、こ、壊れちゃったぁ」

ぼくは助けを求めて、少し離れたベンチにいたふたりのもとへ走っていった。短い足を懸命に動かし、タッタカタッタカと……必死である。

「あのね、バッてやって、バッてやって、バッてやらないって意地悪したら。そしたら噴水が壊れて、水がいっぱい出ちゃったのぉ」

ぼくはバッのところで手を上げたり下げたりして説明するけど、ふたりはポカーンだ。

「大丈夫だよ、サリー。壊れていないよ。ほら、後ろ見て?」

え、壊れていない? ぼくは壊れた人形のごとくギギギッと振り返る。

すると、ドバドバ水が出ていた噴水が、穏やかな普通の噴水に戻っていた。おおぅ、セーフ。

「本当だ。壊れちゃったかと思った。良かったぁ」

「サリー、もう一回手を上げてみたら?」

マルチェロに言われるが、ぼくはブブブと顔を横に振る。

「怖いです。もういいです。きっと噴水の妖精が怒ってしまったのです」

楽しくぼくと遊んでいた妖精さんは、きっとぼくが意地悪したから怒ったのだ。妖精さんにも誰にも、意地悪をしてはいけないね。

「ふふふ、噴水に妖精がいるのは初耳だ。では……そろそろ帰ろうか」

笑うマルチェロに帰宅をうながされ、ぼくはうなずいて彼と手を繋いだ。

今日は本当にいっぱい買い物をして、いっぱい遊んで、いっぱい笑って、とっても楽しかった。

またマルチェロとショッピングしたいな。

帰りの馬車の中で、マルチェロがぼくに何かを言っていたように思ったけど。いっぱい歩いてちょっと疲れちゃったから、ウトウトしちゃって聞こえなかった。

屋敷に送ってくれたマルチェロと別れて、ぼくは兄上が帰宅するのをエントランスで待った。

今日のショッピングで買ったものを兄上に早く渡したかったのだ。贈り物をする前って、すっごくドキドキそわそわするね。

そして、仕事で魔王城に出ていた兄上が屋敷に帰ってきて、出迎えたぼくは玄関先でもじもじしてしまう。

「おかえりなさいませ、兄上」

ぼくは兄上の腰にモキュウゥッと抱きついて挨拶をする。

「ただいま、サリュ。町の買い物は楽しかったか？」

「はい。マルチェロに、いっぱい案内してもらいました。それで、えっと……」

ぼくは懐に手を差し入れ、小箱をふたつ兄上に差し出した。

「いつもお世話になっている兄上へ、感謝をこめて。プ、プ、プレゼントでございます。良かったら使ってくださいませ！」

兄上は一瞬驚愕の表情になったかと思うと、胸を手で押さえて悶え始める。

し、心臓発作？　と、ぼくは心配したが、気を取り直した兄上はすぐに薄い笑みを浮かべた。

「あぁ、私にプレゼントかい？　何かな？」

「髪留めと、万年筆です。ぼく、兄上がどのような物をお持ちか、わからなくて。使い捨てみたいな感じでもいいので使っていただけたらなって」

「使い捨てなど、もったいない。もちろん大事に使わせてもらうよ。この髪留めはどうやって使うのだ？　サリュがつけてみてくれ」

兄上が床に膝をついて、髪を手持ちのゴムで軽く縛ったので、ぼくは丁寧な仕草で箱から髪留めを出し、ぶっとくて不器用に見えがちな指を器用に動かしてつけた。

「できた。兄上、今日のお衣装にもこの髪留めはとてもお似合いです」

贈り物の髪留めは少し湾曲した楕円形で、髪と髪留めを突き通す金具がついているもの。艶《つや》のある黒い地に花模様が描かれている。シックな色目が多い兄上の衣装に合うと思って買ったのだが、予想通り、兄上の高貴な雰囲気を趣《おもむき》のある漆塗りがより引き立てている。

「ありがとう、サリュ。それでサリュは何を買ったんだ？」

「ぼくは食べ物ばかりで。あ、いっぱい歩いたから、カロリーはゼロです」

ダイエットに余念がないことをアピールし、ぼくは胸を張るつもりで腹を出す。

「そうか。では、この髪留めと万年筆のお礼に、私からもサリュにプレゼントしようかな？　サリュは何が欲しい？」

兄上にたずねられ、ぼくは困って眉間をむにゅむにゅさせる。だって、兄上にはいつも素晴らしいものをもらってばかりなのだから。

だけどぼくはひらめいて、ニパッと笑った。

「あの、今日はじめて噴水を見たのです。とても綺麗だったので、兄上と一緒に見たいです」

ぼくは物は何も欲しくないけれど、兄上と過ごす時間は欲しいのだ。

「そうか。では、今度は私と一緒に噴水を見に行こう。必ず。約束するからな」

やったぁ、兄上が約束してくれた。兄上は嘘をつかないので、いつかきっと兄上と噴水を見る日は来るのだ。

ぼくの心がキラキラ輝いているからか、目に映る兄上もキラキラして見えた。

だけど、ぼくはここで大事なことを兄上に告げねばならなかった。

「でも、兄上。噴水には悪戯《いたずら》な妖精がついているので、絶対に手を上げてはいけませんよ？」

真面目に忠告したのだが、兄上はきょとんとしてぼくを見る。

「噴水に妖精がついているのか？」

兄上の質問に、ぼくの後ろにいたエリンが答えた。

「本日サリエル様は手を上げ下げして、噴水を自由に操ったのでございます。そのサリエル様こそが、可愛らしい噴水の妖精のようでございました。しかしその一連の出来事は、噴水の妖精のせいではなく……噴水を管理する者の仕業でございました」

そう言って、エリンが思い出し笑いをする。

というか、なんですってぇぇ？

ぼくは驚愕して、顎が外れそうになるくらい口を大きく開いた。

「そうか、サリュはその者にからかわれてしまったのだな？　でも楽しかったのなら良かった。私と噴水を見るときも楽しくしてやらねばな。さぁサリュ、夕食にしようか」

驚愕のまま固まるぼくの頭を、兄上は撫でて、ダイニングルームへ向かっていった。

けど、ぼくはエリンの言葉がショックだった。

あれは誰かの悪戯《いたずら》だったの？　妖精じゃないの？

いやいや、あのバッチリなタイミングは妖精の仕業に違いないのだ。エリンは噴水を管理する人を見たのかもしれないが、もしかしたら妖精がその人を操ったのかもしれないじゃーーん。

だから、やはり噴水の妖精はいると思う。えぇ、絶対ですっ！

★★★★★

夏が過ぎ、少し秋めいてきたある日。

今日の子供会は焦げ茶色の衣装をチョイスした。魔国は四季が曖昧《あいまい》なので、紅葉を楽しむような風流な文化などない。だがインナーが『秋は紅葉、春は桜を見て酒を呑むものだ、ガハハ』なんて言うものだから、酒はともかく、ぼくもつい風流を味わいたくなったのだ。

というか、インナー……おじさん？　これ、中身おじさんでしょう？　ホント、年齢性別不詳で謎人物だよ。

というわけで、ぼくは今日も今日とてミケージャに見守られながら子供会会場のサロンに向かおうとしている。しかし、背後で誰かがブハッと笑ったのが聞こえて、廊下の途中で振り返った。

「丸くて茶色で赤いトサカって、まんまコカトリスじゃん。サリエル、その衣装はダメだって」

ぼくのまぁるい背中を見て大爆笑しているのは、失礼大魔王のラーディンだ。

ぼくはジト目で彼を見る。笑いすぎだっつーの。

でもそうしたら、ラーディンの後ろにいた貴族子息の方たちがクスクス笑いだしたのだ。

「コカトリスだって。ははっ、でも魔力なしのお方ではコカトリスに失礼ですよ、ラーディン様」

「そうです、あれはものすごい魔力持ちで、サリエル様とは強さが雲泥の差ですよ」

わぁ、久しぶりにお子様の悪意を浴びてしまった。

近頃はそばに必ずシュナイツとルーフェン兄妹がいて誰も何も言ってこないので、面と向かってぼくに悪口を言ってきたのはエドガー以来なのだ。ディエンヌはいつもぼくに悪意があるから除外だけど。

思えば、ぼくはいつもマルチェロたちに守られていて優しくされているから、友達に恵まれているんだなぁ……。ぼくのお友達、最高。

「おい、俺の弟の悪口、言うんじゃねぇよ」

人知れず感動していたら、ラーディンが尻馬に乗った子息たちに言い放った。そう、尻馬にへばりついた子息を蹴り飛ばしたも同然である。

どの口がそのようなことを言うのだ？　自分で言い出したことなのにぃ。

「は？　でもラーディン様が……」

困惑する子息たち。ですよねぇ、ラーディンが先に言ったのに、怒られるとか理不尽すぎる。

「弟をからかう資格があるのは兄だけ。サリエルをいじめたら、俺が許さねぇ」

十一歳になったラーディンは、だいぶ体つきが大きく立派になって、厚い胸板を張るとすごく威圧感が出てきた。

しかしぃ、ディエンヌに似た、なんて理不尽な言い分なのだ。ぼくは認めませんよ、兄でも弟をいじめてはいけませぇぇん。

「大体な、サリエルはレオンハルト兄上の婚約者だぞ。ちょっかいかけたらどうなるか知らないのか？　ってことで、おまえとおまえはご学友候補失格だ。達者でな」

「えええぇ？　そんなぁ困ります、ラーディン様」

慌てる子息たち。でもラーディンは手を振るだけだ。

見兼ねたアレイン・オリアス侯爵子息——備考欄『ラーディンのご学友、アレイン。文武両道』ぼくより文字数多し——が彼らに説明した。

「これはラーディン様のテストなのだ。サリエル様を侮辱する者は、ご学友候補からふるい落とされる。君たちは魔王家に仕える資格がないと判断されたのだ」

ラーディンが偉そうに腰に手を当てて、さらに補足を入れる。

「当たり前だろ、サリエルは頭脳派グループのリーダーだぞ。大人になったら魔国を支える地位につく。プライドばかり高く、魔力の弱い者を見下し、本質を見誤るやつは、俺のそばに置いておけない。不相応なのだ」

それを聞いて、ぐうの音も出ない彼らは、すごすごとサロンの中へと入っていった。

アレインがテストと言うように、ラーディンはぼくをダシにして、途中参加でご学友候補に名乗り出る子息たちをふるいにかけていた。

確かに、いつか国政にたずさわるラーディンがご学友を厳しく選別するのは必要なことだ。けれど、肩を落とす子息たちの後ろ姿を見ると、同情しちゃうね。

あとね、選別のたびにぼくはラーディンにからかわれ、子供会の子たちの間で陰ながらコカトリス呼ばわりされている。ひどいっ。いやぁな感じっ。

「可哀想に。元々ラーディン兄上が言い出したことなのに、彼らを怒るのは筋違いですよ。それにこうしてご学友を選別するの、ぼくは嫌です。あとコカトリスと呼ばないでくださいぃ」

「う、怒るなよぉ、サリエル。人前でからかって悪かった。でもな、おまえをあなどる者を魔王城には入れられないだろう？　これはおまえのためなんだ。わかるよな？」

口をへの字にするぼくの肩を、ラーディンはぽよんぽよん叩いて謝る。いやぁな感じっ！

しかし、ラーディンのご学友はふたり減ったが、新顔がひとり残っている。

彼に目を向けると、その見知った顔にぼくは、あっ、と目を見開いた。

「サリエル、紹介するよ。晴れて俺のご学友に就任した、ファウスト・バッキャス公爵子息だ。彼は無口だが、おまえをあなどらないのも、余計なことを言わないのも、悪くない」

ラーディンにうながされて前に出てきた、新入りくんこと、黒髪のファウストくん。

彼は前髪を目が隠れるくらいに伸ばしていて、表情はわかりづらい。髪の長さは肩につくかつかないかというところ。ツノは、水牛のように湾曲した大きなものが横にグワッと伸びている。三大公爵家のお子様だから、魔力がいかにも多そうな立派なツノだ。そして身長が高い。ラーディンより頭ひとつ分高い。彼はすっかり大人の体格をしていた。

「こんにちは、ファウストくん。ぼくのこと笑わないでくれて、ありがとう」

ニッコリして、ぼくは握手のつもりで手を差し出した。すると、ファウストくんはぼくの手を捧げ持ち、廊下に片膝をついてかしこまった。

「サリエル様、あなたに騎士の誓いを捧げます」

そう言って、ぼくの手の甲にキスした。

ん？　チュッって、したぁ？　えええぇぇぇっ？　とぼくは目を見開いたが、ラーディンも、はぁぁぁぁっ？　と驚愕に口をあんぐり開けた。

「ななな、なんで？　おまえ、俺の騎士になるんじゃねぇの？　つか、なんでいきなりサリエルに求婚するんだぁぁぁ？」

ラーディンの質問に答えず、重い前髪の向こうから、おそらく熱くぼくをみつめるファウストくん。そこにさらなる騒動を呼ぶ声が響き渡った。

「あーーっ、サリエル様が求婚されてるぅぅ!!」

ぼくがサロンに現れなくて心配になったのか、サロンの扉から廊下に顔を出したマリーベルが、とんでもないことを大声で叫んだ。

そして、ムッと口を引き結ぶマリーベルと、おとなしやかではあるが目を吊り上げているシュナイツと、いつもの麗しい笑みを浮かべるマルチェロと、たぶんどうでもいいと思っているエドガーが、ぼくたちのほうへやってきた。

「あなた、誰よ？　見ない顔ね」

ぼくの手を持ったままのファウストくんに、マリーベルは顎をツンと突き出してたずねる。それに答えたのは、マルチェロだ。

「ファウスト・バッキャス公爵子息だよ。幼年期から騎士の演習に参加して、修練していたらしい。つい最近、子供会に顔を出すようになったみたいだね」

「へぇ、じゃあすでに騎士としての腕は確かなんだね？　すごいことです」

ファウストくんはぼくの言葉には反応して、コクリとうなずいた。

「恐れ入ります」

そこにマリーベルが、唇をワナワナさせながら指を突きつけ、告げる。

「ファ、ファファウスト公爵子息？　パンちゃんはね、私たちのパンちゃんなの。求婚しても順番は回ってきませんからね」

「順番……待つ」

言っていることは可愛らしいけど、なんか悪役令嬢みがありますな、マリーベル。

ファウストくんが、ぽつりと小さな声で言う。それを聞いてマリーベルはギョッとした。

「待つ？　だ、だってね、えっと……お兄様も入る？」

「入る、入るぅ」

マリーベルに確認されて、マルチェロが爽やかな笑顔で手を上げた。えっ、何に入るの？

「いい？　レオお兄様が第一候補。それから私とシュナイツと、お兄様の次だから、サリエル様への求婚の順番は、五番目。五番目ですわよっ」

マリーベルは手のひらを広げて、ファウストに五を突きつけた。

というか、マルチェロ。ぼくの求婚の順番待ちに入っているよ？　なんでぇ？　マルチェロはぼくの友達でしょう？　というか、これってそういう話？

「待ちます。五番目」

小さな声だけど、ファウストくんはしっかりうなずいた。え、待つの？　マジで？

「待て待て、俺も入れろ。つか、俺はレオンハルト兄上の次なっ。ファウストは六番目な」

そこにラーディンも入ってきた。もう、なんなんですか。収拾がつかないよぉ。

「ラーディン様は番外ですわ。いつもパンちゃんをいじめていますもの。バ、ン、ガ、イ！」

「いじめているんじゃないぞ？　可愛い弟に、愛のちょっかいをかけているだけだ」

「そういうの、いまどき流行《はや》りませんから」

マリーベルがぼくの右側にむぎゅっとくっついて、シュナイツも左側にくっついてくる。

ここまではいつもの感じだが、いつもと違うところは、目の前には跪《ひざまず》くファウストくんがいること、そしてラーディンとマルチェロが、なにやら視線で火花を散らしているところだ。

なんなのですか、マジのモテ期が到来？　というかこれ、どういう状況？

「みなさん、ちょっと落ち着いてください。ファウストくんは、騎士の礼を執ったのであって、求婚ではないのです」

ぼくは廊下に集まる面々に説明をしたが、ラーディンはそれを一蹴した。

「わかっていないなぁ、サリエル。代々騎士を輩出する武芸の一門であるバッキャス公爵家の者が、魔王以外に膝をつくのは求婚と同義だぞ」

そう言いながら人差し指で、ぼくをツンツンぷよぷよしてくる。

しかしその攻撃を、ファウストくんが長い腕を伸ばして遮ってくれた。優しい！

「あぁ？　おまえ、ご学友の俺より、こいつをかばうのか？」

「……可哀想、なので」

そしてファウストくんは、少し声を大きくしてしっかりはっきりと言った。

「確かに、バッキャス公爵家の私が騎士の礼を執るのは、求婚と同じくらいの気持ちがこもっていると言えます。でもサリエル様はレオンハルト様のご婚約者で、次期魔王妃に近しいお人です。だから騎士の礼を執ってもおかしくはありません。いつかあなた様のおそばで、あなた様をお守りする騎士になります、という意思表示です」

そうしてファウストくんは再びぼくの手を捧げ持ち、頭を下げた。

うわぁぁ、そんなふうに思ってくれるなんて、ぼく感激しちゃうよ。

レオンハルト兄上と結婚して、魔王になった兄上の隣にぼくが並ぶ……なんて。照れ照れしつつも、今はまだ想像もできない。

でも、将来ぼくを守る騎士になるって言ってくれるのは嬉しいなぁ。

「ちょっと待ったぁ。サリーの騎士は私ですが？」

しかしマルチェロが手を上げた。

えぇぇ？　いい感じに話がまとまりそうだったのにぃ。それにマルチェロは面白がっているだけでしょ。いつもの微笑み以上に、にっこにこだもん。

ファウストくんは前髪の向こうから、じろりとマルチェロを睨《にら》む。

「マルチェロ様は騎士としての修練はなされているのですか？　真の騎士になる気があるのですか？　バッキャスの私より強くなる自信がおありで？」

なんか、ファウストくんは無口という印象があったけど、ぐいぐい畳みかけてくるね。マルチェロもたじたじだ。

「いやぁ、さすがにバッキャスとは張り合えないけど……」

「おい、待て待て。つか、サリエルが本当に兄上と結婚するかどうかなんて、わからないじゃん？　まだ子供だし」

言い淀むマルチェロにかぶせて、ラーディンが空気読まない発言してくる。しかしぼくは、それには口をへの字にして言い返した。

「ラーディン兄上、それは聞き捨てなりません。不吉なことは言わないでください。まったく、いっつも意地悪なことを言うのですから。もうっ。もうっっ」

「意地悪じゃねぇし。つか、不吉だと思ってんのかよぉ？　兄上以外におまえにも、す、す、好きな人が、できるかもしれないじゃん。ほら、たとえばここにいるやつらの中とか？」

そりゃあ、兄上に捨てられてしまったら不吉以外の何物でもないじゃあないですかぁ。それにぼくの気持ちを勝手に決められては困ります。

ぼくは鼻息をふんふん荒くして、ラーディンに断固抗議する。

「ぼくはまだ子供ですが、婚約の話をいただいたとき、ちゃんと兄上と結婚をする気持ちでお受けしたのです。子供の真剣も、立派な真剣なのです。簡単に心変わりなどいたしません」

「恋をしたこともないのに、そんなこと言えるのか？」

「こ、こここ、恋はまだでも、兄上を悲しませてまで貫く恋など考えられません」

そう言うとラーディンは鼻で笑った。今日はずいぶん挑発的じゃない？

「わかってない。ぜーんぜん、わかってない。恋ってのは、落ちるんだ。溺れるんだよ。自分ではどうにもできねぇの。それが恋っ。兄上が泣いてもわめいても、本当の恋をしたらサリエルは兄上を捨てるんだっ！　婚約破棄するんだっ！」

ビシィィィと指を突きつけて断言され、ぼくは愕然とした。

よくわかんないけど、すっごくショック！

「そそそ、そんなこと、ないもーん。ラーディン兄上の、ばーーーーかっ！」

ぼくは、オコです。ちょーーブチギレです。頭に血がのぼって、ファウストくんの手も、体にくっつくマリーベルもシュナイツも振り払うと、脱兎のごとくその場から逃げ出した。

ラーディンを言い負かせる話術や自信が今のぼくにはない。でももう、不吉で嫌な言葉を聞きたくなかった。だから逃げるのだ！

ぼくが兄上を泣かせるぅ？　そんなこと、ぼくは絶対いたしませーーーーーんっ！

廊下を一生懸命走る、ぼく。しかしその後ろをマルチェロとミケージャが余裕でついてきていた。

「な、なんでぇぇ？　ぼくは、全力疾走、なのです。なのに、なんでついてこられるのですかぁ？」

「それは仕方がないよ、サリー。リーチがあるからねぇ」

マルチェロは世間話をしているような、なんのつらさも感じていないような顔と声で答えた。しかも長い足を見せつけて、まるで飛ぶように走っている。ぼくは、息切れが、い、息切れがぁっ……

「誰も、サリーがレオを捨てるとか、婚約破棄を言い渡すとか、思っていないよ。ただサリーの婚約破棄を、みんな虎視眈々《こしたんたん》と狙っているだけさ」

のほほんとマルチェロは言うが、ぼくは恐れおののく。こしたんたん……

「でもね、サリーが気持ちをしっかりと持っていれば、すべて君の望むままになる。婚約破棄したくないのなら、そうしなければいいだけだよ。だから、ラーディンの言うことなど右から左に流してしまえばいいんだ」

マルチェロの助言を聞いて、胸につかえていたものがストンと落ちた気がして、ぼくは足を止めた。それでも憤懣《ふんまん》やるかたない気持ちはなかなか拭えなくて、への字口は直らない。

「ラーディン兄上が意地悪だから、怒ったのです」

「はは、それはね、彼もいろいろこじらせているようなんだ。魔王の次男で、なんでも思い通りになる彼は、サリーだけが思い通りにならなくて、気になってしまうんだろうね」

マルチェロはそんなふうに言うけど、ラーディンはあれでも優秀な人なのだ。

「そのような……魔王から受け継ぐ魔力も潤沢《じゅんたく》。いずれレオンハルト兄上の近臣《きんしん》となる方です。ご学友も多く文武両道で、なんでもできるしなんでも手に入れられる。ぼくなど眼中にないはずですよ」

「そう思っているのなら、あれは放っておけばいいよ。私はこれ以上敵を擁護する気はない」

「敵、ですか？」

ぼくは、ラーディンとマルチェロは次代の魔国で肩を並べていくべき人物だろうと思っていたから、敵という言葉を聞いて首を傾げる。

「……私と同じく、レオの右腕を狙っているだろうからね」

「あぁ、なるほど。ライバルですね？　ではぼくは、兄上の左腕を目指しますね。そうしたら右腕になったマルチェロとずっと一緒にいられます」

「うーん、そうだねぇ。嬉しいけど……真ん中には絶対レオがいるよね？　うーん」

それはそうだ。そんな当たり前のことを言うマルチェロに、ぼくはまた首を傾げる。そばにいるミケージャは「受難ですなぁ」とつぶやいて苦笑いしていた。

「それより、サリー。ファウストと知り合いだったのか？　いくらなんでも初対面で求婚はしないだろ。いつの間に？」

「あぁ、それは……」

それはちょっと長い話になる。マルチェロにたずねられたぼくは、子供会のサロンには入らず別室を用意してもらって、そこで話をすることにした。

しかし、その用意してもらった部屋ではなぜか、というか当たり前のように、マリーベルとシュナイツとエドガーがすでにお茶をしているぅ？

「パンちゃんがあのように怒るのは、珍しいのですもの。私も心配なのですわぁ。パンちゃんはいつものほほんとしているのにね。たとえディエンヌが相手でも、そんなに怒らないのではなくて？」

給仕係にいれてもらった紅茶をたしなみながら、マリーベルが言う。

優雅な彼らを目にし、ぼくとマルチェロは顔を見合わせ苦笑した。そして円卓の椅子に腰かけ、話し始めたのだった。

「ラーディン兄上は、昔からあのようにデリカシーのないところがあるのです。慣れてはいたのですが、さすがに婚約の話をされたら怒ってしまい……というより、不安になってしまったのです。ラーディン兄上はレオンハルト兄上と実の御兄弟。ぼくと兄上の婚約をご家族が反対しているのではないかと思うと、心中穏やかではいられません」

ぼくは紅茶をひと口飲み、ひと息つくと同時に重いため息も吐き出した。

「でも、ラーディン兄上の気持ちはわかります。レオンハルト兄上はとても優秀な方ですから、兄上なら誰を望んでも、きっと縁談を断る方などいないでしょう。だというのに、このメジロパンクマが婚約者になったのですからね。ラーディン兄上は、レオンハルト兄上を崇拝しておりますから、ぼくではお気に召さないのでしょう」

あぁ、また自虐の言葉がデロデロとあふれ出てきてしまった。ネガティブな言葉というのは、どうして次から次へととめどなく出るのだろう。

そうしたらマルチェロに、額をチョンと人差し指でつつかれた。

「また、そんな汚泥《おでい》のような発言をドロドロと、これでもかというほどに垂れ流す」

「そうよ、そのメジロパンクマなところがいいのじゃなぁい？」

マルチェロの言葉にマリーベルが付け足すが、そこにシュナイツがかぶせてくる。

「マリー。ここは、その励まし方ではダメなんだよ。私はメジロパンクマを至上最強に可愛いと思っているが、私たちが可愛いと思うものを万民も可愛いと思うわけではないのだからね」

シュナイツはそう言ってから、柔らかい笑みを浮かべてぼくをみつめる。

「しかしサリエル兄上、私はラーディン兄上とは違います。ラーディン兄上が反対してもこのシュナイツは婚約に反対……したいような気もするけど、涙をのんで、涙をのんでぇ……」

うん。励ましたい気持ちはなんとなく伝わったよ。

それにしても、もしかしたらぼくの周りには婚約破棄虎視眈々《こしたんたん》勢《ぜい》しかいないってこと？　だ、大丈夫。ミケージャはたぶんその勢力ではないから……たぶん。

「もう、その話は収拾つかないから置いておいて。ファウストの話をしてください」

エドガーがかなり乱暴に話の筋を戻してきた。

そうだね、ネガティブ時間は終了しよう。大体ぼくは、楽しいことだけを考える新しいぼくに生まれ変わると誓ったばかりなのだ。つい自虐が発動してしまうのは、ぼくの悪い癖。反省だ。

というわけで、ぼくはいつものぼくになり、話をファウストくんに戻した。

「ファウストくんとは、先月の子供会のときにはじめて会いました」

ぼくらのグループは、子供会では大体勉強会をしている。しかし先月の子供会では、マリーベルがお勉強は飽きましたぁと言い出し、少し外で遊ぼうということになった。

「手繋ぎ鬼をしましょう」

これはインナーに教えてもらった子供の遊びである。地域によって遊び方は違うらしいが、鬼が相手を追いかけて、捕まえたら手を繋ぎ、さらに他の子を追いかけて捕まえたら手を繋ぐ。どんどん鬼の手の先に獲物が伸びていく……という、追いかけっこがスタンダードらしい。

でもぼくらは人数少なめなので、かくれんぼをプラスした。

鬼にみつかった人が手を繋いでいくのだ。説明したらマリーベルが面白そうだと言って乗ってきたので、マルチェロが鬼でスタート。なお、ディエンヌの閉じこめ事件があったから、室内はなし。建物から見える範囲の庭だけでやった。

そうしてぼくは、マルチェロから隠れる場所を探して庭をあちこち移動していく。

ぼく、追いかけっこは足が短いから苦手だけど、かくれんぼは得意なんだ。

そんなところに隠れていたの？　と鬼に言われるようなところにいつも隠れるからね。むふん。

それで、身を潜めようと思って木の陰に入ったら、先客がいたのだ。膝を抱えて座る彼は、黒いズボンに黒いジャケット、すごく艶《つや》めいた黒髪で、前髪が長くて、目はあまり見えない感じ。

そして、ぼくは彼を見て驚いた。だって久々に長い備考欄があったから。

『攻略対象その三、ファウスト。冷虐の黒騎士。最初は冷たいが、寄り添っているだけで好感度がアップする。仲良くなると無条件で体を張って守ってくれるよ。暴漢イベの前に攻略しないとマズイ』

き、きたーーっ、三です。攻略対象その三。

四年がかりでとうとうみつけたその三に、なんだか感慨深くなる……なんて、ひとりで感動に浸っていたけれど、彼にはわからないことだね。彼はただ、ぼくを見上げているばかりだ。

あ、でもそろそろ隠れなければならない。

彼は子供会に来るお子様というより、付き添いの人くらいに体が大きかった。なので、彼の横に座ってマルチェロの視界に入らないようにする、という作戦を立てた。いけるよ、これ。

というわけで、ぼくは彼の隣にプヨッと腰かけた。声掛けもなく唐突にぼくが横に座ったので、彼はちょっと驚いたみたいだけど、しばらく無言でジッとしていた。

風が吹き、葉が擦れる、そんな普段聞こえないような音が聞こえる。静かな時が流れていた。でも、何もしゃべらないのは、やはり気詰まりである。

「あの、今日はじめて子供会に来たの？」

そう聞くと、彼は小さくうなずいた。

子供会は終盤戦だった。一番年長のラーディンが半年後には学園に入学するからだ。その後も、シュナイツが学園に入るまで子供会は続くが、年々参加者は少なくなる見込みである。

ファウストくんは大きいから、年長さんなんじゃないかって思った。しかし、だとするとお友達をこれから作るのは大変かもしれない。ここでこうして、ひとりでひっそりしているということは、シュナイツのときみたいに、あまり積極的にお友達を作りたくない系かもしれないな。あのときのシュナイツは、ディエンヌから逃げていた感じが強いけど、子供会に馴染《なじ》んでもいなかったのだ。

「ぼく、かくれんぼの最中なのだけど。ここにいていい？」

聞くと、また小さくうなずいた。無口だね。

でも、備考欄に書いてあるみたいに冷たくはなかった。ここにいてもいいって言ってくれたもの。

それからは結構長い間、無言でいた。ただ、ひっそりと、ふたりでくっついたままで。

そうしたら、マルチェロが探しに来る小さな音が聞こえた。

「お、鬼が、来た。隠れさせてぇ」

ぼくはひそひそ言って、ファウストくんの黒いジャケットを頭にかぶった。彼の体の陰にもちぃと引っつく。彼は黙ったままだけど、どうやらぼくをかくまってくれるみたい。備考欄には『寄り添うと好感度アップ。仲良くなると体を張って守ってくれる』と書いてあった。まだ仲良しではないかもしれないが、寄り添うぼくを守ってくれるのだから、備考欄の内容は当たっているみたい。

そんなことを思っているうちに、近くでガサガサ音がして、マルチェロの声が聞こえてきた。

「あっ、君はファウスト・バッキャス公爵子息。はは、ずいぶんのんびりとした登場だね？」

「……マルチェロ・ルーフェン公爵子息。騎士団演習上がりです」

ファウストくんはマルチェロと知り合いみたい。でもマルチェロが名前を言ってくれたから、これでぼくも名前を呼べるな。備考欄で知ったけど、いきなり名前を呼んだら驚いちゃうもんね。

「実はかくれんぼをしているのだが、うーん、ここにはいないいなぁ……」

お、マルチェロはぼくに気づいていない様子。よしよし。

「と見せかけて、この不自然な丸みはぁ？　みつけたぁ、サリー」

「ぎゃあああ、みつかったぁ」

マルチェロにお尻を引っ張られてしまい、ぼくはファウストのジャケットから頭を出した。

「典型的な、頭隠して尻隠さずだったから、笑いをこらえるのが大変だったよ。ははっ」

そう言いつつ、マルチェロはもうこらえることなく笑い始めた。というか、笑いすぎだ。

そうして、ぼくと手を繋ぐ。鬼に捕まったので、それがルールである。しかしマルチェロは次を探しに行くのかと思ったのに、そのままぼくの横に座った。

「……探しに行かないの？」

「えぇ？　いいんじゃない？　私はサリーと手を繋げたら終了でいいよ」

ぼくの手をニギニギして、マルチェロは麗しい笑みを向けてくる。

「あぁ、この手繋ぎ鬼というのを考えた人は天才だね。きっと彼《か》の人も、好きな人と手を繋ぎたかったに違いない」

「またそのような気障《きざ》なことを言ってぇ。ぼくは誤魔化《ごまか》されませんからね」

「えー？　ここでサリーとお昼寝したいぃ……」

「いけませぇん。それでは、手繋ぎ鬼にならないではありませんか。ほら、マリーベルたちを探しに行きますよ……。そうだ、ファウストくんも手繋ぎ鬼、する？」

ぼくは、今までぼくをかくまってくれたファウストくんに手を差し伸べた。もしも子供会の輪に入るきっかけがなくて途方に暮れていたのなら、お手伝いができるかと思って。

ファウストくんは、よく見えなかったけど、なんとなく感動したような顔になり、そろりと手を上げ、ぼくの手を取ろうとした。

「ファウスト様ぁ？　どこですかぁ？　ラーディン殿下がお見えになりましたよぉ」

しかし、たぶん従者であろう人に名を呼ばれ、ファウストくんはぼくの手を取らないで立ち上がった。

「またね、サリーちゃん」

そっと笑って、彼は声のしたほうへと行ってしまった。

立ったとき、マルチェロよりだいぶ背が高かった。もしかしたらレオンハルト兄上と同じくらいあるかも。やっぱり彼は大きいお子様だった。


「ということが先月ありました」

備考欄のところを伏せてファウストくんと会った経緯を話した。

ちなみにその後の手繋ぎ鬼は、ぼくと手を繋ぎたかったマリーベルが自ら出てきたことにより、シュナイツ、エドガーも出てきてしまい、かくれんぼにならずグダグダのうちに終了したのだった。

それはともかく、ぼくの話を聞いてマルチェロはうなずく。

「あぁ、はいはい。そんなことあったねぇ。一瞬だったから印象が残っていなかったよ」

そう話していると、コンコンと扉がノックされた。子供会で使用する部屋は基本扉を開け放しているので、すぐに誰かわかる。ドアから顔をのぞかせたのは、今話に出ていたファウストくんだった。

「サリエル様。少し、お話をよろしいでしょうか？」

礼儀正しく許可を求めてくるので、ぼくはどうぞと言って円卓に招く。そうしたらファウストくんはぼくのそばに寄って、また跪《ひざまず》いてしまった。ぼくは慌てて席を立つ。

「ひえ、もう騎士の礼はいいですから、立ってくださいませ」

立位を許された騎士は、ぬっと立ち上がる。

ぼくは、とっても高い山を見上げるような気持ちになり、口をまぁるく開けた。

「すみません。席に、お座りください。見上げるのがつらいので」

ミケージャが新しい椅子を持ってきてくれたので、ぼくはそれをすすめた。ぼくの隣にファウストくんが座り、場を譲ることになったシュナイツは拗《す》ねて、ちょっと頬が膨らんでいる。

「先日は、サリエル様と知らずご無礼をいたしました。サリーちゃんなんて、呼んでしまって」

前髪で目は見えないが、彼の頬がちょっと赤くなっていた。

「私はちょっと、人見知りの気がありまして。私は幼少の頃から大人たちに囲まれて育ちました。みなさん子供の私を気遣ってたくさん話しかけてくださったので、話しかけられたときの対応はできるのですが、同じような年の子にこちらから話しかけるという機会が今までなくて、どう人の輪に入っていけばいいかわからず、先月は途方に暮れておりました」

「わかる。新しいコミュニティーに入っていくのは、最初は怖いよね？　ぼくもそうだよ」

首を縦に動かして、ぼくはしっかり相槌を打つ。

本当に怖いんだもん。ぼく相手だと、みなさんもっちりをいじってくるしね。でもビビりながらも友達を求めて新しい一歩を踏み出すのである。

「私は十二歳です。来年はラーディン様とともに学園に入るので、先月はラーディン様にお会いするのが一番の目的でした。父上からラーディン様のご学友になるよう、きつく言い渡されていたのです。でも、彼が子供会に遅刻したので、その間サロンで待っていたのですが……体が大きいからか、何もしていないのにお子様が怖がったり泣いたりして、近寄ると蜘蛛《くも》の子を散らす勢いで逃げられて……サロンは大騒ぎに」

あぁ、と内心で嘆いてしまう。

お子様は心のままに動く。自分より背が高いとか、もっちりとか、ツノなしとか、そういう見た目の理由で、無視したり大袈裟《おおげさ》に騒いだりするものだ。新入り相手でも容赦はされない。

ファウストくんは勇気を出したのに、報われなかったみたいだね。

「いたたまれなくて庭に逃げていたのですが、そんなときにサリー……サリエル様が私に声をかけてくださったのです」

「えぇ？　ぼく、特に何もしなかったのに」

それどころか、かくれんぼの隠れ蓑《みの》にしてしまったというのに。

「大きな私を怖がらず、無口な私を嫌がらなかった。黙って、ただ寄り添ってそばにいてくれたことが、私の気持ちに寄り添ってくれたみたいで、心地がよくて、とても嬉しかったのです」

ファウストくんの気持ちを知り、ぼくは彼が傷つくばかりではなかったのなら良かったと思う。

子供会がトラウマになって、もう来たくないとか思われたら悲しいからね。

「だから、優しくてお可愛らしいサリーちゃんに、今度会ったら求婚しようと思って。今日は、そのつもりで子供会に来たのです」

ファウストくんは拳を握り、声を大きくして告げた。

へえぇぁあ？　なんですか、その急展開は⁉

でも思い出してみると、備考欄には『寄り添うだけで好感度がアップ』と確かに書いてあった。

しかし、求婚するほどに好かれてしまうとは……

いやいや、だけど求婚はいろいろと省きすぎだ。親御さんの事情などもあるだろうし、やっぱり展開早すぎだぁ！

「でも、まさかサリーちゃんが、魔王様の三男のサリエル様だったとは。レオンハルト様の婚約者の方に求婚まがいのことをしてしまい、本当に申し訳なく思います」

「大丈夫ですよ。婚約も公《おおやけ》にしていませんから、知らない人は知らないですしね」

そんなに恐縮するようなことは、ファウストくんにはされていないのだ。ラーディンは別だけどっ。

「ですが、庭でサリエル様にお会いしたのも何かの縁。学園に入学するまでの短い間ではあるでしょうが、よろしければ私をお友達にしていただけないでしょうか」

自分で人見知りだと言うし、あまり人としゃべるのが得意ではないのだろうけど、小さな声でぽつぽつと一生懸命言ってくれる。そんなの、断る理由なんかないよ。

「ラーディン兄上のご学友という地位は、とても大切なものです。王族のそばにいることで得られるものは多くあるでしょう。でも兄上のご学友が、ぼくと友達になってはいけないということはありませんね。ファウストくん、ぼくと友達になってください」

ぼくがそう言ったら、重い前髪の隙間からキラキラした黒い真珠のような目が見えた。そっと笑ったファウストくんは、すっごく美形だった。

「ファウストとお呼びください。未来永劫、あなた様を悪《あ》しき者の手からお守りいたします」

握手しようと差し出した手を、ファウストくん——ファウストは回転させると、手の甲にキスした。このくだり、二回目！

「もうっ。お友達なんだから、そんなにかしこまらないのっ。リラックス、リラーーックス」

「そうよ、あなたは……五番目だったか、六番目だったか……とにかくパンちゃんに求婚する資格は、ずーっとあとになるのですからね」

ぼくが手を引いて言ったら、マリーベルもそう言う。

「五番目です。ラーディン様は番外なのでしょう？　あぁそういえばラーディン様が、サリエル様に謝っておいてくれって言っておりました。言う義理もありませんが……」

ファウストはぼそりと、付け加える感じで言った。

「いや、義理はあるでしょう？　ラーディンのご学友なのだから。一応」

マルチェロのツッコミに、ファウストはムッとした表情を見せる。

「ラーディン様のご学友ですが、サリエル様の騎士なので。こちらが優先です」

「ダメぇ。サリーの騎士は私が一位。君は二番手」

「……くっ、子供会を甘く見ていた。出遅れがこれほど響くことになるとは……！」

からかうマルチェロを見て、ファウストは本気で悔しがっていた。

もうお友達がいっぱいになって良かったね、ファウスト。

そうして攻略対象その三である無口で優しい黒い騎士様は、ぼくの友達になったのだった。

★★★★

子供会を終え、屋敷に戻ったぼくは、兄上の帰宅をエントランスで待っていた。

というのも、大変ショッキングなことを耳にして、兄上に早くその件について確認したかったのだ。

「サリュ。今日、バッキャスの後継に求婚されたって？　あまつさえ、ラーディンに泣かされたと聞いたのだけれど？」

兄上は笑顔で帰宅したのだが、その口からはしっかりと牙が見えていた。

普段、兄上の牙はそれほど目立たないのだが、怒るとクワッと出張る。わかりやすいね。そして額のツノも赤くなりかけていた。な、なんでぇ!?

「怒らないでくださいませ、兄上。さすがに十歳にもなって人前で泣きませんから。ファウストのことも、お、お友達になったのです。求婚などという大袈裟《おおげさ》なものではぁ……」

ぼくは丸い手を開いて、どうどうと兄上を落ち着かせた。まぁ求婚されたと言えばされたのだろうけど、今は友達なのだ。余計な波風を立てる気はない。ラーディンのこともね。

ファウストはバッキャス公爵家という武芸に秀でた御家柄なので、長男のファウストが騎士になったら兄上の警護に当たるのはほぼ確実なのだ。

兄上と実の兄弟であるラーディンも、政務よりは騎士寄りに動いているようなので、おそらくいずれ魔王となる兄上を、ラーディンとファウストの最強タッグで守護する形になるだろう。

ならば、いらぬ諍いは回避しないとね。

「ラーディンに傷つけられたのだろう？　そばに寄せないようにしてやっても良いぞ」

兄上は、ぼくが『ばーーーーかっ！』と言いながら逃げたということも、誰かに聞いているのだろう。うぅ、そんな恥ずかしい報告しないでぇ。兄上が心配しているのはわかっているけどぉ。

「人前で醜態をさらしてしまい、申し訳ありません。でもラーディン兄上は、もしかしたらぼくと兄上の結婚には反対なのかもしれないって思ってしまって、悲しくなったのです」

「……ラーディンが何を言おうと、私たちの結婚が揺らぐことも覆《くつがえ》ることもない。両親が納得しているのだ。アレの言葉は聞かなくて良い」

兄上が否定しないということは、やはりラーディンは結婚に反対なのかもしれないな。でも、兄上の言う通り気にしないようにしよう。難しい話は兄上に任せる約束だからね。

「そのようにいたします。ラーディン兄上の気性はよく承知していますから、遠ざけることもありません。兄弟仲が悪いと邪推されるのは嫌です」

ラーディンは素直で、思っていることが顔や言葉に出やすいのだ。それを隠そうとするときに、嫌味な感じになったり、からかったり、偉そうな態度を取ったりして誤魔化《ごまか》すんだよね。子供のときからの付き合いなので、そういう性格はわかっている。

とはいえ、言葉の槍に突かれた胸は痛い。

傷ついたのではない。兄弟喧嘩が尾を引いているような、深刻ではない感情なのだ。

そんなぼくの頭を兄上は撫でてくれた。そして少しだけ目を瞠《みは》る。

「お？　身長が伸びている」

「ほ？　本当ですか、兄上っ！」

身長が伸びるのは、ぼくにとっての一大事である。

ぼくは満面の笑みで兄上を見上げたが……兄上は、からかっているときの笑みでぼくを見ていた。

「あぁっ！　嘘ですねぇ？　でももしかしたら伸びているかもしれません」

「そうだなぁ。早く大きくなれ。さぁ、夕食にしようか」

ぼくのクサクサした気分を治すためなのか、兄上はぼくの最重要事項である身長の話で気を紛らわせる。

お優しいぃ。でも本当だったら、もっと良かったけど。


ダイニングルームで食事中、ぼくは今日耳にしたことを切り出した。こちらが本題である。

「兄上、ぼく今日の子供会で、マルチェロから聞いたのです。マルチェロがディエンヌと、こ、ここ、婚約をしたそうなのです。する、ではなくて。した、なのですぅっ」

「そうだな。事前に話は聞いていたよ」

兄上は麗しのご尊顔をゆがめることもなく、そう言った。驚かないということは、知っていたということだ。

「そんな……ぼくは今日そのことを知ったのです。先日、マルチェロと買い物に行ったときに、帰りの馬車の中でそうするって言ったと彼は言うのですけど、ぼくは寝ちゃっていて聞いていなかったのですぅ。兄上は知っていたのですか？　どうして止めてくださらなかったのですか？」

「彼には彼の思惑があり、そして家同士の契約でもある。魔王家とルーフェン家の結びつきを強固にするために彼は決断したんだよ」

家の話をされてしまうと、ぼくは弱い。ぼくとマルチェロは仲の良い友達だが、ぼくは成人したらドラベチカ家の者ではなくなってしまう。魔王の三男ではなくなるぼくとマルチェロが友達として結びつきが強くても、家の繋がりとしては弱いのだろう。むむぅ。

ぼくはチキンのソテーをもぐもぐしながら、眉間に皺を寄せるのだった。

「兄上、マルチェロとディエンヌの婚約は、どうにかならないのでしょうか？」

「どう……とは？」

もうっ。兄上はぼくの気持ちをわかっているくせに、優雅にスプーンでスープをすくって飲み、ナプキンで口元を拭っている。はぐらかそうとしていますねっ？

「おわかりでしょう。ディエンヌはぼくの妹ながら、とてもではないけどおすすめできません。ルーフェン家にご迷惑がかかったら大変ですよ？　あの、やらかして周囲をかき回すお騒がせ令嬢なのですから、マルチェロとディエンヌなんてありえません。なんか、嫌ですぅ！」

ムッと口を曲げて、ぼくは肉を食う。怒るとなんでか食欲が増幅するのだ。

どういう原理なのかな。怒りながら食べると、いつの間にか肉が消えるという怪現象に悩まされている。おかわりするとインナーが怒るから……やめておこう。むむぅ。

「どうにか、ねぇ。もう婚約の儀は成立しているからなぁ。うーむ」

ぼくがこれだけ言っても兄上はのらりくらりだ。……はっ、もしかして。

「まさか兄上がマルチェロに、ディエンヌとの婚約をすすめたのですか？　ドラベチカ家とルーフェン家の絆《きずな》を結ぶために？」

たずねると、兄上は切れ長の色っぽい目を見開いて、こちらを見た。

「まさか。あの娘をマルチェロにすすめるなど……そのような悪魔の所業は、いかに次期魔王と目《もく》されている私にも、さすがにできぬ」

「……ですよねぇ」

魔王候補筆頭の兄上に、悪魔の所業と言わしめるディエンヌ。どんだけぇ？

「サリュと婚約したときに少し話をしたが、貴族同士の婚約というのは、家同士の結びつきを確約するという契約に近い意味合いがある。今回は、いずれあなたの家の娘とうちの息子が結婚するから、魔王には敵対しないよ、という約束だ」

「マリーベルとシュナイツの婚約では、足りないのですか？」

「四男のシュナイツは、魔力が多いので王家から出て家を興すことができる。シルビア義母上《ははうえ》の生家であるベルフェレス公爵家は後継に恵まれなかったので、シュナイツがベルフェレスになる可能性もあるのだ。あちらの婚約は、強大な魔力の血脈の存続という意味合いが強い。つまり、シュナイツはドラベチカ家ではなくなるかもしれないので、サリュが言うように足りないと言われれば足りないな」

魔力の強さが物を言うこの魔国では、より強大な魔力を子供に求める傾向があり、だからこそ、魔力がほぼないぼくなどに魔王は目もくれない。

家同士の結束や、血脈の存続などといったものは政治的な思惑も絡まる話だから、子供のぼくがわからないまま口を出してはいけないことなのかもしれない。

たとえば、ぼくの大好きなお友達が、何かとやらかす妹と婚約だなんて嫌だなぁ……なんて、ぼく個人の感情的なことを言い出したらいけないのかも。でも、嫌なのだけどぉ。

「あのぉ、ちなみに。ぼくと兄上の婚約には、何か意味合いがあるのでしょうか？」

「……サリュは私のものだから誰にもあげない、という宣言だ。しかし、大々的に発表できていないせいで効果が薄いのが悩ましいところだな」

うーん、大した意味はなさそう。それはそうだ、ぼくはツノなし魔力なしの落ちこぼれ魔族だし、やんごとない家柄でもないからね。はい、わかりましたぁ。

ぼくが大きくうなずきを返すと、兄上は「本当にわかっているのかなぁ」とつぶやいた。

「ディエンヌのやらかしは貴族内に広まっていて『あの娘を嫁にするのは無理』という者が大半だ。もしかしたら、ディエンヌの縁談は外国も視野に入れなければならないか、と父上も悩んでいたところだったから、手を上げてくれたルーフェン家には感謝してもしきれないな」

さもありなん。子供会でいろいろ騒動があったからねぇ。

ドレスビリビリ期に続いて、取り巻き以外のお子様を魔法でケガさせるのはしょっちゅうだった。

あぁ、まったくかばえません。妹なのに、かばえませんっ。

しかし、そんなディエンヌとの婚約を決めたルーフェン家は、ドラベチカ家にとってはありがたい存在なのだろう。でも相手がマルチェロだから、ぼくは簡単にはうなずけない。

ぼくの感情が、ものすっごく嫌だと言っているのだっ。

「でもそれでは、マルチェロがディエンヌとの縁談を望んだということなのですか？」

ルーフェン家が手を上げたというのは、マルチェロが了承したからということになる。なんでぇ？

「それはマルチェロの意思だから、彼の気持ちはお友達のサリュが聞かないとな」

「教えてくれないのです。でもディエンヌと婚約しても、ぼくとお友達なのは変わりないからと言ってくれて。だから、ぼくもそれ以上は聞けなくて」

「だったらサリュは、マルチェロが困ったときには手を貸してあげればいいよ。それが真のお友達というものだろう？」

兄上の助言を聞いて、ぼくはしっかりとうなずいた。妹のやらかしによってマルチェロが傷つかないよう、ぼくがそばで見ていてあげよう。

「わかりました。ぼくが、ディエンヌからマルチェロを守ります。だってぼくは、完全無欠の尻拭いですからっ」

宣言し、ぼくは意気揚々と食後のデザートであるももんもゼリーを食べるのだった。

ももんもの果汁がツルンとしたゼリーに溶けこんでいて、果肉もたくさんで、んん、うんまぁーい。気がかりがなくなったあとのデザートは、なんて美味しいのだろう。

おかわり……はインナーが怒るか。むぅ。

「それがいい。それに、これも前に言ったことだが、もしもどうしても人間性が合わないときには婚約を解消しても良いのだ。近頃は人々の前で相手の悪事を暴露して、己の正当性をアピールするのが流行《はや》っているようだよ。断罪と言うらしい」

「なんですか、それは？　人々の前で婚約者に怒られるのですか？　怖いんですけど」

ぼくは驚愕して、身をぷるんぷるん震わせた。もしも大勢の人の前で、赤いツノを出した兄上に怒られたりしたら、ぼく、漏らしてしまう。

でも兄上は、軽い感じで笑い飛ばした。

「はは、サリュには関わりのないことだ。サリュはそもそも、悪事を働かないだろう。ただ、正当な理由を提示して婚約破棄する若者が増えているということだ。つまりマルチェロの人生も確定したわけではない。サリュが難しく考えなくていいんだよ」

あぁっ！　婚約破棄ぃ⁉　その話は、タイムリーすぎだ。

指を突きつけて婚約破棄するんだと断言した、ラーディンの言葉と態度が脳裏に蘇ってきて、ぼくの心臓がバッキュンバッキュンする。

いいえっ！　ぼくは兄上と婚約破棄なんかいたしません！

「大丈夫です。ぼくは兄上を……泣かせたりしませんからねっ」

ぼくはキリリとした強い視線を兄上に向ける。兄上はなんのことかわかってなさそうだったが、別にいいのっ。これはぼくの、心の宣言なのだから。

もしも大人になっても兄上がぼくを望んでくれたら、ぼくは兄上と、け、け、結婚いたしますっ。

それまでには、きっとやせます。

脳裏に浮かぶ情景は、兄上と腕を組んでバージンロードを歩く、ぼく。

今はまだ想像の中では、兄上の腕にブランブランぶら下がるまぁるいニワトリだけど、結婚式の会場で兄上が笑われたりしないように、スリムでセクシーなスレンダーボンバーボディを目指して……

必ずオヤセになってみせますからぁぁぁぁ!!

★★★★

ということで、次の子供会でぼくはみなさんの前で宣言をした。

「ぼくは、オヤセになりますっ。みなさんも手伝ってくださいませ」

子供会では、みなさんがそろってから何をして遊ぶのかを決めるのが定番だ。円卓に腰かけ、ぼくがまぁるい手で拳を握ると、早速マリーベルが言った。

「いやぁよぉぉ、オヤセなパンちゃんなんて、パンちゃんじゃなぁぁい」

「私はサリエル兄上がどんな兄上でも可愛らしいと思いますが、このメジロパンクマのフォルムが兄上の魅力のひとつだとも思うのですっ」

シュナイツもそれに乗っかってくる。やはり、どことなくぼくをディスっているように聞こえるね。

「私はお手伝いします。まずは軽い運動からはじめたら良いですよ。剣術なら私がお相手いたしますし、騎士団の強化訓練も指南できます」

そこにファウストがおずおずと言ってくれた。良かった、ダイエットの協力者ができたよぉ。

「そういうことなら、私もサリーに付き合うよ。騎士団の訓練に興味がある」

マルチェロも協力してくれるって。ぼくは目をキラキラさせて彼らをみつめた。

「ぼくは、運動はいたしません」

エドガーがそう言って水を差してきたが……まぁいい。

そんなやり取りをしてから、ぼくらは子供会で使う庭の奥のほうにあるガゼボに向かった。

ガゼボは庭の隅にある屋外の休憩所のような場所で、インナー的に言うと四阿《あずまや》である。上から見ると六角形になっていて、漆喰の白い柱が六本立ち、屋根もある。柱と同じ材質の机と椅子も備えつけられていて、給仕係がお茶やケーキを並べればたちまち小さなお茶会会場になった。

マリーベルとエドガーは『汗臭いのは嫌』と言って、そこで優雅に紅茶をたしなむことにしたらしい。

『小さなギリシャ神殿みたいなところで、可愛いマリーベルとエドガーがお茶をするなんて、リアルお人形さんごっこみたいじゃね？　そういうおもちゃのセット、あったよ。懐かしいぃ』

なんて、インナーは言っている。

そんなほのぼのとした彼らが見ている前で、ぼくは軍隊ばりの訓練を受けさせられていた。

ポンチョと上着をミケージャに預け、シャツとズボン姿で、今ぼくは庭を走っている。

「サリーちゃん、足をもっと上げて、手を振って、そうそう、はいはいっ」

ファウストの掛け声で、ぼくは短い手と足を一生懸命動かした。

『これはっ、修行のときに必ずバックに流れる、あの映画音楽が相応しいっ』

そうインナーが言って、心の中でチャンチャカチャンチャカとメロディーを口ずさみ始める。知らんがな、と思いつつ……なんか、なんでか猛然とやる気になるのが不思議だった。

それはともかく、ファウストは無口で控えめな印象だったが、剣術や訓練となると重い前髪の向こうの目がギラリとして、声もはきはきして、戦闘モードの鬼軍曹になるのだ。

というか、こんなにきついなんて、聞いていないんですけどぉ？　息が、続かぬ。息がぁぁ。

でも、一緒に訓練するマルチェロとシュナイツは顔色がまったく変わっていないから、ぼくもがんばらなくちゃ。インナーが歌う、徐々にテンションが上がってくるメロディーを背に、気持ちを奮い立たせた。

走りこみのあとは筋トレだ。しかし、芝生に寝っ転がって頭を起こす腹筋は、なんだかぷよぷよとできてしまう。だけど、筋肉を使って起き上がっているような気がしないんだよね。カマボコを指で折ってくねくねさせているような感じ？　カマボコ……はいいとして。

つまり、お腹の筋肉が鍛えられていないような気がするぅ。背筋も……以下同文。

マルチェロもシュナイツも苦笑していて、ファウストも、重い前髪で目元が見えないにもかかわらず、苦笑した雰囲気が伝わってくる。そしてみんなは「まぁ筋トレはいいか」と言った。なんでぇ？


「サリーちゃん、次は剣術をしましょう」

ファウストに言われ、木の剣を持つ。高身長のファウストは膝立ちになって相手をしてくれた。

ぼくの背が小さいからじゃないよ。ファウストの身長が高いからなんだからねっ。

マルチェロとシュナイツが本気の打ち合いをしている横で、ぼくはファウストに剣を振る。

「私は鍛錬をしていますから、遠慮なく打ちかかってきてください」

そうは言われても、ちょっと怖いから最初は遠慮気味に剣を振り下ろす。でもファウストは、ぼくの剣を難なく受け止めてしまうのだ。どんどん上から右から左からと剣を振り下ろしていっても、対応してくる。すごーい。まさにファウストはあれです、あれ。

「ファウストは武士みたいですね、剣に真面目でストイックなところとか、背筋がシャキッとしていて武骨な感じがするところとか……あと、女などいらぬって言いそうなところとか」

「ブシ、ですか？」

ファウストに問われて、武士はインナー用語だなと気づいた。でも、武士の印象はなんとなく覚えている。インナーの記憶がぼくに漏れ出ているのかもね。

「武芸を極めた人、みたいな意味なんだ。侍、とかもあります」

「サムライ、ですか。はじめて聞きますが、言葉の響きがカッコイイですね」

「うん、武士や侍は孤高で寡黙でカッコいいのです」

「では、私はサムライになります」

口元を柔らかく微笑ませるファウストを見て、ぼくはちょっと嬉しくなった。だってファウストがサムライになったら絶対カッコいいもん。そうなったらいいなって思ったのだ。

そうして午前中いっぱい一生懸命運動して、最後にまた庭をいっぱい走り回って、ガゼボまで戻ったら終了だ。インナーが口ずさむメロディーも最高潮になっていき、ラストスパーートっ。ドラマティックな盛り上がりの中、ぼくはなだれこむようにゴールに飛びこんだ。

「レ、レオンハルト兄上ぇぇ、ぼくはっ、やりましたぁぁぁ」

ぼくは勝利の雄叫びを上げ、そしてインナーも『チャチャーチャンッ』と歌を終了した。なんなん？

「サリエル兄上、お疲れ様です。とてもご立派でしたよ」

息も絶え絶えのぼくをシュナイツが受け止め、ハンカチで額の汗を拭いてくれた。

「あぁぁ、ズルぅい。シュナイツ様がパンちゃんコレクションを増やしていますわぁ」

パンちゃんコレクションとは？　と思いつつシュナイツに目をやると、彼はぼくの汗を拭ったハンカチをそっとジャケットの内ポケットにしまっていた。

「ズルくはない。私は兄上のダイエット大作戦に付き合ったのだからね。この兄上の汗の染みこんだハンカチは、私へのご褒美なのだ」

シュナイツはとても満足そうな顔で笑う。

確かに今日はぼくのダイエットに付き合ってもらったので、ご褒美は必要かもしれないが、汗びっちょりのハンカチがご褒美なのはよくわからない。でも喜んでいるなら、まぁいいか。

「よくがんばりましたね、サリーちゃん。バッキャス式鍛錬法は猛者《もさ》も泣いて逃げ出すほどの訓練ですから。きっとオヤセになっているはずです」

ファウストがそう言ってくれて、ぼくは鏡を見るのが楽しみになった。

「本当だ、若干ほそーくなって……んん？」

マルチェロはぼくの顔を見て笑顔で言ったが、すぐに怪訝《けげん》な顔になる。次いで、みんながぼくの顔をのぞきこんで眉根を寄せた。

「サリーちゃんが、やせたっ！　いや、しなびているっ？」

ファウストがそう叫ぶと、マリーベルが半泣きでぼくに駆け寄ってきた。

「なんですってぇ？　あぁぁ、パンちゃんのポヨンとしたふっくらほっぺがシワシワになっているぅぅ、ファウストっ、これはいったいどういうことなのぉぉ？　パンちゃんが死んじゃううぅ」

マリーベルはぼくのほっぺを両手で摘んでミョンミョンと伸縮させる。

「あぁあ、引っ張らないでぇ、マリーベルやめなさぁい」

「だってぇ、皺を伸ばさなきゃぁぁ」

あんまりにもマリーベルが泣き叫ぶものだから、ミケージャが慌ててやってきて、ぼくに水を飲ませた。確かに喉は渇いている。ゴクゴクゴク……

そうしてミケージャが差し出すままに水分補給をしたら、ぼくのほっぺはツルンとポヨンとプルルンとなって、元のぽっちゃりに戻ったのだった。

「良かったぁぁ、パンちゃんはやせなくてもいいのよぉぉぉっ」

「そうですぅ、やせて美少年になったら、また競争相手が増えてしまいますぅ」

マリーベルとシュナイツが元通りのぼくにむぎゅりと抱きついてそう言う。

『やせてもシワシワになったら美少年どころじゃなくね？』

インナーがシュナイツにツッコんでいるが、ぼくに失礼なのでスルーする。

「もう、無理なダイエットはダメだと、レオンハルト様が申していたでしょう？　ちゃんと栄養と水分を摂らないと倒れてしまいますよ」

ミケージャに注意されて、ぼくは反省した。確かにしなびてシワシワになってしまったら、兄上の隣で晴れやかな結婚式を迎えられない。兄上の腕にブランブランぶら下がる丸鶏が、鶏ガラに代わっただけではないか。旨味は凝縮されているかもしれないが……なんの話？

それはともかく。兄上とのバランスを考えると、ただダイエットするだけではダメで、身長が必要だと気づいた。上に伸びればぽっちゃりも伸ばされてスレンダーな体型になるはず。

「はぁい、シワシワになったこと、兄上には言わないでくださいね。心配させたくないから」

ミケージャにそう言って、ぼくはファウストにも笑みを向けた。

「でもぼくがシワシワになっちゃったのはファウストのせいじゃないから気にしないでね。バッキャス式鍛錬法はぼくには合わなかったみたい。ダイエット、失敗しちゃったね？　てへっ」

過度なダイエットはぼくには合わなかったって伝えたら、マリーベルに怒られて責任を感じていたらしいファウストは、つぶやいた。

「サリーちゃんは、妖精さんなの？　失敗を私のせいにしない、その清らかな精神性、可愛らしい無垢《むく》な笑顔、私はますますサリーちゃんに惚れこんでしまいました」

ぼくは、ぼくが何者なのかはわからないから、ファウストに答えられなかったけど。ひとつわかったことがある。それは、ぼくに必要なのはダイエットではなく成長であるということだっ。

『ダイエットも必要だっつーの』

インナーのツッコミは、スルーしますっ。

★★★★

春になり、ぼくはとうとう十一歳になった。もっちりむっちり我儘《わがまま》ボディは相変わらずだが、子供会で年長組になったのだ。

貴族のお子様が集まる子供会は、ラーディンの世代が学園に入学したことで人数がごっそり激減した。実のところ、貴族のお子様同士が遊べる機会というのは、意外に少ない。

地位のある方を招けば警護面をおろそかにできないし、お茶会とか誕生日会とか大々的なものを各家庭でしょっちゅう開けるわけもないのでね。

子供会は子供が顔を合わせて気兼ねなく遊べる貴重な催しだ。ゆえに参加人数は減ったけど、まだまだ催しは続行するのだった。

ゆえに、ディエンヌのやらかしの日々も続行中なのである。

「みなさん、今日はよける練習をします」

庭の片隅にいつもの面々で集まっているときにぼくがそう宣言すると、みなさんはきょとんとした。

「よける練習？　またなにか面白い遊びでも考えついたのかい？　サリー」

マルチェロは、にこりと微笑むだけでどこからともなく令嬢の『きゃあ』という歓声が湧くほど、格好良く成長している。

だけど令嬢は、ぼくたちのグループには入ろうとしないんだよね。不思議だ。

「遊びではないのです、マルチェロ。ぼくは恐ろしいものを見てしまったのです」

ラーディン他、前年の年長さんたちは剣の稽古が好きで、体を動かす遊びなどはもっぱら剣技であった。ゆえに騎士を招いて指導してもらう催しが多かったのだが、今年は学園の入学に関わる催しをしてほしい、という家族の声が多く寄せられているようだった。

学園に入ってから子供が恥をかくことがないように、礼儀作法やテーブルマナーやダンスなどを指導できる講師を招いて、子供たちに身につけさせたいという理由だ。

ということで、来月辺りダンスの講師がやってくるらしい。

ダンスは魔国の貴族がたしなむ娯楽である。十六歳になると社交界にデビューし、魔王城の舞踏会や大きな家の夜会に招かれて、一夜ダンスに興じるのだ。

その舞踏会では、ただ踊って遊ぶだけではない。家の顔を繋いだり、ときにはダンスに応じることで、家同士の商売の話や、領地の名産品の売りこみ、政治の裏取引などをしたりする。

ダンスをあなどることなかれ、なのである。

もちろん普通に、男女の出会いや恋のきっかけにもなるよ。

つまり、ダンスは貴族にとってとても大事な交流手段なのであった。ゆえに必須科目なのですっ！

「催しを前に、各グループでダンスの練習などをしているようですが、ディエンヌのいるグループから、時折ギャッという声が聞こえるのです。そうです。ディエンヌは男の子をダンスに誘い、相手の足を思い切り踏みつけて楽しんでいる、足ダン期の到来ですっ！」

ぼくは短い指を握りこんで、まぁるい拳を作った。

ディエンヌは新たなやらかし『足ダン』をみつけたっ。尻拭いを発動しなければぁっ！

「そうなの？　ただディエンヌがダンスのステップを間違えているだけではないのぉ？」

おっとりとマリーベルが聞いてくる。

公爵令嬢でありシュナイツの婚約者でもあるマリーベルは、礼儀作法、ダンス、その他もろもろ淑女のたしなみはオールオッケーなパーフェクトレディーである。

あ、裁縫の腕前はまだぼくのほうが上だけどね。

「ディエンヌは困ったことに、ただ間違えるなどというおマヌケさんではないのです。わかっていてやっているから、あなどれないのです。証拠に、毎回ギャッという悲鳴が、曲のほぼ同じところで上がっています。『これはわざとじゃございませんのよぉ、ここのステップは難しいですわねぇ、ほほほ』と言い逃れできるタイミングを狙ってやっているのです」

「さすが、サリーだね。ディエンヌの悪さを先回りして回避するってこと？　よく観察しているね」

「はい。自分でもキモイと思います」

マルチェロの言う通り、ディエンヌの動向をぼくは逐一気にしている。

はぁ、ぼくだって早く尻拭いを卒業したいですよ、いい加減。

学園に入ったら、一年はディエンヌのことを考えなくて済むかもしれないけれど、ぼくのいなくなった子供会でシュナイツやマリーベルやエドガーがいじめられたらと思うと、気が気ではない。

やはり心休まる日は来ないのかもしれないな。

「ダンスの催しでは、相手を選んでダンスができないかもしれません。ディエンヌが相手になっても足を踏まれないように、今から怪しいステップの箇所を伝授いたします。さぁ、エドガーから」

ファウストは学園に入ってしまったから、この伝授ができなくて口惜しい。社交界デビューまでに、彼にも教えておかないといけないね。

まぁ、レオンハルト兄上と同じくらいに身長がバカ高いファウストとぼくでは、一緒に踊るのは難しいのだけど。タイミングだけでも教えられたらいいな。だって、舞踏会みたいな大勢の人が見ている前でファウストがディエンヌに足を踏まれたら可哀想だもん。

でもとりあえず、今はここにいるみなさんに伝授しよう。

そうしてぼくはエドガーに手を出したが、地べたに座って本を読むエドガーは、眼鏡の向こうの目を嫌そうに細めたのだった。

「えぇ？　ぼくは結構ですよ。ダンスをする時間があるなら本を読んでいたほうが効率的です」

「そうかなぁ？　来月ディエンヌに足を踏まれて痛い思いをして、本を読めなくなったら効率的じゃなくなります。ここで一回で覚えれば、ディエンヌの足を華麗によけられますよ。それですぐさま本を読んだほうが最高に効率的でしょう？」

エドガーは唇をピョととがらせて、いやいやながら立ち上がる。

「わかりました、一回で覚えますよ。てか、ダンスとか本当に時間の無駄だ」

ぼくの手を取って、エドガーはワルツを踊り始める。

性格を表したような正確な三拍子だ。かっちりしたステップで、遊びがない。絶対に足は踏まれないけど、流麗な感じには見えないな。

ちなみに、ぼくは兄上の婚約者なので、ダンスは男性パートも女性パートもマスターしている。兄上と踊るときは女性パートを踊るのだ。次期魔王様に女性パートは踊らせられませんからね。

もちろん、ステップは瞬間記憶で覚えられるよ。でも体の動きがついていくかは別問題。

さらに、もう少し身長がないと、兄上とダンスは踊れないのだ。兄上を屈ませて踊るわけにはいきませんっ。ぼく、まだ兄上のウエストくらいまでしか身長がないんだ。うぅ、焦るぅ。

けど、まだ育ち盛りだから、大丈夫。身長は伸び、足も腕もピョーッと長くなって、ついでに成長とともに卵型のもっちりボディも、みょーんと上に伸びていく——はず。

「エドガー、無駄だなんて言わないで。教科書が教えてくれないものも、この世にはたくさんあるのですから」

「教科書から教われないもの？　そんなものあるかなぁ？」

「もちろん。空の青さが、こんなに美しいとか……」

ぼくは踊りながら空を見上げ、エドガーに青色の美しさを見て、とうながす。

今日は雲ひとつない、突き抜けるような空の青さだった。緑の芝生の上で葉っぱの匂いや花の香りが感じられる。青と緑に加えて花の赤が、視界にインパクトを与えた。

こういう色鮮やかな日のことって、いつまでも記憶に強く残ると思う。ぼくと踊った今日のことを、エドガーがいつまでも忘れないでいてくれると嬉しいな。

ま、エドガーはぼくとのダンスなんかすぐに忘れると思うし、逆にシュナイツと踊ったらいつまでも覚えているだろうけどね。

「そよ風が頬を撫でる心地よさとか、お相手の手の温かさとか。触れたり、感じたり、香ったり。そういう経験は教科書から伝わってこないでしょう？」

そう言ったら、エドガーはぼくの手をニギニギして、ふっ、と笑った。

「ふーん、まぁね。たまには良いかもな。気分転換になら」

「そうそう、気分転換です。勉強はいつでもお付き合いいたしますから」

「ほ、本当だな？　絶対だぞ」

言質《げんち》を取ったと言わんばかりに、なんか鼻息荒く言われた。まぁいいけど。

エドガーの備考欄は、図書館で一緒に勉強すると好感度アップ、だもんね。でも、ぼくは彼といっぱい勉強しているけど、好感度は上がらないなぁ。おかしいなぁ。

「今日は本当に良い天気ですね。麗らかな陽気で、小鳥もチュンチュンさえずってい――」

ズンタッタと気持ち良く踊りながら、そこまで言って、ぼくは、ん？　と首を傾げた。

小鳥はメガラスに食べられるので、魔国にはあまりいない。では……この、ちゅんちゅん、は？

ぼくがバッと振り返ると、子供会で使う庭にスズメガズスが現れたところだった。バサーッと羽音を鳴らしてぼくらの前に降り立つ。

「なっ、なんで、ここに魔獣が？」

ぼくらをかばって前に出たマルチェロとシュナイツに、エドガーが声をかけた。

「それはスズメガズスです。赤ん坊をさらう魔鳥ですよっ、清らかな魂が大好物なのです」

やーめーてー！　エドガーが頭脳明晰でなんでも知っているのはわかっているから、スズメガズスのことを詳しく言わないでぇ。ぼくが赤ん坊みたいに清らか認定だって、バレちゃう！

「どす黒い魂の小童《こわっぱ》ども、そこをどけ。我が欲しいのは、そこにいる赤ん坊のごとき清らかな魂である、そいつだっ」

スズメガズスは翼の茶色い羽先の部分で、ぼくをビシーッと指さし……いや、羽さした。

ぼくはその羽先から逃れようと思って、頭を大きく右によけるっ。

しかしみんな、ぼくを凝視しているよぉ。誤魔化《ごまか》されてくれないぃ！

というか、赤ん坊のごとき清らかな魂って、隠したかった部分をスズメガズスが全部言っちゃった。

もうっ、もうっ！　十一歳になって大人の階段を駆け上がるぼくのところには、今年こそ来ないと思っていたのに。

それに兄上の屋敷ではなく、みなさんのいるところに迎えに来るなんて、どういうこと⁉

とうとう、ぼくがスズメガズスに狙われていることが友達にバレてしまったではないかっ！

両手を頬に押し当て、ぼくはムニュムニュと揉みこんだ。

「みなさんの前でぼくを赤ん坊呼ばわりするなんて、ひどい辱《はずかし》めです、スズメガズスー！　毎年ぼくの前に現れて、今年は来ないなって思っていたのに。フェイントですか？　油断させたのですか？　ぬか喜びですかっ⁉」

「いつもあの白オオカミに邪魔されるから、今年は場所を変えてみたのだ。我は頭が良いからな」

「スズメは頭なんか良くなくていいのですっ」

「しかし、このどす黒さには耐えられぬ。おまえ、早くこちらに来い。どす黒いのが移るぞ」

「無視かっ、つか、ぼくとて魔族です。魔王の三男なのです。ぼくの心もどす黒いのですぅ」

カッカッカッと笑うスズメガズスと本気で言い合っていると、マルチェロがつぶやいた。

「殺す？　丸焼きにして食っちゃう？　サリーはチキンのソテー好きだろ？」

「はぁ？　高貴な我を食べるとか、なんと野蛮な。だから魔族の子供は嫌いなのだっ」

スズメガズスは羽をバサバサさせて、ヂュンヂュン怒る。ううぅるさぁあい。

「でもぉ、スズメを食べるのは、ちょっと。一応、可愛らしいフォルムで売っているスズメを食べたら、なんか、誰かに怒られちゃいそうだからねぇ。それに彼も悪気があるわけじゃぁ……」

スズメの丸焼きを想像したらちょっと無理そうだったから、太い指と指を合わせてプヨプヨさせながらそう言うと、マルチェロが呆れたように首をすくめた。

「サリー、そこでスズメガズスをかばうから毎年迎えに来ちゃうんだって」

「兄上をかどわかされるわけにはいきません。駆除いたしましょう」

シュナイツも本気で魔力を出そうとしたから、スズメガズスはたまらず飛び上がった。

「クッソ、今年も邪魔された。おぼえてろよぉぉぉ！」

捨て台詞を残し、バッサバッサ、ヂュンヂュンと去っていくスズメガズス。

マジで、もう来ないでください。

ぼくはしばらくその場にたたずんでいたが、スズメガズスが見えなくなるなり笑顔で振り返る。

「で、ディエンヌが踏むタイミングですが……」

「いや、なかったことにはできないよ？　サリー」

苦笑いのマルチェロに冷静にツッコまれ、マリーベルが爆笑した。

「あはははっ、うそでしょ？　パンちゃんさすがねぇ。スズメガズスが魔国に来るなんてはじめて聞いたわぁ。しかも毎年来るの？　どんだけ清らかさんなのぉ？」

「あれは一歳前の人族の赤ん坊しかさらわないのですよ。てか、魔獣と本気で口論って……」

エドガーも笑いをこらえられず、肩を揺らしている。ハヒハヒ笑いながら、続けて言った。

「確かに、こんなの、教科書には載っていませんね？　レアですレア。過去一、笑ったっ」

ぼくは悔しさにわなわなする唇を引き結んだ。そういうつもりで言ったんじゃなーいっ。

「サリエル兄上、スズメガズスに拉致《らち》されるくらいなら、私が兄上をガラスケースに入れてディスプレーします」

シュナイツ、赤いルビーの瞳をキラキラさせているけど、そんな格好良い顔で恐ろしいこと言わないで。狂気がチラ見えしているよ。

「ダメェ、それなら私が家でパンちゃんを飼うわぁ」

「マリーベル、パンクマは飼ってはいけません。いえ、ぼくはメジロパンクマじゃなーーいっ」

そんないつものわちゃわちゃと、空気を読まないスズメガズスの来襲によって、よける練習は中断していたが、みんなが落ち着いた頃合いを見て、気を取り直して……

「みなさん、よける練習を再開しますよっ。はいはいはいっ」

ダイエットしたときの、ファウストの鬼軍曹っぷりを真似して追い立てるように手を叩く。ぼくは強引にみなさんをよける練習に引き戻し、ワルツのリズムでエドガーと踊り始めたのだった。

「つか、このみっちり密着したもっちり触感を体験したら、元に戻れなくなりそうです」

元にってなんですか？　とエドガーのつぶやきを疑問に思っていると「「「わかるー」」」と、見学の三人が同調した。

「あの、吸いつくような手の感触とか、ポヨンと当たるお腹の感触とか、もうダンスとかどうでもよくって、むちぃぃと抱きつきたくなるのぉ」

マリーベルはそう言うが、君はいつもぼくに抱きついているではないか。あと、そろそろ淑女的にアウトな気がします。

いた。

「ディエンヌが踏むのは、ここぉ、ここぉっ」

彼らの話を無視して、本題に戻ります！　ペム、とエドガーの足を踏むと、彼は驚いて尻餅をつ
「わぁ、なんですか、いきなり」

「だからこれは、ディエンヌの足攻撃をよける練習ですよ」

エドガーが抗議してくるけど、最初からそう言っているでしょう？　もう。

「尻餅なんかついたら、ディエンヌに笑われる。私のご学友がそのように無様では困るな」

「シュナイツ様、今のはサリエル様がいきなりだったからですぅ」

塩のシュナイツに、デレのエドガーが言い訳をする。

「ぼーっとしていたら駄目ですよ、エドガー。ぼくをディエンヌだと思って、華麗によけてくださいませ？　ブンチャッチャー、ブン、ここですよぉ」

ペム、と踏もうとすると、今度はうまくよけた。続けて、ペム、ペム、と足を出すが。体勢を崩しながらもなんとかよけた。まぁ、いいでしょう。

「ディエンヌの足は、ダン、と来ますからね。一発でも当たったら、死、ですよっ。さぁ次っ」

鬼軍曹キャラを維持して仁王立ちで言うと、はいはーいと手を上げたのはマリーベルだ。

「マリーベルはディエンヌと踊らないのだから、関係ないだろう？」

兄のマルチェロに言われるが、マリーベルは指で髪をくるくる巻いていじりながら言う。

「だってぇ、暇なのですもの。それにパンちゃんだって、女の子パートばっかりじゃあ男の子パー

トを忘れちゃうかもしれないわ。そうしたら私と踊れなくなっちゃう」

「わかりました、マリーベルも踊りたいのでしょう」

ぼくが手を出すと、笑顔になったマリーベルは淑女のように一礼し、そっと手を取った。マルチェロは「すぐ甘やかすぅ」と口をとがらせるのだった。

だって、可愛いではありませんか？　ぼくと踊りたいなんて言ってくれる令嬢は、マリーベルだけだしね。

そしてしばらく、マリーベルとダンスをする。

ディエンヌには七歳のときに身長を抜かれ。シュナイツにも抜かれ、そして今はもう、マリーベルもぼくより二十センチほど背が高くなった。

マリーベルのダンスは軽やかで楽しくて、花の妖精さんのように気まぐれでくるくるよく回る。ももんも色のドレスの裾が広がって、とても可愛らしい踊り方だ。

そうだ、マリーベルはももんもの妖精さんだなっ。

でもリードするぼくのほうが背は低いから、マリーベルに子守りをさせている気になる。きっとシュナイツやファウストと踊ったほうが、マリーベルは自由に踊れるのだろうな。

それにワルツは一定の距離を取ってする、紳士淑女のダンスだ。でもぼくの腕が短いから、マリーベルとぼくが踊るとどうしてもお腹がマリーベルに接触してしまう。それはあまりよろしくないのだ。

それにそれに、そろそろこのようなぽっちゃりはキモイぃ、とマリーベルに言われるかもしれない。だけど今はまだ、ぼくと踊りたいって言ってくれる。優しいね。

「さぁ、次はシュナイツですよ」

手を差し出すと、彼は手の甲にキスするフリをしてからダンスの体勢に入る。淑女から誘われたときは、そうして受けるのが基本です。ぼくは淑女じゃないけど。

そして、ぼくは踊りながらシュナイツの足を踏もうとするが、シュナイツはエドガーのダンスを見て、もうコツをつかんでいるみたいだった。ペム、と足を出してもするりとかわす。さすがだ。

「上手ですね？　シュナイツ」

「私は王族の権限を使ってでも、絶対ディエンヌとは踊らないけどね。でも兄上と踊れるのなら、いくらだってよける練習をいたします」

シュナイツは無難に一曲分終わらせて、優雅に礼をしてから離れた。

「次はマルチェロですよ。マルチェロは一番ディエンヌと踊る機会があるのですから、しっかりマスターしてくださいね？　ここっ、ここのタイミングです」

ペム、と足を出すと、マルチェロはサッとかわす。マルチェロも運動神経がいいから、すぐにタイミングをのみこんだ。

「はは、足をかわしつつ流麗なダンスを求められるとは、まるでスリリングな遊戯のようだ」

マルチェロは何かのゲームをしているかのように面白がる。そんな爽やかな彼だから、ぼくは気がかりで胸をモヤモヤさせてしまうのだ。

「ディエンヌの婚約者になんかならなかったら、このように苦労することなどなかったのに」

マルチェロがディエンヌと婚約して半年以上経つが、今もまだ、この婚約をどうにかできないかとぼくは悩んでいる。だって、ぼくの大事なお友達を妹に傷つけられたくないのだ。

眉根を寄せるぼくに、マルチェロはそっと笑いかけてきた。

「心配しないで、今のところディエンヌは私に悪さは仕掛けてきていないよ。彼女は賢いから、自分の立場が悪くなるようなことはしない。一生贅沢を望むなら、悪辣《あくらつ》な面は表に出さないさ」

「そうですか……その調子でおとなしくしていてくれればいいのですが」

「まぁ、こうして足ダンするのだから、私の見えないところで憂さを晴らしているのだろうけどね」

「マルチェロが危害を加えられないのはいいのですが、ストレスを周りに向けるのはダメですね」

小さくため息をつくと、マルチェロはマリーベルに似た軽やかなダンスで、ぼくをくるくる回した。目が回るぅ……のを回避するため、マルチェロの顔に視点を定める。

マルチェロとの身長差は、ぼくの頭が彼の肩の下辺り。ダンスを踊る男女のベストバランスなのである。なんとなくぼくは、王子様にエスコートされる優雅な令嬢気分になって、ときめきかける。いいえ、兄上を差し置いてときめいちゃったらいけないね。

「婚約者と言っても子供会では別のグループだし、月に一回のお茶会ぐらいしか接点はないんだ」

ぼくは婚約者の兄上と同じ屋根の下で暮らしているのでそういうことはしないけど、貴族間の婚約は、月に一回顔合わせをして交流を深め、人となりを知っていくのが普通なのだ。

「むしろ、サリーと顔を合わせることのほうが多いよ。学年もディエンヌはひとつ下だから、学園に入ってもそうそう遭遇することはないだろう」

遭遇と言うと魔獣に出くわしちゃったみたいなニュアンスだけど。ま、ディエンヌは近いものがあるよね。

「だからサリー、気に病まないで。それに彼女との婚約も悪いことばかりではないさ」

「……どういうところで？」

メリットがまったく思い浮かばないので、思わず眉をひそめてしまう。

「ディエンヌと結婚したら、サリーが義兄になる。義兄弟になったら一緒に暮らしてもおかしくないだろう？　そうだ、サリーがレオに捨てられたら義兄弟のよしみで私が面倒を見てあげる。どう転んでもサリーは一生安泰だよ、良かったね」

「兄上には捨てられません……たぶん。それにディエンヌと一緒に暮らすのはちょっと、無理ぃ」

ぼくは素直なのである。たまに子供会で顔を合わせるのも胃が痛くなるというのに、毎日一緒だなんて、苦行とか修行とか、そのレベルだよ。

「はは、だったら私がサリーのおうちに遊びに行くから、泊まりこみでね」

「それは構いませんが。その特典だけではディエンヌとの婚約はリスキーすぎます」

「大丈夫、大丈夫。あまり悩むと、自慢の赤毛が抜けてしまうよ？」

マルチェロはのほほんと、ほがらかに笑った。

もう、仕方がないなぁ。そこまで言うのなら、ぼくはこれ以上苦言は呈さないよ。ただ、お友達として、これからもマルチェロを守る。そこは譲れないからね。

ディエンヌをしっかり見張って、マルチェロが傷つけられないよう、尻拭いをがんばるのだっ。

「母親が大変なときに庭でダンスなんかしちゃって、のんきなものね」

そこに、ババーンと効果音付きで現れたのは、ディエンヌだった。

赤い髪に合わせた赤いドレスは、いかにもディエンヌカラー。なんでか、ニヤリとした悪役令嬢の笑みを浮かべていて……はぁ、悪い予感しかしません。

せっかくの良いお天気に黒雲の影が差した、そんな感じである。

「母親って、母上のことですか？　どうかしましたか？」

ぼくは警戒しながらもディエンヌに視線を向ける。宝石の警報音を嫌ったのか、ディエンヌは一定の距離を保って立ち止まった。

「お母様ったら、もう私にも触れなくなっちゃったわ。今すぐ魔王城から出ないと命に関わるのですって。『一生、魔王城で贅沢する』が口癖だったのに、お母様も不甲斐ないわねぇ」

濃い魔力を浴びたからといって、下級悪魔も魔族ではあるので死ぬことはない。

でも文献によると、己より強大な魔力を浴びると威圧や恐怖心を感じ、心臓を手で鷲掴みにされるような感覚になるらしい。精神的におののき、その心の疲弊が積み重なることによって、命に関わる……んだとか。ぼくは魔力の威圧のようなものを感じたことがないから、よくわからないけれど。

「今まで大事に育ててもらったのに、そんな言い方はないだろう？　ディエンヌ」

ディエンヌが、母上に愛情をたっぷりかけてもらっていたくせに母上を貶めるようなことを言うから、それは違うんじゃないかと思ってしまう。敬意や親愛が感じられないではないか。

「大事に育てられたから、なぁに？　親が子供を大事に育てるのは当たり前でしょ。あっ、サリエルは……だもんねぇ？　ごめんごめーん」

全然悪いと思っていないような謝罪に、ぼくはもちろん、マルチェロたちも眉間に皺を寄せた。

相変わらず清々しいくらいの嫌味っぷりで、ある意味感心するよ。

「でもねぇ、お母様が下級悪魔でなかったら、私の魔力はもっと大きくて、もしかしたら女魔王にもなれたかもしれないの。サキュバスが魔王と懇意になるなんて、分不相応なのよ。結局魔王城から出されちゃうのだから、みっともないと思わなぁい？」

親が子を愛するのに見返りはいらないのかもしれないけれど、母上はあんなにディエンヌを溺愛したのに、こんな言われようではさすがに母上も報われないなぁ。

「サキュバスから生まれたのがディエンヌだよ。他の人から生まれていたら、君は君ではない」

ぼくが思ったことを告げると、ディエンヌは牙をむいて怒った。

「何よっ、私が下級悪魔だって言いたいの？　私をそんな下等なものだと思わないでちょうだい。私は魔王の娘よ。父上から受け継いだ強大な魔力を持っているの。あんたなんか、ツノなし魔力なしの落ちこぼれで、下級以下じゃない。私を見下す資格はないわっ」

怒りのあまりディエンヌが一歩踏み出すと、ぼくの胸元にある赤い宝石がブビーと鳴る。

ディエンヌは歯を食いしばって、一歩下がった。また兄上が飛んできたら怖いものね。

「見下してなんかいないよ。けど、君が一番、母上がサキュバスであることを悲観しているみたいだ。まぁぼくは下級以下でも、何も感じていないけど」

ぼくがそう言うと、ディエンヌは小さく微笑んで楽しそうに赤いドレスを揺らした。

「あぁ、そぉねぇ。お母様がサキュバスなら、サリエルはインキュバスよね？　お母様みたいに、あなたもいずれ濃い魔力に耐えられなくなって、魔王城にいられなくなるかもね。そうしたらレオンハルトお兄様との婚約もなくなって、みんなに捨てられて、あぁあ、可哀想。でも、ツノも魔力もないから仕方がないわねぇ？」

「今のところ、そのような兆候はないけど。こうして魔力の強いお友達と一緒にいられますし、兄上とも仲良しですよ。というか、さっきから何が言いたいのです？」

彼女がなんでぼくに絡んでくるのかよくわからなくて、ぼくは短い首を傾げる。

「何が、じゃないわよ。お母様が魔王城を出るのよ？　なんとも思わないの？」

その物言いに、ぼくはイラッとする。のほほんでも怒ることはあるのだ。

「甘えないでください。ぼくは一歳の頃から、母上には触られたことがありません。関係が希薄なことは、そばにいる君が一番知っているでしょう？」

あぁ、まだまだぼくは未熟だ。ディエンヌの挑発に乗ってしまうとはね。

でも、ぼくが言い返すと思っていなかったのか、ディエンヌはたじろいだ。

「でも、母親なのだから……」

「母上が魔王城から去ると知ったら、ぼくが傷つくと思ったのですか？　母ならどんな人物でも、離れて寂しいと思わなければダメですか？　触れてもくれない人を愛さなければダメですか？　母を愛せないぼくは、人でなしですか？」

「そんなことない」

マルチェロがすかさずかばってくれて、みんなもうなずいている。ぼくは嬉しくて、彼らに笑みを送った。でもディエンヌには、冷たい視線を返す。

「ぼくは、ぼくに愛情をかけてくれない人に愛は返せません。そこまで聖人君子にはなれませんよ。だってぼくは、魔族だから」

「サリエルのくせに生意気ね。お母様のことを言ったら、えぇぇ、母上が？　どうしよう、母上ぇって情けなく泣くと思っていたのに。つまらないわ」

ディエンヌはぼくの泣き真似をしてからかう。

でも、そんなわけない。ぼくがどれだけ、母上やディエンヌに暴言を浴びせられてきたか——あぁ、いけない。また一歳の頃の記憶がリプレイされるところだった。ネガティブはなしだ。

「ぼくは兄上やお友達にいっぱい幸せをもらっているので、母上が魔王城を去っても大丈夫です」

「ふふ、そう、うまくいくかしらねぇ？」

ディエンヌは斜に構えて鼻で笑う。すると、あまり見かけない大人の人が現れた。

「サリエル様、魔王様がお呼びです」

ぼくは口をまぁるく開けた。魔王と会うのは兄上との婚約が決まったとき以来だ。というか、ひとりで呼ばれるのは、はじめて。

するとディエンヌが、鬼の首を取ったみたいにキャハハハッと愉快そうに笑った。

「きっと、お母様の話だわよ。もしかして……お母様と一緒に魔王城を出ろってことなんじゃなぁい？　サリエルぅ、追い出されちゃうのね。可哀想にぃぃぃ」

えぇ？　本当にそんな話なのぉ？　さすがにオロオロしてしまう。すると、マリーベルがディエンヌに言い返してくれた。

「そんなのありえませんわ。ぱん……サリエル様はレオお兄様の婚約者なのよ」

「でもツノなし魔力なしの落ちこぼれ使い道なしの三男、だものねぇ。お母様がいなくなったら、なんのとりえもない子を養う義理はないじゃなぁい？」

いつものフレーズに、使い道なしが加わっているぅ。ちょっとむかつくけど。ディエンヌの真実交じりの暴言はいつものことなので、さらっと流す。

それよりぼくはひとりで、この事態をどうしたらいいのか、そちらのほうに気を取られていた。いきなり魔王への謁見《えっけん》と言われたが、やっぱり行かなきゃダメだよね？　魔王の命令は絶対だもの。

そう思っていたら、マルチェロが助け船を出してくれた。

「ミケージャはレオンハルトにこのことを知らせてくれ。彼が知っていることなら、大した話ではないのだろう。もしもそうじゃなかったら、レオを連れてきてください。サリーには私たちがついていますから」

「わかりました」

ミケージャは指示を受け、すぐに動いた。

「サリー、大丈夫だよ。私がそばにいてあげるから。追い出すとか、絶対にないからね」

ぼくの丸い背中を撫でながら、マルチェロは励ましてくれる。

「そうです。ぼくのお勉強相手がいなくなっては困りますからね。いざとなったら、ぼくも直談判《じかだんぱん》いたしますよ」

ツンではありながら、エドガーも力づけてくれる。

そうだ、ぼくには頼もしいお友達がいっぱいそばにいるから、大丈夫。

「まぁ、マルチェロ様は私とダンスの練習をしますのよ。私の婚約者様なのだから、付き合ってくださいますわよね？」

しかし空気を読まぬディエンヌが、マルチェロの手を引っぱってぼくから離した。

彼女は彼の腕に、腕をからませる。

金髪にエメラルドグリーンの瞳、いかにも白馬に乗った王子様のマルチェロと、ウェーブする赤い髪を輝かせ、ぱっちりした目が美麗なお姫様であるディエンヌ。

見た目だけなら、とってもお似合いの美男美女なのです。見た目だけなら。

だけどディエンヌは、ぼくににやりとした笑みを飛ばしてきた。うわぁ、どの角度から見ても紛うことなき完璧な悪役令嬢に仕上がっているなぁ。

「サリエル兄上には、私がついていきますから」

シュナイツはそう言ってから、マルチェロやマリーベルやエドガーになにやら目配せをする。そして、みんながコクリとうなずくのを確認したあと、ぼくをうながすのだった。

「さぁ行きましょう、兄上。私なら家族ですから、謁見《えっけん》の間に一緒に入れますよ」

「う、うん。ぼく、こういうのはじめてだから、心強いよ、シュナイツ」

そうしてぼくらは、迎えに来た魔王の使者の後ろについていった。

魔王の御用はなんなのか、ディエンヌの不吉な言葉がぼくの不安を掻き立てるのだった。


ぼくとシュナイツは、使者の案内で謁見《えっけん》の間の前まで来た。ドラゴンも謁見《えっけん》できそうなほどに大きな扉だ。見上げると首が痛くなる。

「シュナイツ様、これより先はお通しできません」

使者に言われたシュナイツは、王子の威厳で彼を睨《にら》んだ。

「家族でも駄目なのか？」

「魔王様が人払いをしておりますので、申し訳ありません」

丁寧な言葉ながら受け付けない空気を使者から感じ取ったシュナイツは、心配そうにぼくを見る。

「シュナイツ、大丈夫ですよ。父上とお会いするだけです。でもちょっと心細いから、ここで待っていてくれませんか？」

「わかりました、ここでお待ちしております。でも、もしも殺されそうになったら大きな声を上げてくださいね？　あと、追い出すと言われてもうなずいてはいけません。あと、ひどいことを言われたら大きな声を出してくださいね？　あと……」

「大丈夫ですよ。まぁぼくも魔王様とはそれほど面識はありませんが、お披露目会では優しく抱っこしてくださいましたし」

「凶悪な魔力を垂れ流していましたよ？　普通のお子様なら失神確定案件です」

「まぁ、そうなのですけど、ぼくはなんでか大丈夫なので」

苦笑いしつつ、ぼくはシュナイツの目を見ながらうなずいた。

「魔王様相手に効くかわかりませんが、防御魔法の宝石もありますから安心してくださいませ。では、魔王様のお話を聞いてきます。使者さん、開けてください」

ぼくがうながすと、使者は恭《うやうや》しい所作で扉を押し開ける。

ギギィッと歴史や重みを感じさせる音が響き、ぼくは一歩足を踏み入れた。

はじめて目にする謁見《えっけん》の間は、氷のように見える白く濁った床で、壁も雪色の白さだ。何本ものガラスの柱が高い天井を支えていて、まるで氷の神殿のようで神秘的だけど、どこか寒々しい印象であった。扉からまっすぐ玉座に向かって伸びる赤い絨毯《じゅうたん》が、唯一色味を帯びている。

今は誰もいないけど、多くの人々が入れるような設計で、お披露目会のときに使った会場よりも大きい。

ぼくはその赤い絨毯《じゅうたん》の上を歩いていき、玉座の前方にある階段の下で膝を床につけてかしこまった。

普通は片膝をつくのだけど、腿肉《ももにく》がむっちりでバランスがとりづらいので両膝をついた。むむぅ。

「魔王様、サリエル様がお見えになりました」

使者がぼくを紹介してくれる。四年ぶりだから、ぼくがサリエルだと覚えていないかもしれないからね。まぁ、一度見たら忘れられないと陰で言われているこのまぁるいフォルムは、七歳の頃から変わっていないから、魔王も見覚えはあるでしょう。

「あぁ、おまえは下がって良い」

魔王が人払いをしているというのは本当のようだ。謁見《えっけん》の間には魔王以外に人はいないし、使者も下げられてしまう。うーん、緊張マックス。

「顔を上げろ、サリエル」

言われるままにぼくは顔を上げ、魔王をみつめる。

魔王が手をちょいちょいと招くように振るので、ぼくは立ち上がって階段をひとつ上がる。でもまだ手を振るので、二段、三段、と上がっていくが……

「えぇい、いいからさっさとここへこぉいっ」

牙を出した魔王が玉座の隣を指で示したので、ぼくは、ひぇぇぇいとなって、サカサカと階段を上った。すると魔王はぼくの両脇に手を差し入れ、前回と同じように膝の上に乗っけた。

「うーん、前よりは重いが、まだまだ軽いなぁ」

魔王はぼくを膝の上でぽよんぽよんと弾ませる。いったいこれはなんですかぁ⁉

「あの、お召しと聞いて参上いたしましたが。これは……」

言いかけて、ぼくはピーンとひらめいてしまった。

魔王の備考欄には『息子の嫁にも手を出す。要注意』と書かれてあったのだ。ま、まさか。

「まさか、兄上の婚約者であるぼくに、お手を出されるおつもりでぇ⁉」

そういえば、膝の上でぽよんぽよんも、見ようによっては卑猥に見えなくもなくもなくもない。ぼく、サキュバスの息子だから、そういう知識あるのだ。これはハレンチですよぉぉ。

「はぁ？　俺がおまえに手を出す？　あほか、この腹を引っこませてから物を言えっ！」

そうしたら魔王は、また牙を出して怒った。ですよねぇ。

レオンハルト兄上そっくりの顔で、魔王は目を吊り上げ、ぼくの腹を指でツンツン突く。あぁ、その指使いは、ラーディンのツンツンと同じだぁ。やはりふたりは親子なんだね。

「俺が好色なのは否定しない。レオンハルトの婚約者が絶世の美人だったら、手を出すことはあるかもしれないがぁ。こんな真ん丸なお子様に手を出すほど手当たり次第ってわけじゃねぇ。美的感覚って言葉を知っているかぁ？　俺は面食いで、顔と体しか見てねぇのっ。おまえが俺の目に留まるなんぞ、十年、いや三千年早いわっ。この腹をなんとかしてから出直してこーいっ」

「はいぃぃぃっ」

すみませぇぇぇん。ぼくが調子に乗りましたぁ。

レオンハルト兄上が、あまりにも大事に大事にしてくれるし、婚約破棄虎視眈々《こしたんたん》勢《ぜい》がいっぱいいるみたいだから、ぼくはもしかしたら絶世の美人なのではないかな？　なんて勘違いしましたぁ！

そうです。魔王の美的感覚が正しいと、ぼくも思います。みなさんが優しいせいで、ぼくは自分の審美眼を疑い始めていた。

しかし、やはりそうだったのだ。ぼくの腹は、出ているのですね？

「いや、出直すな。まだ話が終わっていなかった。つか、話し始めてもいなかった」

ドッと疲れた様子で、父上は長く艶《つや》やかな黒髪を手でかき上げる。

『ううぅん、セクシーな仕草ぁ。切れ長の目元は色気がたっぷりで、瞳は禍々《まがまが》しくも深く赤い、ピジョンブラッド。間近で見ると、どこにも隙のない美しい御方っ』

インナーが語尾にハートをつける勢いの賛辞を告げる。魔王は兄上に顔がそっくりなので、兄上が美しいのだから魔王も美しい。魔族は二十を超えると成長速度が遅くなるので、魔王もまだ二十代の青年のような若々しさがある。つまり、見た目はほぼほぼ兄上なのだ。

「話ってのは、他でもない。おまえの母親、エレオノラのことだ」

魔王は真剣な顔でそう切り出した。

「エレオノラは魔王城にいられなくなった。使用人のことも恐れるようになったのだ。まぁ、魔王城に勤められる者たちだからな、側仕えもそれなりに魔力の多い者が集まっている。魔王城は本来、下級悪魔が寄りつけるような場所ではないのだ」

魔国では、魔力が多く強大であるほど人々をひれ伏させることができる。それはしっかりとした序列になっていて、魔族の中でも小物とされる下級悪魔や一般庶民は、高次の魔力を持つ者を前にしたら顔すら上げられない。魔族とは、そういう生物なのだ。

「しかし、アレは。俺の子を産んだ。ディエンヌは確かに俺の魔力を継いでいるから、間違いはない。だから、魔王城を出ても魔王の側妃と同等の暮らしを約束するつもりだ。それで、サリエル。おまえはエレオノラの息子だから。どうする？　母親とともに魔王城を出て外で暮らすか？」

「いいえ、魔王城一択です」

ぼくはかぶせ気味にそう言った。だって、迷うまでもない。

魔王は、ぼくの気持ちを聞こうとしてくれたのだろう。ぼくとエレオノラ母上が親子なのは事実だ。育てられた覚えはないけれど、養育義務は母上にあるわけだからね。

だけど、ぼくの答えはひとつだけだ。

「ぼくは一歳のときに母上に捨てられました。レオンハルト兄上に拾ってもらえなかったら、後宮のどこかで息絶えていたことでしょう。そのようなぼくが母上についていくわけはない。それに母上も、ぼくがそばにいたら迷惑でしょう。いつも、そう言われております。あ、もしかして養育費の件でしょうか？　ぼくを養育する義務は魔王様にはございませんからねぇ……」

話しているうちに、ディエンヌの『ツノなし魔力なし使い道なしの三男、なんのとりえもない子を養う義理はないんじゃなぁい？』という言葉が脳裏をよぎったので。そうつぶやく。

しかし、魔王はムッとした表情になった。

「見くびるなよ、サリエル。俺は息子として受け入れた者を手ぶらで放り出すような、器の小さい男じゃねぇんだ。エレオノラが魔王城を出ても、おまえの養育費はこれまで通りエレオノラに支払うつもりだった」

「へぁ？　ま、まさか、ぼくの養育費は、母上が受け取っているのですか？　ぼくを育てているのは、今はレオンハルト兄上なのですよ」

「エレオノラがレオンハルトに渡しているのではないのか？」

「もらっていませんよ、兄上は、たぶん……」

そこまで言って、ぼくは事の重大さに戦慄し、両手で頬を揉みこんだ。

「嘘でしょ？　あの人、兄上にぼくを育てさせて、養育費は懐に入れているんですか？　ひどーい。ぼくは兄上に合わせる顔がありません。親として必要最低限のこともしていないなんてぇ……」

「じゃあ、レオンハルトはポケットマネーでおまえを育てたんだな？　すげぇ。ハハハ」

驚愕するぼくの隣で、魔王はなんでかすげぇすげぇ言って、笑うばかりだ。

もうっ、魔王は兄上の実の父なのでしょ？　息子へ皺寄せがいっているのに、それを笑い飛ばすなんて。それってどうなのですかぁぁっ!?

「ハハ、ではありません。兄上の負担が大きすぎです。兄上は六歳から赤子のぼくを育てていたのです。そりゃあ、執事や侍女や、たくさんの大人たちに助けられて、ではあるでしょうが。六歳で、家長として、責任を持ってぼくを育て上げたのです。それなのにぃ……」

せめて金銭面くらいは、親と名のつく人たちにちゃんとしてほしかった、と思うのだ。でも魔王はハハハと笑い、終始軽い感じである。

「いいじゃねぇか。レオンハルトはそれなりに稼いでいるし、好きでやっていたのだろうよ」

「好きで？」

「魔族は自分の欲望に忠実なものだ。したくないことは、しないもんさ。レオンハルトはおまえをしっかりと育て、あまつさえ嫁にしようとしている。あいつが、そうしたかったからだろう」

六歳の子が赤子を育てる、その不可思議さに、大人はもう少し申し訳なさを感じてほしい。

兄上は好きでやったというような軽い感じでは決してなかった。ぼくに愛情をたっぷりと注いで、しっかり育ててくれたのだ。

そこには、濃くて、甘くて、深くて、素敵で、幸せな生活があるのだけど。それはぼくと兄上だけしか知りえないこと。子育てに参加していない人たちには教えてあげないのだ。

「もしかして、自分好みの嫁に育てあげようとしたのか？　それは男のロマンだなぁ。しかし今のところ、うまくいっていないみたいだけど。甘やかしすぎだな」

魔王はぼくの我《わ》が儘《まま》ボディのお腹をタプタプ叩いて、笑う。余計なお世話です。

というか、兄上はぼくを甘やかしてはいません。ぼくが何をしても、やせないだけなのだからっ。

「むしろ、それを成し遂げようとするその執着が、俺は怖いがな」

もしも魔王の言うように、兄上が自分好みの嫁にぼくを育てているのだとしても……もっちり我《わ》が儘《まま》ボディですみませぇんという感じなのだが、そんなダメダメなぼくを見放したりしない兄上は、それだけぼくを気にかけてくれている、ということ。

嬉しくて、ぼくは思わずニマッと笑ってしまったのだが、その顔を見て魔王は眉間に皺を寄せた。

「おい、俺は怖いと言ったんだ。おまえ、ヤバいやつに捕まっている自覚があるのか？　ないんだろうな、可哀想に。もうあいつからは逃れられないと思うぞ」

逃げるつもりなどない。ぼくはいつも通りのほほんとするだけなのだ。

しかし。婚約の折に兄上にごり押しされて、魔王はよほど怖い思いをしたのかな？　だけど大丈夫。兄上ほど優しい人はいませんからね。

「それより、養育費の件はしっかりしてください。これからは兄上に渡してくださいませ」

真剣な空気をにじませてぼくがそう言ったら、魔王はただ、はい、と言った。よしっ。

「ところでサリエル、エレオノラはなぜディエンヌを産むことができたのだと思う？」

ぼくに問いかけながらも、魔王は昔話をするような、遠い目をして言葉を続けた。

「出会った頃の彼女は、精気がみなぎり肌もつやつやして、本当にまばゆいくらいの美しさを放っていた。彼女は『なんでもできそうな気分なの』と明るく笑っていたのだ。彼女はサキュバス。下級悪魔とわかっていたけど、厳しい警護の目をかいくぐり俺の寝室に難なく入りこんで、俺に触れてきた。彼女は特異体質の、有能なサキュバスなのだろうと思ったのだがな……」

そうして小さなため息をつく。

「だが、ディエンヌを産んだあとは、みるみると、何もかもが衰えていった。いいや、たぶん元に戻っていったのだろう。今の彼女がエレオノラの本質なのだ」

「……ディエンヌを、魔王様の御子を身ごもったから、その魔力の恩恵で今まで魔王城にいられたのではありませんか？」

ぼくは母上がそれほどに衰えているのだということを知らなかったから、これは推測でしかないのだが、一応見解を述べてみた。

「うーん、そうかもしれないが。懐妊する前に俺のもとへ来られた理由はわからぬままだな。とにかく、彼女はもう魔王城にはいられない」

遠き日の母上を見ていた魔王は、ぼくに視線を戻す。血の色の瞳が、ぼくの本質を見通そうとするかのように怪しく光った。

「サリエル、おまえはどうなのだ？　おまえの父が誰かは知らないが、下級悪魔の息子で俺の血は一滴も入っていない。そんなおまえが、このまま魔王城で暮らしていけるのか？」

魔王は一応ぼくのことを心配してくれているみたい。ディエンヌが言っていたように、母上と一緒にここから追い出すという無慈悲な気持ちではなさそうだ。

なので、ぼくは安心してニッコリ笑顔で告げた。

「ご心配には及びません。ぼくは生まれたときからぼくのまま、何も変わってはおりません。兄上のお屋敷で変わらぬ暮らしを続けておりますし、ラーディン兄上やシュナイツ、ルーフェン兄妹という、魔力の強い方たちと、お友達として日々過ごしております」

そこまで言うと、魔王はふむと相槌を打った。

「そうだな。おまえは、俺の魔力にも反応しない鈍感体質だった」

言い方ぁ、と思いつつ。まぁ、事実なので仕方ないね。

「僭越《せんえつ》ながら、ぼくはレオンハルト兄上の婚約者です。よろしければ、今まで通りぼくをドラベチカ家の末席に置いてくださいませ」

「あぁ、おまえがそうしたいというのなら構わないぞ。俺はエレオノラがこうなるまで、おまえのことを目にかけたことがなかった。ただ、俺の血脈であるディエンヌはともかく、エレオノラの子であるおまえは大丈夫なのだろうかと、思っただけなのだ。では、これまで通りで良いのだな？」

「はい。お気遣いいただき、ありがとうございました。ぼくは兄上のお屋敷で、幸せに暮らしております。これからもよろしくお願いします……父上」

きゃっ、魔王にはじめて父上と呼び掛けてしまったぁ。でもこれで、なんとなくだけど、本当の意味でドラベチカ家の一員になれたような気がした。

とはいえ、父親としては三男のことをすっかり忘れているのはどうかと思う。だけどぼくは養子だから、そんなものでしょう。

多くは望みません。暴力を受けることなく、ひもじい思いをすることなく、路頭に迷って凍える寒さに泣くことがなければ、それだけでもありがたいことだ。母上とディエンヌの仕打ちは置いておいて。

父上はぼくを王族の子という恵まれた環境で育ててくれた。そのおかげでぼくは兄上に出会えて、今幸せに暮らしている。だから、不満など何もありません。

それに兄弟たちに話を聞くと、みなさんぼくと同じ境遇というか。父上からは放任されているみたいだから、ぼくが特別ないがしろにされているわけでもないらしい。

父上は自由奔放で、好奇心は旺盛で、面白いことしかしたくなくて、好色で、怠惰である。いわゆる、ダメな魔族を地でいっているやつ。だけど、どこか魅力的で憎めない色悪《いろあく》なのだ。

魔王としても、いかにも魔王。凶悪で威圧的で高慢。そして、輝きを放つかのようなカリスマ性が魔族に従属を強いるのだ。

しかし、親的にはアウト。かもね。

「ははは、おまえは礼儀正しいお子様だな。俺に育てられなくて良かったな」

愉快そうに笑って、魔王はぼくを膝の上でぽよんぽよんさせる。

魔王がぼくを育てたら、ぼくも色悪《いろあく》になったのかな？　切れ長の色っぽい目で、人々をばんばん魅了するイケてるインキュバスな、ぼく。

だけどたぶん、魔王が子育てするの、無理だよね。赤子にミルク飲ませていても、目の前を美人が通ったら赤子を放り出しちゃいそうだもの。

「サリュっ、無事かっ？」

そこに声が響いた。突然、入り口の重い扉がバンと開き、レオンハルト兄上が謁見《えっけん》の間に入ってきたのだ。

人払いを申しつけられていた使者がアワアワしているけれど、兄上を止められる魔力を持つ者は、魔王しかいないのでね。兄上がなんか、すみませぇん。

「おい、レオンハルト。俺は人払いをしていたんだがなぁ」

魔王の怒号を鼻であしらう兄上は、なにやらとんでもないことを言い出した。

「はんっ、父上。魔王の威厳はどこへやらだな。玉座から私を見下ろして偉そうにしているが、可愛さがてんこ盛りのサリエルを膝に乗せている時点で、威厳は半減だ。サリュの愛らしさが魔王の何もかもを凌駕《りょうが》しているっ」

「へぇぇぁあ？　兄上、何を言っているのですか？」

ぼくのような者が魔王の威厳を消すなんてありえません。しかし憤怒《ふんぬ》の兄上はカッカッと荒い足取りで、赤い絨毯《じゅうたん》の上を歩いてくる。

「話を聞けっ、つか、無事かってなんだ？　親子の対話で危害があるわけないだろが」

魔王も兄上の剣幕にヒートアップして、なにやら言い合いに発展しそうだ。

「あなたに関してはわかりませんよ。お披露目会で魔力を垂れ流すような非常識魔王ですからね。それに、私に話を通さずにサリエルひとりを呼びつけるとは、穏やかではありませんね‼」

「はぁああん？　何を息巻いているのだ。まさかおまえも、俺がこの丸いのに手を出すとか思ったんじゃやねぇよなぁ？　つか、躾《しつけ》がなっていないぞ。サリエルは俺のこと、見境なく手を出す色狂いみたいに言いやがったんだ」

「何も間違っていないではありませんか、父上。あなたは好色で、老若男女に手を出す、色狂いで合っています。さぁサリエル、こちらにおいで。膝に乗っているだけで懐妊しそうだ」

「か、かいにんって、懐妊ですかぁ？　ぼく、男なので大丈夫だと思うけど」

これは比喩《ひゆ》だよね。魔王はそれだけ好色であるという、イケメンと目が合うとそれだけで妊娠しそうとかいう、令嬢やインナーの心境だよね？　インナーが妊娠できるかは知らんけど。

とはいえ兄上に呼ばれたので、本当に妊娠する前に魔王の膝から降りることにしよう。

と思ったのだけど、魔王がぼくをムギュっと抱きしめた。

きゃっ、はじめて父上にギュってされちゃいましたぁ。父上の抱擁、ちょっと嬉しい。

「あぁあん？　まだ話は終わってないんだが？　つか、なんだこのもちもちは。程良い弾力、吸いつくようなしっとりもっちり感。食べたら美味《うま》そうだ」

魔王はぼくのしっとりもっちり我《わ》が儘《まま》ボディを、ムギュムギュしながら頬擦りした。というか、た、食べても美味しくないですよ、脂身《あぶらみ》で……

「貴様、とうとう私の嫁に手ぇ出しやがったな⁉　許さん。父といえども許さぬぞ。私のサリエルをいやらしい手つきでモミモミするんじゃないっ、私だって、そこまではしたことがないのに！」

兄上が額のツノを赤くして、完全に怒っちゃいました。

凶悪な魔力が垂れ流され、兄上がこじ開けた扉の向こうで使者が失神しているぅっ。そして扉のところで様子をうかがうシュナイツもオロオロだぁっ。

「はは、婚約したくせにずいぶん清らかなお付き合いじゃないか。ひとつ屋根の下にいながら手も出せぬとは、とんだ腰抜けだ。次期魔王が婚約者に形無しの腰抜けでは、示しがつかんなぁ」

魔王も兄上に対抗して、魔力を垂れ流している。兄上を煽らないでぇぇ。

「余計なお世話だ。早くサリエルを離せ！　それとも力ずくで、おまえを玉座から引きずり下ろしてやろうかぁぁ？」

「あぁあん、やってみるか？　腑抜けの腰抜けめ。未熟なおまえに魔王の玉座はまだ早い」

はあぁぁ、このままでは魔王大戦争勃発になっちゃう。史上最悪の親子喧嘩である。

「ストーーーーーーーップ！」

ぼくは大きな声を上げ、短い腕を横に伸ばして、ふたりを制した。

魔王と兄上は虚を衝《つ》かれたような表情で動きを止める。

ふたりが驚いている隙に、ぼくは魔王の膝から降りて兄上のそばに駆け寄った。

「兄上、ご心配おかけしましたが、大丈夫でございます。エレオノラ母上が魔王城を出るので、ぼくはどうするかと聞かれただけなのです。今まで通りここにいていいと許可をいただきました」

ぼくは兄上の手を両手でぎゅっと握る。すると兄上は、床に片膝をついてぼくと目を合わせた。

「魔王の許可などなくても、サリュはうちの子だ。どこにもやらぬ」

「母上が後宮から去っても、ぼくは兄上のおそばにいたいのです。いいですか？」

「あぁ、もちろんだ。嬉しいよ、サリュが自分からそう望んでくれるなんて……」

感極まった兄上がギュウウッと抱きしめてくれる。

ぼくは、嬉しかった。

自分で魔王城一択、なんて大きなことを言ったけれど、兄上の意見を聞いていなかったからね。今まで通りでいいって、兄上も思ってくれたから良かった。

短い腕は兄上の背中に回らないけれど、ぼくは兄上の脇腹に丸い手をプヨッと添える。そして兄上は立ち上がると、ぼくと手を繋いで魔王に背を向けた。

「さぁ、私たちの家に帰ろう」

「サリエルっ！」

しかし背後から声をかけられ、ぼくは振り返る。

魔王は玉座に座って、ぼくたちを睥睨《へいげい》していた。

「下級悪魔の母を持ち、魔力もツノもないのに、俺の魔力に恐れおののかず、次期魔王と目《もく》されるレオの婚約者としてそばにいられるおまえは……いったい、何者なのだ？」

そう問われ、内心で首を傾げた。

ぼくは、ぼくが何者であるかなんてわからない。母上がサキュバスなのは知っているが、ぼくには魔力もツノもないから、インキュバスであるとも言い切れない。というか、本当にインキュバスになれるのかなって疑問に思っているくらいだ。

それに、本当の父上がどういう種族なのか、それもわからない。

魔力がないから、魔法も使えない。ツノもない。落ちこぼれの役立たずであるぼくは、もしかしたら魔族ではないのかもしれない。

でも、たったひとつだけ確かなことがある。

「ぼくは、サリエルです。魔王の三男で、レオンハルト兄上の婚約者。それだけです」

もしも魔王の三男という肩書がなくなっても、たとえ兄上にぼく以外の好きな人ができて、婚約破棄されたとしても。

ぼくは、サリエル。それだけは変わらない。

兄上を見上げると、笑顔でぼくを見守ってくれていた。きっと、これでいいんだよね。

黙りこくる魔王に向かってぺこりと頭を下げてから、ぼくは胸ならぬ腹を張ってその場をあとにした。


謁見《えっけん》の間を出ると、中の様子を扉の陰から見守っていたシュナイツとミケージャが出迎えてくれた。使者は魔力にあてられて失神してしまい、警備の兵によって運ばれていった。

「サリエル兄上、よくご無事で。大丈夫でしたか？」

シュナイツがレオンハルト兄上を気にしながらも、ぼくに問いかける。

兄上とほぼ面識がないシュナイツは、兄上のことがちょっと怖いのかもね。

だって、あんな凶悪な魔力を垂れ流すのだもの。ぼくは鈍感だからいいけど、下手したら魔王と兄上のデンジャラス魔力に挟まれたぼくが、失神アンド蒸発……なんてこともありえましたからね。

実際使者は失神しましたからねぇ、気をつけてくださいい、まったくもうぅ。

「はい。ディエンヌが言っていたような、追い出すという話ではなかったのですよ。今まで通りでいいって、魔王様は言ってくださいました」

シュナイツの問いかけに、のほほんと笑みを浮かべて答えたら、彼はホッと安堵の息を漏らした。

ずいぶん心配させてしまったようだ。

「良かったぁ。兄上がそばからいなくなったら、私は何を糧に生きていったら良いかと……」

「ふふ、大袈裟《おおげさ》ですねぇ、シュナイツは」

そう言うと、シュナイツは長い髪を指でいじって、控えめにはにかんだ。格好良いのに可愛いも共存していて素敵です。

「シュナイツ。私とサリエルはこのまま帰る。子供会にいるサリエルのお友達には、何も変わりはないということを伝えて安心させてやってくれ」

「はい。わかりました、レオンハルト兄上」

兄上の言葉に、シュナイツはピシリと背筋を伸ばし、頭を下げる。

なにやら、ぼくへの態度と全然違うんじゃなぁい？　しかしこれが、次期魔王と目《もく》される兄上の威厳というやつなのですね。さすが兄上。

でもとりあえず、シュナイツにお任せしたので、マルチェロたちも安心するでしょう。

というわけで、ぼくは兄上と手を繋いで帰りの馬車に乗りこんだ。

あれ、ずっと手を繋いでいたっけ？　シュナイツの前でも？

それは恥ずかしいぃ。もうすぐ学園に入学する年だというのに、お子様みたいではないか。ポワッと顔が熱くなっちゃった。

馬車の中では、兄上の隣にぼくが座り、ミケージャは対面の座面に腰かけている。いつものスタイルで、ようやく安心した。

いつまでも何も変わらないというのは、実は幸せなことなのだな。母上が魔王城からいなくなると聞いて、そんなことを思ってしまった。

ちょっとだけ、ショックだったのかも。いえ、ぼくを顧みない母上がいなくなることを寂しく思うとか、そういうことではないのだ。

だけどなんだか、一言では言い表せない胸のモヤモヤを感じる。

ディエンヌがぼくの対応を冷たいと感じたみたいに、母上が去ることになんらかの悲しみを抱くべきなのかもしれない。

でも、ぼくはどうしても、赤ん坊のときに聞いた母上の言葉を思い出してしまうのだ。

魔王の子を懐妊して『これで、魔王城で一生贅沢に暮らせるわぁ』とキャッキャした声で言っていた。そこにはぼくへの感情はみじんもなくて。物心ついてから、ぼくは母上に温かい言葉を一度もかけられたことはないなぁと、改めて思い返す。

なのに、彼女はいつまでもぼくの母上。

母上は棘《とげ》となって、ぼくの心臓にプスリと刺さっている。そんな感じの不快感だ。

これっていったい、なんなのだろう？

愛されたかったのかもしれないけど。それは結構前にあきらめた感情である。だって母上は、ぼくが視界に入ることすら許さなかったのだから。

『それって、かなりひどいぞ？　こっちから願い下げだぁ、もう顔も見せるなぁ、くらいビシィッと言ってもいいんじゃね？』

インナーは、そう憤った。インナーが目覚めたばかりの頃、母上に暴言を吐かれて心の隅で泣いていたね。ぼくはその頃には、今更だと感じていたはずだけど。

あれから五年が経ち、インナーは母上にまったく期待を持たなくなった。それどころか、もう会いたくないとまで思っている。

それはそうだ。自分を傷つけ、疎《うと》む人に、進んで会いたいと思う者などいないもの。

インナーも、兄上も、マルチェロも、母上をひどいと言い、会うなと言い、忘れろと言う。だけどぼくの中には、いつまでも彼女が母親という意識がある。

ぼくをこの世に生み出してくれた人。その気持ちを下のほうに押しこめて、押しこめて。良い思い出だけを上に重ねて、重ねて。

それはできるけど、下に追いやった気持ちを、ぼくは決して消し去ることはできないのだ。

「サリュ、もしかしてエレオノラの処遇に同情しているのか？」

兄上に聞かれ、物思いから浮上する。

ぼくはポヤッと兄上を見上げながら、心の中を整理して、言葉にしてみた。

「同情、ではないのです。下級悪魔である母上が、今まで魔王城で暮らせていたことこそが奇跡のようなものなのでしょう？　母上は充分に贅沢を堪能したはずで……」

「では、寂しいと感じているのか？」

重ねて聞かれ、ぼくは、うーんと考えこんでしまう。自分の気持ちが自分ではっきりわからない。だからモヤモヤなのだろう。

「それも、ございません。寂しいと感じるほど、母上に良い思い出はありませんから。ただ、後ろめたい……のかなぁ？　ぼくは母上の連れ子なのに、今まで通り魔王城で暮らせるので」

「サリュはエレオノラの連れ子であったかもしれないが、今は私のうちの子で、私の婚約者なのだから。胸を張って私のそばにいていいのだよ」

そうだ。ぼくにはここにいてもいい肩書や理由がある。

魔王の三男とか、兄上の婚約者とか。もしかしたら兄上は、今日の日のようなことに備えて、ぼくのために、ぼくがここにいていい理由をいろいろ準備してくれたのかもしれない。

将来のことを見据えられる、とても頭が良くて、優しい兄上なのだ。

「サリュ。魔族というのは享楽と悦楽に興じる生き物だ。一瞬一瞬を楽しく生きる。つらく、苦しいことなどからは、目を背ける。ただただ楽しいことに目を向けていていいのだ。だからサリュは、私だけを見ていればいい。私といれば、ずっと楽しいだろう？」

隣に座っていた兄上は、そう言ってぼくを膝の上に乗せる。向かい合わせで、目と目を合わせて、しっかりはっきりぼくに言い聞かせる。

「だけどサリュは真面目さんだからな。そして優しい子だから、親というだけで気にかかってしまうのだろうね。私は心根が冷淡だから、関係が希薄な両親がたとえ魔王城を出たとしても、特に何も思いはしないだろうが。サリュはきっと情が深いのだと思う」

兄上も六歳から親元を離れて屋敷を切り盛りし、政務や公務で忙しくしている。そんな状態だから両親と顔を合わせる機会は年に数回だった。

でも兄上は、今日は父上と喧嘩みたいになっちゃったけど、普段はちゃんと両親を敬っている。いずれ、巣立ちのように親から遠く離れることはあるかもしれないが、関係はまぁまぁ円満で、現時点で見捨てるような事態になる気配はない。

「そのような……兄上はお優しいです」

心の中の思いをうまく表現できなくて、簡単な一言になってしまったけど。ぼくは本当に、兄上の心根は冷淡などではないと思うのだ。だってぼくを育てた兄上だもの。

——でも。あぁ、ぼくは……。

話しているうちに、なにが胸に刺さっているのかわかってしまった。

ぼくは母上を見捨てるような気がして、それで気が咎めているのだ。

「……もし、サリュが魔王城から去るなどということがあったら、怒りまくりの、雷バリバリドッカーンだろうと思うよ。親にはそうはならないが、私にとってサリュは一番大事な宝物だから」

ぼくがよく、バリバリバリドッカーンはいけませぇんって言うから。兄上もそれを真似して、全然似合っていないのにバリバリドッカーンと言う。

ぼくを笑わせようと、気持ちを和ませようとしてくれる、そういうところが優しいのだ。

「今までさんざん暴言を吐いてきたあの女を母親というだけで気にかける、サリュのその優しい心を私は否定しないよ。でもね、離さないから。サリュがあの女のもとへ行くというのなら阻止する。そこにサリュの幸せはないからな」

「行きません。兄上のそばにいます。いたいです」

すかさず、ぼくははっきりと告げた。父上に言ったように、ぼくの中の選択肢はただひとつだ。

「でも、そんなぼくは。母上を見捨てるぼくは、いけない子ですね……」

それは、仕方がないんだ。ぼくだって、ぼくの幸せを望みたい。

いけない子でも、幸せになりたい。

心の隅に、そんな自分勝手なぼくを許さないぼくがいる。インナーのことではない。常識や一般論を振りかざす、真面目な自分のことだ。

だけどそいつからは目をそらす。

だってぼくは、我が儘《わまま》にも、兄上のそばから絶対絶対、離れたくないのですもーん！

「バカだなぁ。サリュがいけない子なわけはない。こんなに良い子なのに」

兄上は目つきをやんわりとやわらげ、ぼくの赤い髪を大きな手でそっと撫でてくれる。兄上の手のひらから熱い体温を感じると、ぼくはいつも心がふにゃりと、とろけていくみたいになるのだ。

「さっき言っただろう。魔族は悦に興じていればいい。誰もサリュを責めない。私が責めさせたりしないよ。修行者のようにわざわざ痛いことをしなくてもいいんだ。だが、どうしても気がかりだというのなら、どうか私の望みを叶えてほしい」

「兄上の望み？　それはなんですか？」

「サリュが私のもとにいてくれることだ。どうか、私の我儘《わがまま》を叶えてくれ」

本当に兄上は優しい方だ。自分が我儘《わがまま》を言っている体《てい》で、ぼくの罪悪感を溶かしてくれる。兄上が望んでいるから魔王城に残るのだという免罪符を、ぼくに与えてくれたのだ。

優しくて大きな器で、ぼくを真綿でくるむみたいに大事に大事に温めてくれる。ぼくはその兄上の愛情にまぁるく心地よく包まれて、たっぷりと幸せに浸ることができる。

「兄上がそうお望みなら。ぼくはいつまでも兄上のそばにいますよ。喜んでぇ」

ニッコリ笑ってそう言ったら、兄上はぼくをギューーーッと抱きしめてくれた。

少し力が強いけど、これは幸せという名の痛みなので我慢。でもムギュリと身が出そう。

「痛いですぅ、兄上ぇ」

訴えると、兄上は抱く手をゆるめて少し体を離した。

「すまぬ、サリュは柔らかいから、壊れないよう、そっと、そっと、抱えないといけないな」

ギュムギュムが去ってホッと息をついたぼくは、改めて兄上に笑いかけた。

「そういえば、兄上。いつまでも馬車がお屋敷につきませんねぇ？」

「サリュが考え事をしていたから、邪魔しないよう城の周りを走るように、と御者《ぎょしゃ》に伝えたのだよ」

「えぇ、いつの間にぃ？　全然気づきませんでした。兄上ったら、なんて気遣いが上手なのでしょう。ぼくはいつも兄上に大事に大切に扱われて、このご恩をどう返したらいいのかと考えるのですが、あれもこれもと思ってしまって……いつの間にか寝てしまっているのです」

ぼくはいつも頭がほんにゃりしていて、真剣に考えこむと、なんでか寝てしまうのだ。不甲斐なくて申し訳なくて、指と指を合わせてプヨプヨさせてしまう。

「何もいらないんだよ、サリュ。おまえが私のそばにいてくれるだけで、私は幸せで、とても癒されるのだからね。でもまぁ、よく眠れるのはいいことだ」

ぼくは話をやんわりそらされているのに気づいた。いつもは兄上の巧みな話術によって煙《けむ》に巻かれたように気づかないことが多いけど、今回はあからさまだったので、オコですっ。

「もうっ、また兄上はぼくの気持ちを思いやって、ご恩を返す話をどこかにやろうとしましたね？ややこしいことから、兄上はぼくをいつも遠ざけようとしてくれます。でも胸のモヤモヤから逃げちゃうみたいで……それでいいのかなって思っているのに。ぼくに逃げ場を与えようとする兄上は、お優しすぎます」

「逃げてしまえば良いのだ。ずぶずぶと沈んでしまいそうなほどに心の重しがあるのなら。そんなものは捨てて、私の胸に逃げてこい」

ぼくのすべてを受け止めてくれる兄上。その頼もしさに、ぼくは胸がきゅぅぅんとなった。

嬉しかったんだ。だから、兄上の頬に手を添えて、チュッ、てした。

頬っていうかね、ちょっと届かなかったから、唇の横にチュウ……しちゃいましたぁ。そしたら兄上の目がビカッと見開いて、ぼくを凝視した。そのリアクションに、ぼくも驚いてしまう。

「そのように驚かないでくださいませ、兄上。恥ずかしいではないですかぁ」

兄上が固まったまま動かなくなっちゃったから、ぼくは羞恥心マックスで、両手を自分の頬に当ててブルブルと揉んだ。頬を揉むと、なんでか気持ちが落ち着くのだ。

「兄上、大好きですよ。いつもぼくのことを考えてくれて、ありがとうございます。その感謝のチュウでございますぅ」

「サ、サリュ。先ほど魔王がしていたやつをしても良いか？　モミモミしてスリスリ……」

「駄目です」

すかさずミケージャが却下してくれて、ぼくはちょっと安心する。だって兄上にそんなことされたら、ぼくは心臓バクバクでハヒハヒになっちゃうよっ。

「なぜだっ、父上は許されて、なぜ私はダメなのだ？」

兄上はよほどぼくをモミモミしたいようで、手の指をわきわきと動かしていたが、ミケージャに諫《いさ》められていた。

「魔王様の所業を廊下から見ておりました。別に魔王様を許すわけではありませんが、彼のアレは子供に向けたものです。しかし婚約者のあなたが婚約者のサリエル様をモミモミするのは、婚約者の節度を越えます。その、いやらしい手つきは下品でございますよ？」

ミケージャに正論で押し切られた兄上は、悔しそうに眉間に皺を寄せる。

だからか、ぼくをそっと抱き寄せた。

「これは、婚約者の節度の範囲内である、ハグだ」

ビシッと兄上は宣言するが、ぼくをもちぃと抱くのは、ハグより濃厚かと。ただ、兄上にくっついているのは心地よいので、まぁいいでしょう。

「サリュ。私も愛しているよ。私のそばに、ずっといてくれ？」

兄上の胸に顔をうずめる状態で、ぼくは小さくうなずく。

「ねぇ、兄上。ぼく、ディエンヌにいろいろ言われて、みんなの前で言ったのです。愛情をかけてくれない人に愛情を返せませんってね。逆に愛された分は、返したいと思うのです。兄上にも、優しいお友達たちにも」

ぼくを顧みなかった母上に、愛を感じることはできない。でも、以前マルチェロに言われたように、ぼくはぼくを愛する人たちの声を聞いていたいと思うのだ。

「でもぼくは、小さくて、未熟でしょう？　どうしたら兄上の大きな愛に応えられるか、よくわからないのです。なので、ぼくはこうして兄上の前でイジイジして、甘えちゃって、そんなぼくの弱気も表すことで愛情を示してみるのですが。こんな感じで、少しは愛情を返せていますか？」

「なんと、サリュが私に甘えてくれるなど、すごい進歩ではないか。もちろんサリュの愛情は私にしっかり伝わっているとも。私に甘えるサリュは、可憐でとても可愛らしい」

「ミケージャに怒られている兄上も、お可愛らしいですよ」

馬車に揺られながら、ぼくらはフフフと笑い合い、身も心も寄り添わせた。

ぼくにとって兄上は、大人で、落ち着いていて、全力でぼくを守ってくれる人。婚約者という近い存在ではあるけれど、若輩《じゃくはい》ながら国の根幹にたずさわれる賢さを持ち、近寄りがたいほどの美麗さを兼ね備え、何もかもがパーフェクトだから、すっごく遠い目標のように思っていた。

けれど、ぼくをモミモミしたいとか、ミケージャに言い負かされてムッとするとか、そんな子供っぽい面を見て、ちょっと親しみを感じちゃった。

だからね、今日の出来事で兄上とぼくとの心の距離がグンと近づいたような、そんな気がしたのだ。

★★★★

子供会から二週間ほど過ぎたある日。ぼくはマルチェロにショッピングをしようと誘われ、町に向かっていた。付き添いはエリンと、マルチェロの従者の人である。

ちなみに町に行くときは、いかにも貴族っぽい服装は無粋なので、ぼくの今日の装いは濃い緑の上下の簡易な衣装に白シャツを合わせ、襟首に赤いブローチをつけている感じ。

マルチェロは、薄い茶色のジャケットをおしゃれに着こなしている。いいなぁ、マルチェロは茶色を着てもコカトリスと言われないから。

町に着くまで、馬車に揺られながら先日の子供会の話を聞いた。

「魔王様にサリーが呼びつけられたときはひやりとしたけど、何事もなくて良かったよ」

「直前までディエンヌが煽っていましたからね。その節は、誠にご心配をおかけいたしました。あのあとディエンヌとダンスして、足ダンされませんでしたか？」

そういえばよける練習も途中だった。みなさん、よけるのをマスターできたかなぁ？

「ルーフェン家の者に足ダンできるほど、彼女は強者ではない。いかにも権威に弱い小物だね。捨て置いても良かったが、サリーへの追撃を阻止したかったから、足止めついでにちょっとダンスに付き合ってやったのさ」

いつもの微笑んでいる優しい顔ながら、マルチェロは結構毒舌なのだった。あのディエンヌを小物と言うなんて、器の大きさには感心しちゃうね。

「ぼくを守ってくれたのですね。ありがとう、マルチェロ」

シュナイツが魔王のもとへ同行してくれたとき、みんなに目配せをしていたけれど、あれはどうやらディエンヌの足止め要請だったみたいだね。言葉に出さず調子を合わせてそれができてしまうなんて、ぼくの友達はすごい人ばかりなのだ。

果たして、ぼくが目配せされたとき、彼らの真意を受け止められるのか……心配だ。

「マリーベルもエドガーもがんばったんだよ。私の横で踊って『ダンスのステップを間違えて足を踏むのはエレガントではありませんわ。令嬢失格ですわ！』って、あからさまにディエンヌを挑発したりしてね」

「ははは、マリーベルはさすがですねぇ」

そんな話をしながら、ぼくはあの日のことを考える。

結局ディエンヌが言っていたことは、母上が城を退くこと以外はすべて憶測だった。

マリーベルがディエンヌをたしなめたときに言ったように、レオンハルト兄上の婚約者であるぼくを兄上の許可なく追い出すことは、たとえ魔王でもできないと……兄上もあのあと言っていた。

それを聞いて、ぼくはホッとした。ぼくには兄上が用意してくれた居場所がある。心配してくれる友達もいる。それって、どんな高価な物よりも大事で尊い、ピッカピカの、ぼくの宝物なのだ。

まぁ魔王もぼくを追い出すつもりじゃなくて、一般的に子供は母親についていくという風潮があるから、意見を聞きたかっただけみたいだった。

でもぼくの場合、家族的な事柄は、おおよそ一般的なことに当てはまらないのである。

それにぼく、兄上にチュウって自分からしちゃったからね。婚約者であるふたりの絆《きずな》はガッチガチなのだ。

あぁ、十一歳でとうとう大人の階段を上ってしまった、ぼく。

そうは言っても、恋愛のチュウではないのだ。兄上がぼくのことをとっても親身に考えてくれるから、そのお礼のチュウだったのだけどぉ……

『あじゃこじゃあじゃこじゃ、うるせぇ！　婚約者が婚約者にチュウしたんだからっ、それはそういうチュウなのっ！　言い訳を並べてんじゃねぇぞ。いい加減、腹をくくれっ！』

インナーがうじうじもじもじするぼくを怒った。すぐ怒るぅ。

「そう言われたら、そうかもしれませんけどぉ……」

心の中でインナーにつぶやく。だって、恋愛のチュウと認めるのは恥ずかしいのである。初恋もまだなのに、恋愛のチュウって言えないっていうかぁ……

『バカヤロメ、感謝の気持ちを表すのにチュウするか？　友達にも感謝のチュウするのかぁ？

あぁあん？　つまり兄上へのあのチュウは、特別なんだっ』

インナーにビシィッと指を突きつけられ、いえ、イメージだけど……ぼくは心の中でおののいた。

「た、確かに。あのチュウは特別なチュウです。では感謝の気持ちをチュウで表したぼくは、兄上に、こ、ここ、恋をしているのですかぁぁ？」

『それは知らんけど』

「インナーーーーっ!!」

ぼくは心の中で怒りの叫びを上げた。なんですかっ、ここまで盛り上げておいてぇ。

『とにかく、あれは恋愛の甘ぁいチュウだったのだ。それを認めて、さらにもっとイチャイチャモチャモチャするのだっ。キリリとした兄上のご尊顔が、色恋にゆるんでお色気ボンバーとなるそのサマを、ぼくにつぶさに見せるのだぁぁぁ！！！』

インナーは兄上大好き派だから、兄上ともっとスキンシップしたいみたい。

まぁぼくも、兄上に体をピタッ、みちっ、もちぃっと、くっつけるのは好きだよ。き、ききき、キスも、するのはドキドキで心臓が痛くなるけど、兄上が額にチュウってするのはすごく好き。

うふふ。だけど浮かれていたぼくは、ここでハタと気づく。

丸いニワトリが唇突き出してチュウとか、キモくない？

あの、いつも冷静な兄上が、目を真ん丸にして、頬もカカッと紅潮させていたから。キモがられてはいないと思うけど。

でも兄上のそんな素の表情を見たら、ぼくも恥ずかしくなってしまったのだ。

兄上にも、年相応に可愛らしいところがあるんだね？

「サリー、何をモジモジもっちもっちして、頬をブルブル揉んでいるんだい？」

あの日のことをいろいろ考えていたら、マルチェロが聞いてきた。兄上とのアレコレを思い出して、恥じらいに、無意識に頬を揉んでいたらしい。いけない、話の途中だったね。

「まぁいいか。それで、サリーが気にかけることはないのだけど一応報告しておくと、母が退いたあとも、ディエンヌはあの屋敷で暮らすようだよ」

何事もなかったように話を続けたマルチェロに、ぼくは目を向ける。

買い物ついでに、後日談である。

マルチェロはディエンヌの婚約者だから情報が入ってくるようだけど、実の兄のところにはそういう話はまったく入ってこないという……まぁいいけどね。

「そうですか。って、あの大きなお屋敷にディエンヌがひとりで暮らすのですか？　使用人ではディエンヌを制することはできないでしょうね」

屋敷でひとりになったディエンヌがやらかし放題になるのかと思うと、悪い予感しかしないよ。

まぁ母上がいたとしても娘に甘々だから、ディエンヌを制することなどしなかっただろうけど。

「あぁ。だから公爵子息の婚約者を指導する名目で、住みこみの家庭教師をつけることにしたよ。花嫁修業というのが表向きの理由だが、実質はディエンヌのお目付け役、監視役だね」

「そそそ、それは、兄のぼくがやらねばならないことでは？　い、いいい、嫌ですけどぉ」

ぼくの尻拭い的責任感が、マルチェロにそこまでさせていいのか、と訴えている。

でも、兄上の屋敷を出てディエンヌと暮らす尻拭い生活をしなければならないとしたら……

嫌じゃーーっ!!　無理ぃ!!

ぼくはまたもや頬に手を当てて、ぶるんぶるん揉んだ。

「サリーは嫌なことをしなくてもいいんだよ。レオの婚約者であるサリーに、このような雑事を押しつけてしまったら、私がレオに殺されてしまう。それにこれは、いずれディエンヌが公爵家に輿入れするための指導なんだ。私と婚約したのなら、これくらいのことはこなしてもらわなければね」

マルチェロは人のよさそうな顔でにっこりする。

だけど、貴族の婚約ではこれが普通のことなのだろう。今まで心のままに振る舞って、善悪の区別がつかない生活をしてきたディエンヌが異常なのだ。

「では。公爵家に丸投げするのは心苦しいことではありますが、妹が普通の令嬢になるよう、ご指導ご鞭撻《べんたつ》のほどよろしくお願いします」

「はは、承りました」

ふたりで頭を下げ合って、ニパッと笑い合う。

あぁ、この気のいい友達の婚約者が、悪夢のような妹であるのが本当に申し訳ない。少しでもディエンヌの悪辣《あくらつ》が薄らいで、やらかしがなくなるように、ただただ祈るばかりである。

「ディエンヌの母は、辺境にある魔王様所有の古城に移られた。手入れの行き届いた美しい城だが、管理していた者はやはり魔力が高くてね。使用人は現地で一新しなければならず、もちろん魔王様も城に近づくことはできない。実質、古城は彼女に譲渡された」

すでに母上は魔王城を出たようだ。

あぁ、もう金切り声の母上の暴言を聞かなくていい。

あぁ、もう軽蔑しきった母上の冷たい目を見なくていい。

そんなことが思い浮かび、ホッとしたような、胸がシクシクするような、変な気持ちになる。

「とにもかくにも、サリーが今まで通り私たちのそばにいられるようになって、良かった、良かった。湿っぽい話はおしまいにして、町に着いたらショッピングを楽しもう」

後日談を話し終えたマルチェロは、明るい声を出してぼくを励ます。母上への後ろめたさがぼくを暗くさせるが……そうだね、気持ちを切り替えよう。

「あ、この前美味しかったから、ビッグイカキングの串焼きを兄上にテイクアウトしたいです」

「え、あのサリーの腕の丸焼きみたいなグロテスクなやつ？　それはお土産《みやげ》としてどうかなぁ」

お友達と話をしながらショッピング。ネガティブはなしで、思いっきり楽しもう！


そうして町に着くと、まずぼくは屋台へ向かった。ビッグイカキングの串焼きをテイクアウトするのは難しいとエリンにも言われたので、ぼくは食べ歩きをするのだった。

マルチェロはぼくの腕の丸焼きとか言うけど、失礼なのだっ。

でも確かにただのイカではなく、ビッグイカキングだからね。海にいるでっかい魔獣で、足の太さはぼくの腕と同じくらいだ。しかしそう言われたら、ぼくが共食いしているみたいで食べづらいじゃないか。食べるけど。うーん、磯の香りぃ。

それはともかく、今日は兄上にどんなお土産《みやげ》を買おうかって思いながら、店先を見て回る。

すると、果物屋さんの一番目に付くところに、座布団に鎮座ましましているももんもを発見した。

しかし、値段が……た、高いよぉ⁉

「マルチェロ、ももんもが店にあるよ？」

「あぁ。公爵家から商人に卸しているからね。マリーベルが、ガッポガッポだよ」

こそっとマルチェロに聞くと、彼は笑顔で懐に金を入れる仕草をする。貴族っぽくない。いや、むしろ成金貴族かな。

「ガッポガッポ？　でも、ちょっとお高くないですか？　ボッてます」

聞きなれない言葉に、マルチェロが「ぼ？」と言って首を傾げる。ボッてる、はインナー用語でぼったくり価格ということ。恐ろしい。

でも、マルチェロはももんもの価格について整然と説明した。

「ももんもは、うちの庭とサリーの庭にしかない、いわゆる卸せる数が少ない商品だ。希少品でなおかつ美味《うま》いから、この値段でも売れるんだよ。今は貴族が買い占めていて庶民の手に届かない高級品だが、店頭に置かれているのは、こういう果物も用意できますという宣伝だね」

「需要と供給のバランスで、この価格なのですね？」

なるほど。ぼくのお小遣いがこれほどに多い理由がわかった。ももんもが、お高いからか。

人の流れに沿って、次のお店を見る。ガラスの壺に色とりどりの飴が入っている、キャンディー屋さんに目が留まった。

「見て見て、マルチェロの瞳の色と同じキャンディーです」

「こちらは、サリーの瞳の色と同じ飴だ」

マルチェロが指をさす壺をのぞきこむと、赤くてキラキラ光っている、まぁるい飴が入っている。

「これはレッドベリー味だよ。甘酸っぱいよぉ」

と、お店のおじさんが説明する。食べてみたくなって、少し買った。

ベリーはサクランボみたいなものだよね？　違うか。でも、見た目や味は似ているし。

『サクランボ、てか、桜、作ってもいいんじゃね？』

なんて、インナーがぼくを誘惑してくる。桜は以前、インナーが脳内映像で見せてくれたことがあるのだ。確かにピンクの花びらがひらひら落ちてくるあのサマを、ぼくも肉眼で見てみたい。来年は学園に入学するから、制服を着て桜の木の下でにっこりするの、あこがれるなぁ。

インナーが教えてくれた桜はサクランボにならないけど、どうせなら美味しい実のなる桜を作っちゃおうかなぁ、なんて考えたりする。

マルチェロはぼくが買った飴をひとつ取り上げて、口に入れてしまった。

「ん、んまっ。サリーは私の目の色のやつ食べてごらんよ」

そう言って、マルチェロは緑色の飴をぼくの口に入れた。

「んんっ、甘酸っぱい。マスカットの味がするよ、美味しいねぇ」

ぼくの言葉に、マルチェロはニッコリ笑った。

「マスカットって、何？」

マルチェロに言われて、ぼくはこの世界にはマスカットがないのだと気づいた。ブドウというものはあるのだが、ワイン用の酸っぱいものだけで、魔国に甘いブドウはない。

これはインナー用語だ。でもぼくは甘いブドウの味を知っている。ビッグイカキングの味も、あれは美味しいってなんとなく知っていた。それって、なんでぇ？

「……マスカットは、甘くて緑色のブドウなのです」

「甘くて緑のブドウ？　私は酸っぱくて紫のブドウしか知らないけど、どこかにそんなブドウがあるのかい？　サリーは博識だなぁ」

この世にないものの話をしてしまったぼくに、マルチェロはそう言った。要領を得ない話をさらりと流してくれる、そんなところ、彼は紳士だなって思うのだ。

「それよりサリー、屋敷に戻る前にちょっと寄り道しない？　ロンディウヌス学園に行ってみようよ。中にはまだ入れないけど、どんなところか見てみたいじゃないか」

「え？　ぼくたちが今度通う学園？　行く。すっごく興味があります」

ということで、ショッピングは簡単に終わらせて、ぼくたちはロンディウヌス学園へ向かった。

そして、今ぼくは学園の校門の前で仁王立ちしている。

お昼を過ぎた辺りだったから生徒は授業中らしく、学園の職員らしい人も校門付近にはいなかった。目に入るのは、校門を入って少し中ほどにある、貴族の生徒が乗る馬車の停車場や、ロータリー、敷地の中を貫く一本道など。学園の校舎は遠目にちらりと見えるだけなのだけど。それは普通のパターン。

ぼくの目には、校門の横に唐草《からくさ》の縁取りがなされた備考欄がババーンと見えているのだった。

この頃は慣れちゃって、備考欄をあまり意識して見ていなかったのだけど、その気になって見てみれば、魔獣や物体にも備考欄は出るんだよね。

だけどこの備考欄は、いつもの物体を説明する文とは明らかに違うのだ。

『ロンディウヌス学園。「ロンディウヌス学園、どんな悪魔と恋しちゃう?」の舞台。主人公と攻略対象が恋を繰り広げる、ラブラブでちょっとスリリングな学園乙女ゲーム。通称、ロンちゃう。悪役令嬢の邪魔立てを回避しつつ、癖のある魅力的な悪魔キャラクターたちとの恋愛を楽しんでね』

ほえぇぇ。ぼくはこの備考欄を、口をまぁるく開けて読みこんだ。

なるほど、主人公の邪魔をする令嬢というのが、悪役令嬢……なのだろうか? 今までたまに出てきた攻略対象というのは、主人公と恋を繰り広げる人のこと? いっぱいいたけど、ふぅん?

首をひねりながら、ピンとこない感じでぼくは考えていた。

そのとき、心の中でインナーが『ああああああっ!!』と叫んだ。

急に大声出したらびっくりするじゃないですかぁ、と心の中で注意するが、インナーは興奮気味にまくし立て始めた。

『大声出さずにいられるかっ‼　思い出したんだよ「ロンディウヌス学園、どんな悪魔と恋しちゃう?」って乙女ゲーム。ぼく、これやったことあるっ』

「乙女ゲームって、なんですかぁ?」

『主人公の女の子が、イケメン男子と恋をするゲームなんだよ。攻略対象っていうのは主人公が恋をする相手で、誰と恋をするかは主人公が選べるんだ。数々のイベントをクリアすると、攻略対象は主人公のことを好きになっちゃう』

「へぇー」

なんとなく、ぼくには関係ない話のような気がして、気のない返事をしてしまう。

六歳の頃、備考欄によってディエンヌが悪役令嬢だと知り、どれだけの悪行をするのだろうと思ってひやひやして、その尻拭いを一生懸命してきた。

でも、このゲームの悪役令嬢というのは、主人公の恋を邪魔する令嬢という意味でしょう?　そんなの、今までのディエンヌの悪行に比べたら可愛いものじゃないか。

それぐらいなら悪役令嬢でも問題ないかなって思って、ぼくは心の重荷を少しおろした。

『へぇー、なんて、のんきに言ってる場合じゃねぇんだよぉ。攻略対象が誰か、思い出してみろ』

「一、ラーディン兄上。二、シュナイツ。三、ファウスト。四、マルチェロ。五、エドガー……あれ?　全員ぼくに近しい人たちですね」

『何やったら、好感度がアップ。っていうのも利用したろ?』

「利用したと言われると、人聞き悪いです。そういうつもりはないので。でも、そうですねぇ」

ぼくはインナーの言葉でいろいろ思い返してみた。

ラーディンの書類作成を手伝うのは、今も普通にやっている。騎士の練習は嬉々としてやるくせに、書類作成は苦手意識があるのか、いつまでもウダウダしていてぼく頼り。困った兄上だよ。

シュナイツとは子供会でお庭をよく散歩した。でもマリーベルも一緒だったよ。乗馬は……ぼくは馬に乗れないのでまだしていないけどぉ。

ファウストは寄り添ったことで求婚されてびっくりしたが、今は良い友達だ。

マルチェロとは頻繁に町に出掛けているけど、デートではなくて友達とショッピングだよ。

エドガーとは確かにいっぱい勉強をしたね。終始ツンだけど、真面目で可愛い後輩なのだ。

『つまり、君は攻略対象を全員攻略済みということだぁ。ちなみに、シークレット攻略対象であるレオンハルト兄上も、兄弟仲ラブラブカンストで攻略済みだぁ』

「な、なんですってぇぇぇぇっ？？？」

「……どうかしたの？　サリー」

インナーの言葉に、思わず大きな声を出して驚いてしまい、マルチェロにいぶかしげに見られちゃった。あわわ。しどろもどろになりながら、慌てて言い訳をしてみる。

「す、すみません。なんでもありません。思ったほど校舎見えないなぁ、と思って」

「そうだね。もう少しいろいろ見られるかと思ったけど、校門からではほぼ見えないね。今度、校舎内を見学する許可をもらって、それからもう一度来てみようか？」

「そうですね、それがいいですぅ」

ぼくはマルチェロにうなずきを返し、とりあえずその場は終了にした。

ぼくとエリンは、マルチェロの馬車でお屋敷の玄関前まで送ってもらった。

「今日も楽しかったよ、サリー。また遊ぼうね」

柔らかなスマイルでマルチェロはそう言う。彼を乗せた馬車が去って行き、敷地内から出て見えなくなると、ぼくは振っていた手を下ろし、フッと息をついた。

「サリエル様、お疲れになりましたか？」

エリンにたずねられ、ぼくは首を横に振る。ぼくの気がかりはそれではないのだ。

「ううん。でも、ちょっと部屋でお休みします」

そそくさとぼくは自室に引き揚げ、洋服を脱いでエリンに渡し、するすると部屋着に着替えて身軽になると、ベッドにプヨッと腰かける。

エリンが一礼して部屋を出ていくと、ぼくはコロリーンとベッドに転がって、体をうねらせた。

「どういうことなのですか？　いったい、いったい、いったいぃぃぃ!?」

『落ち着けよ。ちゃんとしっかり説明するから。しますからぁぁ』

インナーがそう言うので、ぼくはプルンと起き上がり、ベッドの上で正座をした。口をムッと引き結び、気合いを入れます。さぁ、説明とやらを聞かせてもらおうじゃぁないかぁっ！

『この世界は、ぼくが前の人生でプレイした「ロンディウヌス学園、どんな悪魔と恋しちゃう？」

通称「ロンちゃう」というゲームの世界観と同じ……というのを、先ほど思い出しましたぁ』

ぼくの口を使って言うインナーに、ぼくは質問した。

「ゲームってお遊びのことだよね？　この前作ったジグソーパズルとか、手繋ぎ鬼みたいな？」

『その遊びはいわゆるアナログなやつで、ロンちゃうはデジタル……うーん、説明難しいなぁ。モニターに映像が出て、選択肢やセリフを選ぶことでイケメンと疑似恋愛ができる、恋愛シミュレーションゲームなんだ』

インナーはぼくの脳裏にイメージ映像を見せる。部屋の机の上に大きな板みたいなものがあって、そこに絵で描かれたラーディンが見えた。あの巻いたツノ、スカイブルーの髪、そしてなにより尊大でドヤな表情が、彼そっくりだ。

「うわぁ、板に描かれた綺麗な絵が見えます。これ、ラーディンでしょう？　こんなに再現度が高い絵画はじめて見ます。インナーの世界ってすごいのですねぇ」

『その板が、モニターな。ちなみに娯楽も医療も学業も、あの世界ではトップレベルのものがそろっていたんだ。どやぁぁ』

「そこまで思い出して、自分が何者なのかはまだわからないのですか？」

ぼくは疑惑の眼差しでインナーをみつめる。いえ、心の中のインナーをという比喩《ひゆ》である。

『ううっ、わからないものは、わからないしっ。てか、今はこのゲームの話だってば』

確かにインナーが何者でも、それで何か変わるわけではないから、まぁいいけど。

『話を戻すけど、今までここが「ロンちゃう」の世界だってわからなかったのは、ぼくがこのゲームを二回しかしていなかったからだ。前の世界ではゲームなんかいっぱいあってさ、印象がちょっと薄かったんだよね。あと、リアルと二次元の……絵の感じがピンと来ていなかったこと。ここはリアルな世界だからな、ぼくはゲームと結びつけなかった。異世界転生、チート能力で無双なんて、最初の頃は思っていたけど、マジでゲーム内転生だとは思わなかったっていうか……』

「それは言い訳です。備考欄が出たときに、インナーには気づいてもらいたかったんですけど？というかゲームに、ぼくは登場しないのですか？」

『登場しないね。だって、へへ、イケメン男子と恋するんだよ？　給食のおばちゃんが出てくるわけないじゃーん』

ひどい！　確かにぼくはイケメン男子ではない。けれども、少なくとも、給食のおばちゃんではないはずなのだぁ。

「だ、誰が？　誰がそのイケメン男子と恋をするのですか？」

心の動揺を、頬を揉みこむことでおさえつつたずねると、インナーは黙った。

「え？　なんですか？　全部教えるのでしょう？」

『えっとねぇ、今はまだ主人公とは会っていない。と思う。主人公は十五歳でロンディウヌス学園に転入してくるんだ。ラーディンは先輩だったから、君と同級生かな？』

「では、ぼくが十五歳のときに転入してくる女の子が、主人公なのですね？」

『そうそう、そんな感じ。ぼくはスタンダードに攻略対象その一のラーディンを攻略したんだけど『ツノなし魔力なしのあなたが、私のお兄様に話しかけるなんて百万年早いわよぉ』ってディエンヌに言われて、邪魔されまくったんだよなぁ』

ぼくはインナーの言葉に眉間がムニョムニョした。

「なんか、どこかで聞いたことのあるフレーズですね？」

肯定して、インナーは心の中でハハハと笑う。笑い事じゃないのでは？

「でも、じゃあやはり、インナーは女の子なんだね？　乙女ゲームをやっていたのだから」

乙女と名のつくものをやっていたのなら、それは女の子なのではないかと、ぼくは単純に思ったのだけど、インナーは答えを濁した。

『それはわからないよぉ。ぼくの世界には、イケメン男子との恋愛を夢見て乙女ゲームをする男性が存在していたのだからね。乙女ゲームをしていたからってだけでは、ぼくの性別は特定できないなぁぁ？』

魔国でも、同性の恋愛には寛容である。性別的に支障や問題となるのは、子孫を残すか否かというところで、そこをお互いがクリアできたら、ラブラブな同性カップルを引き裂くものはない。

基本、魔国は自由恋愛である。だから魔王のように奥さんをいっぱい持つとか、他にも恋人を作るとか、許されちゃう。しかし、ひとりの伴侶を一途に愛する魔族もいるから……魔族は両極端なんだよなぁ。

インナーの世界も、そんなふうに恋愛は自由主義だったのかもね。

『つか、そんなの知らんしぃ。ぼくはぼくなの。男とか女とか、子供とかおじさんとか、そんな性別とか肩書とか、どうでもよくね？』

「まぁ、それはそうだけど。たとえが大人じゃなくておじさんなのが……」

『おじさんじゃないよっ、そこは絶対違うもん。たぶん』

重ねてくるところがとてつもなく怪しくて、心の目がジト目になるけど、まぁいいか。話を戻そう。

「ディエンヌが悪役令嬢というのは、主人公の恋愛を邪魔するからなのですか？」

『そうだけど、ディエンヌはそれだけじゃ済まないじゃん。ディエンヌはね、ぼく……じゃなくて主人公を崖から突き落としたり、池に突き落としたり、階段から突き落としたり、お菓子に毒を盛ったり、暴漢に襲わせたり、それはそれはいろいろとヤバい手段で邪魔してきたんだ。それで、主人公が死ぬバッドエンドもあったよ』

ひえぇ、恋愛で殺人？　なんてデンジャラスなゲームなのだろう。

『バッドエンドで主人公が死んでしまうと、ディエンヌはラーディンや他のキャラに断罪される。それがディエンヌの処刑ルートだ』

断罪は、以前兄上が言っていたやつだ。大勢の前で己の正当性を主張して婚約破棄するとか？

でもこの場合の断罪は、殺人罪をみんなの前で告げられちゃうってことだよね。

あ、ディエンヌの備考欄に『断頭台の露《つゆ》と消える』って書いてあったけど、それでこういう末路になっちゃうのぉ？

あまりの出来事に、ぼくは頬を揉まずにはいられなかった。

「でも、ディエンヌの処刑もだけど、主人公が死ぬなんて可哀想です。そこは阻止したいね。それに身内に殺人者がいたら、兄上が魔王を継承するときに問題になる可能性もあります。ディエンヌに兄上の邪魔立てはさせませんっ。殺人のような悪事を働いたら自業自得でしょうが、一応妹ですからね、主人公が死んじゃう処刑ルートはできれば回避したい。兄上のためにも……」

『うまく尻拭いができれば、回避できるかもな。だが、あともうひとり悪役令嬢がいるぞ』

インナーに言われて、ぼくは思い出した。そうだ、マリーベルも悪役令嬢だった。

「でもマリーベルが主人公をいじめるとか殺そうとするとか、そんなの想像つきませんよ。そんな頭の悪い子ではありません」

『マリーベルの婚約者は、シュナイツだ。主人公が攻略対象にシュナイツを選ぶと、自動的にマリーベルが悪役令嬢になっちゃうんだよ』

自動的なんて、そんな横暴な話を聞いたら黙っていられない。

「でもそれは、婚約者のいる相手と恋愛しようとする主人公が悪いでしょ。マリーベルが有無を言わせず悪役令嬢になるなんて、可哀想です」

『それは、ぼくに言われても困るよぉ。恋愛ゲームはそういうものなの。攻略対象と仲良く話しているところを邪魔されたら、主人公側から見れば嫌な人ってなるじゃん？』

ぼくは疑問に思って首を傾げる。婚約者がいる人に粉をかけるほうが絶対に悪です。それでも奪いたいって思うのが、恋愛なの？　恋で男性を奪い合うなんて……御令嬢、怖い。

でもとにかく、マリーベルが悪役令嬢にならないよう、そばにいて守ってあげよう。うむ。

ぼくがうなずくと、インナーもうむと言って同意した。そして話を続ける。

『攻略対象には、婚約者やウザい妹がいる。彼女たちの妨害をかいくぐって本当の恋をするっていうのが、恋愛シミュレーションゲームだ。でも『ロンちゃう』は比較的健全なゲームだったよ。全年齢対象だったし。他のゲームはドロドロでエロエロなやつとか、虐殺とか、皆殺しとか、すっごいエグいゲームもあったからな』

「インナーの説明だと、基本、悪役令嬢は主人公の恋を邪魔する人ってことだね。ラーディン兄上は妹のディエンヌ。シュナイツは婚約者のマリーベル。マルチェロはディエンヌかマリーベルが邪魔をしてくるのだと思うけど、だったら婚約者のいないファウストとエドガーは？」

『あのふたりは、そもそも女嫌いとか忠誠心とかを解きほぐさないと恋愛に発展しないんだ。でもそういうキャラのほうが高難度だったりするんだよね。攻略していないから詳しくはわからないけど、もしかしたら悪役令嬢ポジは、君かもね』

「ぼくがぁ？　なんでぇ？」

名指しされて、驚いた。お友達の恋の邪魔なんかしないよ。それにそもそも令嬢じゃないしぃ。

『騎士の誓いを立てたファウストは『サリエル様をお守りしないと……』とか言って恋愛にならなさそう。勉強オタクのエドガーは『サリエル様と勉強する時間なので』とか言って誘いを断りそう。つか、第一に君は全員すでに攻略しちゃってるんだからね。無意識にフラグクラッシャーなんだからね。主人公が出る幕ないかもよ？』

ぼくは全員を攻略していると言われて、重大なことを思い出した。

「さっき校門のところで言っていた、兄上がシークレットってやつ。あれは、何？」

『主人公が特別な行動を起こしたときにだけ出てくる、攻略対象になりえるキャラのことだよ。ロンちゃうでは、主人公がディエンヌと友達になると自宅にお呼ばれして、そこでレオンハルト兄上と運命の出会いをする……みたいな？』

「そんなぁ、主人公が兄上を狙ったら、兄上は主人公と恋に落ちちゃうの？」

えぇぇぇぇぇぇ……そんなの嫌だよぉ。ぼくが兄上の婚約者なのに。

でも兄上が本当の恋をする、その機会をぼくが奪っちゃうのはダメだよね。

いいや、ぼくは婚約者なのだから、兄上はぼくだけを見ていれば良いのだ……なんて、そんな大それたことを、ぼくは胸を張って言えませぇん。

だって、ぼくは母上に捨てられたところを拾ってもらった、ただの居候《いそうろう》だし。もっちりぽっちゃりの丸鶏だし。男同士だし。弟だし。兄上はぼくの境遇に同情しているだけかもしれないしぃ……あぁぁ、とてもではないが胸を張れるものがひとつもありませぇぇん。

いけない、ネガネガしてきたっ。ネガティブはいけません。

でもとにかく、兄上がぼく以外の誰かと恋人同士になるところを想像すると、胸がいやぁな感じでキシキシ軋む。もしかしてこれは、ぼくが兄上に恋をしているからなのかな？

それとも弟として家族として、兄上を取られるのは嫌だと思う子供っぽい感情なのかな？

『……レオンハルト兄上が攻略対象になった場合、悪役令嬢になるのは、やっぱり君のようだね。婚約者として兄上に執着する、ヤバい弟（もっちり）だ』

そのヤバい状況をインナーが言葉にして、ぼくは衝撃のあまりガーンとなるのだった。その言い方では、いかにも悪役じゃないかっ。そしてカッコもっちりは余計ですっ。

しかし、兄上と顔もまだ知らぬ主人公が隣り合っていたら……邪魔、しちゃうね。確実だね。

わかった。ぼくは腹をくって悪役令嬢になるっ。令嬢じゃないけど。

あ、悪役令息かな？　うーん、わかんない。

『でもさ。とにかく十五歳のときに主人公が転入してきた時点でゲームスタートだから、まだ時間はあるよ。ただ、君がこのままだったら、兄上は主人公に取られちゃうかもしれないなぁ。だってこの体型じゃあ……ダンスがうまく踊れないもんね？』

「いやぁぁぁぁぁっ、インナーの意地悪ぅぅぅ」

ぼくはほっぺを両手で揉みこんで、ベッドの上でコロンコロンする。衝撃的事実を教えられたぼくは、ひとりベッドでモダモダしていた。

そこにノックの音が響く。エリンが扉を開かずに声をかけてきた。

「サリエル様、起きていらっしゃいますでしょうか？」

「はい。起きています」

ぼくは起き上がりこぼしのようにゴロンと起き上がり、ベッドの上にシャキッと正座した。

「レオンハルト様がお帰りになりましたが、ご挨拶されますか？」

「行きます。挨拶します」

ぼくはごろごろしてよれた衣服を鏡の前で整えてから、居間に顔を出した。

「レオンハルト様は書斎におりますので。どうぞ」

エリンにうながされ、ぼくは兄上の書斎に向かう。室内に入り、おかえりなさいの挨拶をしたら、兄上にソファに座るように言われた。

その顔がなにやら神妙だったので、大事な話があるのだなと察して、ドキリとする。

な、なんでしょう？　まさか、ぼくがインナーとモダモダしていたことがバレた？　いやいや、それはないよ。インナーのことは、ぼくが言わなければ誰にもわからないことだもの。

少々緊張しつつ二人掛けのソファにぼくが腰かけると、兄上はその隣に座った。

「サリュは、ここの蔵書はすべて目を通してしまったのだよね？」

兄上は書斎をぐるりと見渡す。ここは兄上の仕事用に区切られた書斎の一部だが、壁面のすべてが本棚で、重要かつ貴重な文献がずらりと並んでいる。兄上が仕事で使う専門書や、魔国や周辺諸国の地図、歴史書などなど。

「はい。この世の成り立ちが書かれた神話から、事実に基づいた歴史書、医学、建築学、さらに裁縫や料理の本まで、あらゆる蔵書を網羅いたしました。本の一節やキーワードなどがあれば、どの本に書かれたものかお教えできますので、ぜひご活用くださいませ」

ニッコリ笑って、言う。ぼくの瞬間記憶能力は書物探しくらいしか役に立たないので、どうぞ存分に使ってください、という気持ちだった。少しでも兄上のお役に立ちたいからね。

「そうだろう。サリュは賢いし、学園で習うべきものはすべて履修しているとミケージャから聞いているよ。なのに、学園に行く必要はあるのかな？」

そう言われてしまうと、ぼくはすぐに返事ができなくて、困ってしまう。

戸惑うぼくを見て、兄上は言葉を続けた。

「今日、マルチェロと学園を見学しに行ったんだってね。サリュは当たり前のように学園に行くつもりみたいだけど……私は反対だ」

しっかり言われて、ぼくは笑顔を引っこめてシュンとした。どうしよう。

「以前マルチェロが聞いたところによると、サリュはディエンヌのやらかしを阻止するためだけに学園に行くつもりらしいね？　しかしディエンヌも、もう子供ではない。自分の行いの後始末は自分で行うべきなのだ」

とってもごもっともな正論だ。反論の余地もなく、膝がしらをイジイジこすり合わせて、太ももをモゾモゾさせてしまう。

「それに子供会のように、学園でミケージャはそばにいられないぞ。おまえがひとりで、学園で何かあったらと思うと、私は気が気ではないのだ」

そうなのだ。子供会では後ろでミケージャがいつも見守っていてくれたから、安心な部分があった。でも学園では同伴者をつけられない。マルチェロは一緒にいてくれるだろうけど、いつもというわけにはいかず、おそらくひとりで行動しなければならないときもあるだろう。

今までは、いつも誰かがぼくのそばにいてくれた。だからひとりで行動しなければならないのは、とても怖い。けれど、学園に入る大半のお子様は、そういう体験をすることで成長するのだから、ぼくだけが特別ではないのだ。

「あのぉ、確かにぼくは、この年齢になったら学園に行くのが当然みたいに思っておりましたが。

もしかしたら金銭的なもので、ご負担があるのでしょうか？」

「それはない。学園へ行くというのは極めて普通のことで、もちろん金銭面などの心配は無用だ」

兄上が即答してくれたので、ぼくは一応ホッとした。

本当は、居候《いそうろう》のぼくが大きな顔をして貴族子女が集う学園に通うなど、分不相応なのかもしれないと思ってもいた。それでも気がかりがあるから、ももんもで得たお金で授業料を支払ってでも学園には行かなければならないと、思っていたのだ。

まぁ兄上は、学園に通う必要もないのに金など出さない……などと言う器の小さい方ではないけれど。一応、確認してみたのだ。

「しかし、サリュはもっと己のしたいことを追求してもいいのではないかな？　と思ったのだ」

「己のしたいこと……は、兄上のお役に立つことです」

ぼくの言葉に、兄上は鷹揚《おうよう》にうなずいて、にこりと微笑みかける。

「そうだよな。私の役に立ちたいと、サリュはいつも言っていた。私も早くサリュと一緒に仕事がしたいから、学園に通わないで、すぐにその道に進むことを考えてもいいのではないかと思ったのだ。ミケージャは学園で学ぶものは学業だけではない、などと言うがね」

この件でミケージャとちょっと対立したようで、兄上は鼻で息をつき、不満を表した。

「それにサリュはツノも魔力もなく、魔王の息子とはいえあなどる者も数多くいるだろう。そんな輩《やから》にサリュがないがしろにされるのを想像すると、末恐ろしい。とにかく私はサリュが心配なのだ」

ぼくは兄上の気持ちを聞いたあとで、それでもと、首を横に振った。

ここは少し、情報を開示しなければ納得してもらえないかも。

あぁ、兄上。もしもインナーが覚醒する前にこの話を聞いていたら、ぼくは兄上とともに仕事をすることを選んでいたことでしょう。

だけど、ぼくには学園に行かなければならない事情ができてしまった。

ディエンヌの人生はディエンヌのものだから、ぼくが介入することはない。などと、楽観的に考えることは、もうできないのである。

「兄上のご心配を、ぼくはしかと心に受け止めます。ですが、ぼくはやはり学園に行かなければなりません。それは兄上のお役に立つことでもあるのです」

「サリュが学園に行くことが、私の役に立つのか？」

ぼくはもじもじしていた膝がしらをキュッと合わせ、いぶかしげに聞く兄上を真剣な面持ちでみつめた。

「ちょっと、突拍子もない話をいたします。ディエンヌは学園で人を殺める、もしくは大怪我をさせる確率が非常に高いです」

「……何？　それはサリュの予知能力、なのか？」

兄上は切れ長の目を瞠目し、驚きをあらわにした。

「いえ、予知というほどのものではないのです。予測なので、絶対にそうなるものではないと思ってお聞きください」

大したことではないというように笑みを浮かべ、ぼくは丸い手を横に振る。しかし、その後は真面目な気持ちで表情を引き締め、兄上に告げた。

「ディエンヌはサキュバスの気質を有していて、美貌にはかなりの自信を持っています。それが揺らがされたとき……たとえば、自分を差し置いて美人でモテモテの御令嬢が現れたりしたら、彼女は不快でしょう。普通の御令嬢ならば不満をくすぶらせるだけなのでしょうが、ディエンヌは排除を目論《もくろ》む可能性があります」

インナーのことや乙女ゲームの話はできないから、オブラートに包みつつ、なんとかそれっぽいことを、言えた……だろうか？

「もしもディエンヌが御令嬢に手をかけるようなことがあれば、魔王の娘であっても、しっかり処罰はされなければなりません。もしもディエンヌが罪人になれば、兄弟である兄上の威光にも傷がつきかねません。だからぼくは、予測できていることならば、それを回避、阻止したいのです」

ふぃーぃ、言い切りました。なんとか主人公が悪役令嬢ディエンヌに殺されてバッドエンド、みたいなことを言わずに言い切れたよぉ……と、ぼくは心の中で汗を拭った。

「ふむ。確かに今までサリュが予測してきたことは、誰も予測はしていないだろうが、いかにも起こりそうなことで、実際それらは大抵が現実になった。ビリビリブームのディエンヌは御令嬢のドレスを本当にビリビリにしたし、クーポンを偽造しようとする子供の思惑も見抜いていて、芋版で切り抜けたな。今回も、そんなことはないと言い切れないところがある」

あ、兄上が納得しそう。今までの、ディエンヌへの尻拭いや予防策が功を奏したようだ。

でもぼくも、インナーのゲームの話が本当にその通りになると、すべてを信じているわけではなかった。なぜなら、ゲームの付属物らしい備考欄に、当たっている部分と当たっていない部分があるからだ。

たとえば、ぼくが大好きと公言しているマリーベルが、ちゃんとシュナイツと婚約したのは当たっているが、ラーディンの右腕となるらしいマルチェロは、今はまだその予兆はない。

だから、備考欄は絶対ではなく、ゲーム進行も確実にそうなると言い切れないのだ。

それにインナーも、そのゲーム『ロンちゃう』をやりこんだわけではなく、ストーリーもうろ覚えで、半信半疑な状態だ。そうなる未来があるかもねぇ、くらいの感覚しかなさそう。

だけど、ディエンヌのバッドエンドは、ぼくにとってもバッドエンドであり、兄上の栄光の道を妨げる恐れのあるバッドエンドでもある。

それは回避したい。せめてディエンヌの処刑ルートだけでも。

あと、できたら主人公が兄上にご対面するルートも、潰しておきたいのであるっ。

「しかしそれは、サリュがしなくても良いのではないか？　そうなりそうだとわかっているのならば、監視の者をつけておく方法もあるだろう。それこそ婚約者であるマルチェロに阻止させるなど、やりようはいくらでもあるような気がするが」

マルチェロは攻略対象だからダメなのだ。主人公に目をつけられたら、マルチェロは恋に落ちてしまうかもしれない。ディエンヌを煽る張本人になる可能性が高い。

あれ？　ということは、今まで頼もしく心強かったマルチェロは、今回はぼくの味方ではなく、主人公の味方になる……ってこと？

もしかして、ぼくの心強い友達は、シュナイツもファウストもエドガーも味方にならないってことぉ？　あわわ、大変なことに気づいてしまった。

待って、待って。でもディエンヌの悪事を回避することは主人公の命を助けることだから、みんなが主人公にメロメロになっても、彼女を助けるためならば、きっと悪役令嬢モドキのぼくにも手を貸してくれるはずだ。大丈夫だぁ、セーフ。

「マルチェロが学園で素敵な御令嬢に出会ったら、ぼくはその恋を邪魔できません。だって、どんな御令嬢もディエンヌよりはましでしょうから」

「それはそうだが」

兄上も、同意です。ディエンヌだからね。信用はまるでなし、致し方なし。

「それに、ディエンヌが害そうとした相手をマルチェロが助けたら、ディエンヌは嫉妬に燃えて、火に油を注ぐことになってしまいます。だから、マルチェロが動くのはダメなのです。あとディエンヌがどんなやらかしをするのか、今日までつぶさに見てきたぼくだから、こういう状況では彼女ならこうするとか、何をしようとするのかとか、ぼくだけが詳細に予測できるのです」

ぼくの話を聞いて、兄上は眉間にすっごい深い皺を何本も作って。すっごい嫌そうにたずねた。

「どうしても学園に行かなければダメ、ということか？」

「ダメ、ということです」

ぼくも神妙な表情で、そう返す。

でもぉ、ぼくだって本当は兄上の仕事を手伝いたいのですよ。本当に。切実にっ！

「……ディエンヌの学園行きを阻止する手もあるが？」

絞り出すように兄上は提案する。おぉ、それは名案。

「そうなったら、ぼくは兄上のお仕事に集中できます。そうなったらぁ……」

ぼくはディエンヌが学園に行かないという未来予想図を脳裏に描いてみる。

主人公がディエンヌに殺されてバッドエンドになることも、主人公がディエンヌと友達になって魔王城に招待されることも、そこで兄上と対面することも、おそらくなくなる。

いいね。ぼくには願ってもないことである。思わずにっこり。

「しかしディエンヌは、サリュほど頭は良くないから、普通に学園に行かせないと、公務のひとつも任せられないダメな王族になってしまうな。いや、もうなりかけている……」

「マルチェロから、公爵家が花嫁修業の名目で家庭教師をつけるという話を聞きましたが？」

「その者がどれだけディエンヌを調教できるかにかかっているな」

うーむ、ディエンヌの学園行き阻止は、早々に決断できそうにないね。保留。残念。

「ディエンヌのいない学園なら、そうそうサリュに害をなす者は現れないだろう。ミケージャが言うように、学園がどんなものか体験するのも良い経験になる。とりあえず一年、入学を許しよう」

ということで、兄上も納得の上、ぼくは学園に入ることになった。

説得できて良かった。ディエンヌはやはり、学園で野放しにするのは普通に危険だからね。

一番良いのは、兄上の提案の通りに、ぼくが一年間学園を存分に体験して、ディエンヌが家庭教師の指導のもとでおとなしい淑女になり、学園に行かなくても良いほどの学力を身につけること。

そして、ディエンヌが学園に行かないことになったら、ぼくとマルチェロは学園をスキップで早期卒業して、そしてっ、念願の兄上の秘書となる……みたいな？

うわぁぁぁ、すっごい素敵な未来予想図ができましたよぉぉ。

そうしたら、ゲームが開始になって主人公が学園にいる攻略対象たちと恋愛したとしても、兄上は主人公と出会えないから大丈夫だし、主人公がディエンヌに害されることもないもんねぇ。

そうなったら最高だ。

でもきっと、そうはならないんだろうね。はふぅ。

前途多難な未来を思い、ため息をついたら。兄上が言った。

「何も心配することはないよ、サリュ。赤子のサリュを抱き上げたとき、サリュは私の家族になったのだ。私は何があろうと、大事な家族を、かけがえのないサリュのことを、守り抜くと誓う。たとえ学園でどんなことがあろうとも、ディエンヌがどんな悪さをしようとも、サリュの危機には私が飛んで駆けつける。必ず助けに行くから、安心して学園生活を楽しみなさい」

ぼくをかけがえのないと言ってくれた兄上に、ぼくは胸をときめかせる。

そして、兄上がぼくを家族と言ってくれる、その気持ちが嬉しくて、心の中にキラキラの星がいっぱいあふれるみたいな気分になった。

「そうですね、学園生活、いっぱい楽しみます」

悪いことばかり想像しても仕方がない。守ると宣言してくれた兄上の優しい気持ちに応えて、ぼくは友達とめいっぱい学園生活をエンジョイしなきゃね。

「それからね、サリュ。赤子の頃から私の家族だと言っただろう？　だからもう、居候《いそうろう》とかご厄介とか思わないでほしいのだ。先ほど授業料のことを心配していたようだが、私は国の采配《さいはい》をする立場であるから、金銭は町の大人たちより稼いでいるつもりだ。だからドーンと任せてくれ」

胸を拳で叩いて、兄上はニヤリと笑う。ぼくはその頼もしさに胸がキュンとなった。

素敵です、兄上。

「というか、私はサリュにもっとおねだりしてほしいくらいだ。金さえ出せば養ったことになると思いこんでいるクソ魔王のようにはなりたくないが、うちは裕福なのに、サリュは少し清貧すぎると思う。私の家族なのに、いつまでも他人行儀では悲しくなってしまうよ」

いつもキリリとした兄上が、眉尻を下げてぼくをみつめる。兄上のその表情を見て、先ほどキュンとした胸が、今度は手でムギュっとつかまれるように痛くなった。

ぼくのせいだけど、兄上が可哀想。

兄上もミケージャもエリンも執事も、兄上のお屋敷にいる人たちも、みんなぼくの家族だと思ってはいたのだ。でもやはり、拾ってもらったという恩義があって、どこか遠慮していたところがある。

遠慮というか、ぼくは普通に、育ててもらっている身でいっぱい良くしてもらっているのに、学園に通うことまで望むのは欲張りすぎかなって考えちゃったのだ。

でもそのような態度は、兄上を傷つけてしまうんだな。

ぼくは太い人差し指と人差し指を合わせてぷよぷよさせ、気落ちする。

「申し訳ありません。おねだりは難しいです。ぼくは兄上にいっぱい、いろいろいただいていて、欲しいものなどないのですから」

遠慮して言っているのではなく、ぼくは本当に愛情も衣食住もたっぷりと兄上から与えられ、とても満足しているから、おねだりはできないのだ。

「でも、他人行儀は改めます。義弟であるぼくが、忙しい兄上の手をわずらわせてはいけないと、幼い頃からずっと思っておりました。だから、簡単に意識を変えられないかもしれませんが、ぼくの気持ちを素直にお伝えすることで、兄上ともっともっと仲良く……なりたいです」

照れくさくて、最後は小声になってしまう。

でも、自分の気持ちを伝えることで、兄上の憂いを少しでも晴らせたらいいと思った。

「あぁ、サリュ。いっぱい仲良くなろう。そしてできたら、この前馬車でしたように、もっともっと私に甘えておくれ」

「はい、兄上。だ～い好き!!」

さっそく嬉しい気持ちを表して、ぼくは兄上にもちぃと抱きついた。

すると、兄上はほんのり頬を赤く染め、咳払いで照れ隠しする。うふふ、お可愛らしい。

まだまだ先の話ではあるけれど、もしも兄上と本当に結婚できたら、兄上もお屋敷の人たちも、みんなが本当に、真に、ぼくの家族になるのだな。

そうなったら、なんて幸せだろう。

生みの親である母上に捨てられてしまったぼくにとって、家族というのは幸福の形だ。

兄上はすでに家族だと言ってくれているし、ぼくもそうは思っているけれど、どうしても養われているという感覚がある。

でもいつかその思いを拭い去り、対等に愛し愛されるようになったら、そのとき本当の家族になれるのだと、ぼくはそう思うのだ。

今はまだ、それは遠い、遠いところにある。

けれどいつか、愛する人と築く家族の形というものを、ぼくは自分の手でつかんでみたい。

だから、兄上とともに歩む明るい未来を目指して、ぼくはこれからも尻拭いをがんばるのだ。

この作品に対する皆様のご意見・ご感想をお待ちしております。
おハガキ・お手紙は以下の宛先にお送りください。

【宛先】
〒 150-6019 東京都渋谷区恵比寿 4-20-3 恵比寿ｶﾞｰﾃﾞﾝﾌﾟﾚｲｽﾀﾜｰ 19F
（株）アルファポリス　書籍感想係

メールフォームでのご意見・ご感想は右のＱＲコードから、
あるいは以下のワードで検索をかけてください。

アルファポリス　書籍の感想　検索

ご感想はこちらから

本書は、「アルファポリス」（https://www.alphapolis.co.jp/）に掲載されていたものを、
加筆、改稿のうえ、書籍化したものです。

魔王《まおう》の三男《さんなん》だけど、
備考欄《びこうらん》に『悪役令嬢《あくやくれいじょう》の兄《あに》（尻拭《しりぬぐ》い）』って書《か》いてある？

北川晶（きたがわ あき）

2025年 3月 20日初版発行

編集－山田伊亮・大木 瞳
編集長－倉持真理
発行者－梶本雄介
発行所－株式会社アルファポリス
〒150-6019 東京都渋谷区恵比寿4-20-3 恵比寿ｶﾞｰﾃﾞﾝﾌﾟﾚｲｽﾀﾜｰ19F
TEL 03-6277-1601（営業） 03-6277-1602（編集）
URL https://www.alphapolis.co.jp/
発売元－株式会社星雲社（共同出版社・流通責任出版社）
〒112-0005 東京都文京区水道1-3-30
TEL 03-3868-3275
装丁・本文イラスト－夏乃あゆみ
装丁デザイン－kawanote（河野直子）
（レーベルフォーマットデザイン－円と球）
印刷－中央精版印刷株式会社

価格はカバーに表示されてあります。
落丁乱丁の場合はアルファポリスまでご連絡ください。
送料は小社負担でお取り替えします。

ISBN978-4-434-35459-5 C0093